HEATHER G. HARRIS

GLIMMER
DIE VERSCHOLLENE

ROMAN

Aus dem Englischen übersetzt
von Antonia Zauner

WILHELM HEYNE VERLAG
MÜNCHEN

Titel der amerikanischen Originalausgabe
GLIMMER OF THE OTHER

Der Verlag behält sich die Verwertung der urheberrechtlich geschützten Inhalte dieses Werkes für Zwecke des Text- und Data-Minings nach § 44 b UrhG ausdrücklich vor.
Jegliche unbefugte Nutzung ist hiermit ausgeschlossen.

Penguin Random House Verlagsgruppe FSC® N001967

Deutsche Erstausgabe 11/2023
Redaktion: Michelle Stöger
Copyright © 2021 by Heather G. Harris
Copyright © 2023 der deutschsprachigen Ausgabe
und der Übersetzung by Wilhelm Heyne Verlag, München,
in der Penguin Random House Verlagsgruppe GmbH,
Neumarkter Straße 28, 81673 München
Umschlaggestaltung: Das Illustrat GbR, München,
unter Verwendung mehrerer Motive von Shutterstock
Satz: KCFG – Medienagentur, Neuss
Druck und Bindung: CPI books GmbH, Leck
Printed in the EU
ISBN: 978-3-453-32295-0

www.heyne.de

*Für meine Mum, für immer und ewig.
Du fehlst mir.*

I

ICH HOCKTE GEFÄHRLICH WACKLIG IN einer Birke in Mr. Michael MacKenzies Garten. Es war ein wenig kühl hier draußen, und ich zog meine Tarnjacke enger um meinen Körper und bemühte mich dabei, meine Bewegungen auf ein Minimum zu reduzieren. Man hatte mich für eine diskrete Überwachungsmission angeheuert, und aus einem Baum zu fallen war da ein bisschen suboptimal.

Ich hatte eine gute Stunde ausgeharrt, als sich im Wintergarten plötzlich etwas regte. Der frisch geduschte Mr. MacKenzie trug etwas Unförmiges in den verglasten Raum. Es war ein menschengroßes Fuchsplüschtier, komplett mit Plüschbrüsten und riesigen wimperngesäumten Augen. Die Stofffüchsin hatte den Mund weit aufgerissen, als wäre sie überrascht.

Ich verzog das Gesicht. Sie ahnte ja gar nicht, was ihr blühte. Mr. MacKenzie zog sich das Handtuch, an dessen Vorderseite sich bereits ein Zelt gebildet hatte, von den Hüften und legte sich neben Miss Foxy. Nicht lange, und es wurde heiß und schmutzig. Ich hatte definitiv genug gesehen.

Ich nahm ein kurzes Video auf und schoss mehrere Fotos mit dem Handy. Fetischfälle sind oft heikler als fremdgehende Ehepartner. Mr. MacKenzie betrog seine Frau nicht wirklich, er hatte einfach nur eine Vorliebe, die er lieber für sich behielt. Natürlich würde ich das gleich zunichtemachen.

Fetische sind eine Grauzone. Die frisch angetraute Mrs. MacKenzie hatte vermutet, dass ihr Mann eine Affäre hatte, aber technisch gesehen war das nicht der Fall. Vielleicht hatte sie ja kein Problem damit, dass ihr Mann es mit einer Fuchsattrappe trieb, aber es war auch gut möglich, dass es zu viel für sie war. Wie dem auch sei, im Grunde hatte Mr. MacKenzie nichts falsch gemacht. Wobei man sich vermutlich besser versichert, dass die Zukünftige mit den eigenen Vorlieben vertraut ist oder sie sogar teilt, bevor man vor den Traualtar stürmt. Aber um ehrlich zu sein, bin ich auf dem Feld keine Expertin. Keine meiner Beziehungen hielt länger als ein langes Wochenende.

Vorsichtig kletterte ich vom Baum. Mr. MacKenzie war zu eifrig mit Miss Foxy zugange, um mich zu bemerken. Ich stieg über den Zaun, lief die Gasse hinunter und stieg in meinen schwarzen Ford Focus. Die gibt es wie Sand am Meer, und er fällt definitiv nicht auf, was ihn zum perfekten Gefährt für eine Privatdetektivin macht. Und mein Hund passt auch rein, obwohl er die ganze Rückbank einnimmt. Das ist okay, ich habe nicht oft Mitfahrer.

Ich rief Mrs. MacKenzie an und verabredete mich mit ihr in fünfzehn Minuten in einem Starbucks in der Nähe. Ich schätzte, dass ich fünf Minuten dorthin brauchen würde und mir daher vor ihrem Eintreffen noch einen Latte bestellen konnte.

Ich parkte vor dem Laden, sprang aus dem Wagen und bestellte meinen Kaffee. Als Sarah MacKenzie mit einer Freundin den Coffeeshop betrat, saß ich bereits in einem gemütlichen Sessel. Sie war siebenundzwanzig, blond, schön und verfügte über üppige Kurven. Selbst an einem schlechten Tag spielte sie noch in einer völlig anderen Liga als Mr. MacKenzie. Er war ein mausgrauer Sechsundvierzigjähriger und auch ziemlich üppig, jedoch nicht auf die gute Art. Er war überdies ziemlich wohlhabend. Ich hatte keine Ahnung, wie es um ihre Gefühle stand, aber sie hatte sich die Augen ausgeheult, als sie mir erklärte, warum sie glaubte, dass »Mick« sie betrog. Die Zynikerin in mir fragte sich, wie viel Mr. MacKenzies Geld mit ihren Tränen zu tun hatte.

Ihre Freundin war brünett, schlank und sportlich, und sie hatte eine Härte in den Augen, die mir verriet, dass mit ihr nicht zu spaßen war. Mrs. MacKenzie hatte einen netten, aber etwas geistlosen Eindruck auf mich gemacht, und ich fragte mich, wie es zu dieser Freundschaft gekommen war. Ich bin einfach etwas zu neugierig.

Ich stand auf, um sie zu begrüßen. »Jinx!«, heulte Mrs. MacKenzie. »Sagen Sie es mir ... seien Sie einfach direkt.« Sie ließ sich in einen Sessel mir gegenüber fallen. Vielleicht war ich unfair, aber ich dachte, dass sie etwas dick auftrug. Manche Menschen haben einen Hang zum Drama.

Während meiner sieben Jahre als Privatermittlerin hatte ich gelernt, dass Bilder wirklich mehr wert sind als tausend Worte. Ich suchte nach einem Bild mit einer guten Perspektive und stellte sicher, dass nur Mrs. MacKenzie auf das Display meines Handys blicken konnte.

Sie sprang auf und stieß ein dramatisches Kreischen aus. »Oh mein Gott, oh mein *Gott!* Was zur Hölle treibt er da mit diesem ... Ding?« Sie sank in ihren Sessel zurück. »Ich falle in Ohnmacht. Ich muss mich übergeben. Ich weiß nicht, was ...«

Ihre Freundin schob ihr den Kopf zwischen die Beine.

»Drück gegen meine Hand und atme«, wies sie sie an. Mrs. MacKenzie gehorchte.

Ich wartete stumm, während sie zu begreifen versuchte, was sie da eben gesehen hatte. Sie wedelte die Hand ihrer Freundin beiseite. »Ich bin okay, Lisa. Ich bin okay.« *Gelogen*, meldete sich mein innerer Detektor. Sie war nicht okay, und ich konnte es ihr nicht verdenken.

Sie schüttelte den Kopf. »Ich bin einfach ... ach du meine Güte!«

»Sie stehen unter Schock«, half ich aus.

»Ach ja? Darauf wäre ich nicht gekommen, Sherlock«, fauchte Lisa.

Offensichtlich stand ich bei ihr nicht gerade hoch im Kurs. Es war nicht das erste Mal, dass Klienten ihre negativen Gefühle auf mich projizierten.

»Zeigen Sie ihr das Bild«, sagte Mrs. MacKenzie. »Sie ist meine Cousine. Jemand muss es wissen.« *Wahrheit.*

Jetzt ergab ihr Verhältnis etwas mehr Sinn – sie waren keine Freundinnen, sie waren verwandt. Ich zeigte Lisa das Bild. Sie blinzelte mehrere Male, ehe sie erblasste und sich hinsetzte. »Okay«, sagte sie. »Na dann.«

»Er fickt einen Fuchs«, stellte Mrs. MacKenzie ausdruckslos fest.

»Eine Plüschfüchsin«, erklärte ich. »Sie ist nicht echt.«

»Ich mochte Mick eigentlich immer«, meinte Lisa. *Lüge.* »Aber das ist ein wenig ... ausgefallen. Und du hattest wirklich keine Ahnung?«, fragte sie zweifelnd. Sie versuchte, diplomatisch zu sein und sich nicht anmerken zu lassen, dass sie Mr. MacKenzie nicht mochte.

Mrs. MacKenzie schüttelte den Kopf, ihre Augen waren glasig und weit aufgerissen. Sie starrte auf ihre Hände und kratzte an ihrem abblätternden Nagellack. »Nein. Er hat nicht mal ein Plüschtier aus seiner Kindheit. Ich hatte ja keine Ahnung, dass er … mit … dem da … Himmel!« *Wahrheit*.

Es war Zeit, mich zu verabschieden. »Ich lasse Sie jetzt in Ruhe über alles sprechen.« Ich erhob mich. »Ich schicke Ihnen eine Mail mit dem Beweismaterial und meiner Rechnung, wie abgesprochen.«

Mrs. MacKenzie blickte auf. »Danke, Jinx. Es ist nicht, was ich erwartet hatte, aber ich musste es wissen. Ich liebe ihn.« *Wahrheit*. Interessant, sie liebte ihn wirklich. So kann man sich irren.

»Kein Problem. Ich hoffe, die Dinge regeln sich.« Ich nickte Lisa höflich zu und machte mich auf den Weg nach draußen. Ein neuer Tag, ein neues Honorar.

Es war vier Uhr nachmittags. Es stand noch das Auffinden eines Schuldners auf dem Plan, aber ich fühlte mich ausgelaugt, also machte ich Feierabend und fuhr nach Hause. Mein Zuhause ist eine Doppelhaushälfte mit drei Schlafzimmern in einer guten Straße in einer noch besseren Gegend. Ich war in Buckinghamshire geboren und aufgewachsen und hatte das Haus mit achtzehn Jahren von meinen Eltern geerbt. Seitdem hatte ich nur sehr wenig daran machen lassen.

Ich betreibe meine Agentur, Sharp Investigations, von zu Hause aus. Ich hatte mit dem Gedanken gespielt, mir ein Büro zu mieten, aber mein Betrieb ist zu klein dafür. Ich leiste gute Arbeit, aber ich schalte keine Werbung und bin immer gut versorgt mit Aufträgen. Ich habe eine schlichte Webseite und ein Postfach. *Verhalte dich unauffällig* – das hatten meine Eltern mir immer eingeschärft, und ich versuchte, mich daran zu halten.

Ich parkte vor dem Haus und ging hinüber zu meiner

Nachbarin. Mrs. Harding passt auf meinen Hund auf, wenn ich arbeite und ihn nicht mitnehmen kann. Gato ist eine begeisterungsfähige drei Jahre alte Deutsche Dogge. Ich habe ihn erst seit eineinhalb Jahren. Er hat glattes, glänzendes schwarzes Fell und einen auffälligen weißen Blitz im Gesicht. Er ist eine schlichte Kreatur, die nichts mehr liebt, als auf dem Sofa zu kuscheln. Er ist umgänglich und freundlich, hasst es jedoch, durch den Regen zu laufen. Das Wichtigste an ihm ist jedoch, dass er mich bedingungslos liebt; er ist eines von zwei Wesen, die es noch auf dieser Erde gibt, die das tun – obwohl ich glaube, dass Mrs. Harding mich auch ganz gut leiden kann.

Sie öffnete die Tür, wie immer perfekt gekleidet und mit passend zum Outfit lackierten Nägeln. Heute war es ein blumiger Koralleton. Sie hatte sorgfältig Make-up auf ihr faltiges Gesicht aufgetragen und sah jünger aus, als sie war.

Gato drängte sich an ihr vorbei. »Vorsicht!«, warnte ich, als er in seinem Eifer beinahe die Zweiundsechzigjährige umwarf. Ich begrüßte ihn, indem ich ihn begeistert kraulte, und er leckte mir übers Gesicht.

Einen Moment lang flackerte das Gras unter ihm türkis. Ich blinzelte, und es kehrte zu seinem normalen Farbton zurück. Vielleicht war ich doch erschöpfter, als ich dachte.

»Hey, mein Junge«, begrüßte ich ihn. »Hattest du einen schönen Tag bei Mrs. Harding?« Er wedelte begeistert mit dem Schwanz. Mrs. Harding lebt schon solange ich denken kann nebenan. Ihr Ehemann Sam starb vor einigen Jahren, und ihre Tochter Jane kommt hin und wieder zu Besuch. Jane ist etwa zehn Jahre älter als ich. Sie hat nie geheiratet und keine Kinder und scheint auch kein diesbezügliches Interesse zu hegen. Sie ist Notfallärztin, und ihr Job ist ihr

Leben. Aber auch hier brauche ich nicht reden. Mein Job ist auch mein Leben – ich bin nur bedeutend weniger erfolgreich.

»Wir hatten einen wundervollen Tag. Er hat mir keinen Ärger gemacht«, versicherte Mrs. Harding mir. *Lüge.*

Ich hob die Augenbraue und seufzte. »Was hat er dieses Mal angestellt?«

Mrs. Harding ließ das Lächeln zu, das sie hatte verbergen wollen. »Er hat den Postboten ein wenig gejagt. Ich habe dem Mann gesagt, er soll nicht rennen, dann wäre es kein so lustiges Spiel, aber er wollte nicht hören. Als Gato ihn erwischt hat, leckte er ihn ab und kam sofort wieder zurück. Es ist also wirklich niemand zu Schaden gekommen.«

Ich rollte mit den Augen. »Die Royal Mail wird mir wieder einen saftigen Brief schreiben«, empörte ich mich an Gato gewandt, der mich mit großen Augen ansah, als könnte er kein Wässerchen trüben.

»Danke, Mrs. H, ich weiß es zu schätzen.« Ich reichte ihr eine Papiertüte. Die heutige Bezahlung für das Aufpassen auf Gato waren zwei Mangos. Sie weigert sich, Geld anzunehmen, weil sie es, wie sie sagt, gern tut und die Gesellschaft genießt. Sie behauptet, zu alt für einen eigenen Hund zu sein, passt aber nur zu gerne auf meinen auf. Und ich gebe ihr gerne spezielle Dankeschön-Geschenke. Um ehrlich zu sein, sind die Mangos etwas lahm. Morgen würde ich mich mehr anstrengen müssen.

Ich winkte ihr zum Abschied und schloss die Haustür auf. Als ich drinnen war, sicherte ich die Tür mit zwei Riegeln, einer Kette und einem Sicherheitsschloss. Das Haus hatte sich seit dem Tod meiner Eltern nicht wirklich verändert, mit Ausnahme der zusätzlichen Security, und ja, ich weiß, dass ich die Wohnräume umgestalten sollte und so mancher Therapeut aus meinem Widerstreben schließen würde, dass ich Probleme hatte. Nach der Ermordung meiner Eltern beließ ich es bei einem Neuanstrich des Wohnzimmers, um die Blutspuren zu verdecken, und irgendwann gestaltete ich auch das große Schlafzimmer um, aber nur nachdem meine beste Freundin Lucy mir ewig damit in den Ohren gelegen hatte. Es sollte noch ein Jahr dauern, bis ich das Schlafzimmer dann wirklich benutzte.

Trotz seinem Spielchen mit dem Postboten war Gato so unruhig, dass ich die Tarnjacke gegen eine aus Leder tauschte, mir ein paar Kotbeutel schnappte und mit ihm rausging. Wir machten einen kurzen Spaziergang durch den Park, wo Gato buchstäblich an jede Blume pinkelte, die er finden konnte.

Ich verspannte mich ein wenig, als ein kleiner weißer Westie auf uns zugerannt kam und spielerisch kläffte. Als die Hündin bis auf drei Meter Abstand herangekommen war, blieb sie stehen wie festgefroren. Ein dumpfes Grollen drang aus ihrer Kehle, und sie begann langsam zurückzuweichen. Etwas weiter entfernt machte sie eine Kehrtwende und rannte davon.

»Ist okay«, sagte ich entschlossen zu Gato. »Wir brauchen keine anderen Hunde. Ich mag dich, und das reicht. Du bist mein bester Junge.« Ich tätschelte ihn, und ihm hing die Zunge aus dem Maul. Ihm macht es nichts aus, dass er ein Ausgestoßener unter den anderen Hunden ist, aber *mir* macht es etwas aus. Es fühlt sich an, als ob die anderen Hunde mein Baby auf dem Spielplatz mobben, aber ich kann nichts dagegen tun. Selbst die besten Leckerli können keinen anderen Hund zu Gato locken.

Wir ließen den Westie-Vorfall hinter uns und liefen weiter. Ein Bereich des Parks war von der Polizei abgesperrt, und die Spurensicherung war vor Ort. Ich kam näher und rief Gato zu mir. Ich erkannte einen der Polizisten als Detective Steve Marley, der an der Highschool mal mit einer meiner Freundinnen zusammen gewesen war; die jugendliche Beziehung war nur von kurzer Dauer gewesen, also waren wir keine besonders engen Freunde. Unsere Wege hatten sich lediglich während der letzten paar Jahre hin und wieder gekreuzt, weil ich als Zeugin bei mehreren Gerichtsverhandlungen aussagen musste.

Ich nickte ihm kurz zu und lächelte leicht, und er kam herüber. Er ist groß und schlank mit vorzeitig ergrauendem Haar und einem offenen Gesicht. Ich möchte wetten, er geht gern Laufen. »Jinx«, grüßte er mich mit einem freundlichen Lächeln.

»Hey, Steve, was ist passiert?«

Er runzelte die Stirn. »Messerstecherei.« *Lüge.* Warum würde Steve über die Art des Verbrechens lügen? Die Nachrichten würden sowieso bald darüber berichten. Komisch.

Ich pfiff. »Verdammt, es geht echt bergab mit dieser Gegend. Tote?« Ich achtete auf einen beiläufigen Tonfall, aber mein Herz raste. Egal, wie minimal die Spur auch sein mochte, ich hoffte immer darauf, dass ein erneuter Angriff mir Hinweise auf den Tod meiner Eltern geben würde.

Er schüttelte den Kopf. »Nein, nur ein paar Schnitte in Arm und Hals.« *Wahrheit.* »Das Opfer sagte aus, dass er ein paar Kredithaien noch Geld schuldete. Ich schätze mal, einer davon hatte keine Lust mehr zu warten.«

Auch das klang, als wäre es wahr, aber ich verstand nicht, warum das Opfer Schnitte und keine Stichwunden hatte.

Wo lag der Unterschied? Es wurde immer seltsamer. »Hast du eine Ahnung, welcher Kredithai es sein könnte?«, fragte ich.

»Zu früh, um Genaueres zu sagen.« *Lüge.* Okay, diese Lüge konnte ich wiederum verstehen. Es war eine laufende Ermittlung, deshalb durfte Steve keine Details zu den Tatverdächtigen preisgeben. Außerdem lügen die Leute ständig. Manchen macht es einfach Spaß. Es bedeutete vermutlich nichts, aber ich merkte es mir trotzdem.

Ich verabschiedete mich von Steve und machte mich ein wenig angespannt auf den Heimweg. Messerstechereien, selbst wenn es keine richtigen waren, machten mich unruhig. Das Bild der zerfetzten Körper meiner Eltern blitzte vor meinem inneren Auge auf. Man konnte das, was ihnen passiert war, kaum eine Messerstecherei nennen – es war ein brutales und grausames Zerreißen ihres Fleisches gewesen, bis hin zu dem Punkt, dass es schwierig gewesen war, sie überhaupt zu identifizieren. Es mussten Röntgenbilder zu ihrem Gebiss hinzugezogen werden. Und doch hatte man ihre Morde als eskalierten Einbruchsversuch vertuscht. Wer's glaubt.

Ich schob den Gedanken zur Seite. Nicht jetzt. Später. Später würde ich von ihnen und dem Gestank des Blutes träumen.

Auch Gato schien unruhig zu sein. Sonst raste er immer voraus und kam dann zurück, aber heute lief er dicht neben mir und schaute sich um. Er blieb an meiner Seite, bis wir beinahe zu Hause waren, dann drehte er sich abrupt und mit gesträubtem Nackenfell um und knurrte tief und drohend.

Ich konnte nicht entdecken, was ihn so aus der Ruhe gebracht hatte, und mir stellten sich die Härchen im Nacken auf. »Komm«, lockte ich ihn zutiefst beunruhigt. »Wir sind fast daheim.«

Gato folgte mir, knurrte jedoch die ganze Zeit über. Er machte mir Angst. Sein Blick war auf etwas fixiert, das ich nicht sehen konnte, aber es war nicht gänzlich ausgeschlossen, dass dort draußen etwas – jemand – war, den man nicht sehen konnte.

Ich holte mein kleines Messer aus der Tasche und klappte die Klinge aus. »Was auch immer du bist«, sagte ich ruhig, »du kannst gleich wieder abhauen. Wir sind kein leichtes Ziel.«

Gato bellte zweimal, um meinen Worten Nachdruck zu verleihen. Ich sah, wie er den Kopf bewegte, als würde er etwas hinterherblicken, das sich entfernte. Er hörte auf zu knurren. Ich schluckte hart, ich war erschüttert, tat aber so, als wäre ich es nicht.

Mrs. Harding öffnete die Tür. »Alles okay, Jinx?«, fragte sie besorgt.

Ich zwang mir ein Lächeln aufs Gesicht. »Alles gut, Mrs. H, Gato war gerade nur etwas beunruhigt.«

»Wirklich?« Sie sah sich um. »Das sieht ihm gar nicht ähnlich.«

Ich schüttelte den Kopf.

Mrs. H sah sich noch einmal um. »Hier ist nichts, Gato«, versicherte sie ihm. Er trottete zu ihr und winselte leise. Sie streichelte über seinen Kopf. »Alles gut. Braver Junge.« Sie tätschelte ihn und schenkte mir ein schiefes Lächeln. »Nun, das beunruhigt mich auch ein wenig. Ich werde heute Nacht meine Haustür abschließen.«

Ich rollte mit den Augen. »Sie sollten die Tür immer abschließen, Mrs. H!«, rief ich.

Sie lachte. »Da hast du natürlich recht. Gute Nacht, Jinx. Schlaf gut.«

»Sie auch, Mrs. H.«

Als ich ins Haus kam, schaltete ich sämtliche Lichter an, ehe ich in die Küche ging und mich um das Abendessen kümmerte. Ich machte mir auch einen Kaffee – Koffein oder nicht, ich wusste, dass ich an diesem Abend sowieso lange nicht würde einschlafen können. Alle Meditationen der Welt konnten die Albträume nicht vertreiben, die mich heute Nacht heimsuchen würden.

2

ICH SCHWITZTE, KEUCHTE UND HATTE mich in meinen Laken verheddert, als ich mich plötzlich stocksteif aufrichtete. Mein Handy klingelte. Mit verschlafenen Augen schaute ich auf die Uhr: 6:37. Wer war bitte auf die Idee gekommen, dass 6:37 Uhr eine akzeptable Zeit für einen Anruf ist? Wer auch immer es war, ich war ihm dankbar, dass er mich aus diesem speziellen Albtraum gerissen hatte.

Mein Herz donnerte immer noch, und ich überlegte, ob ich überhaupt rangehen sollte, aber am Ende siegte doch die Neugier. Das tut sie immer. »Guten Morgen, Sharp Investigations«, sagte ich mit meinem sanften Telefontonfall.

»Guten Morgen«, hörte ich eine gebieterische Stimme. »Sie wurden mir als diskret empfohlen. Ich möchte, dass Sie jemanden für mich finden. Ist das in Ihrem Repertoire?«

»Ja, Ma'am«, versicherte ich ihr.

»Gut«, meinte sie knapp. »Ich bin Lady Elizabeth Sorrell. Die Adresse ist Foxwood Manor. Kennen Sie das?«

»Ja, Ma'am«, antwortete ich. Es war meines Wissens das letzte Herrenhaus in der Nähe, das noch nicht dem National Trust zur Denkmalpflege übergeben wurde. Da es sich immer noch im Privatbesitz befand, wurde es häufiger für Hochzeiten und Firmenveranstaltungen gebucht.

»Acht Uhr. Seien Sie pünktlich.« Sie legte ohne Verabschiedung auf.

Ich hatte bis mindestens zwei Uhr nicht schlafen können und fühlte mich immer noch müde und wie durch den Fleischwolf gedreht. Ich dachte ernsthaft darüber nach, mich noch einmal dreißig Minuten aufs Ohr zu legen, aber meine schweißnassen Laken überzeugten mich, es sein zu lassen. Außerdem war ich jetzt schon wach.

Ich schleppte mich unter die Dusche, um die letzten Spinnweben in meinem Kopf loszuwerden, ehe ich mir die auf dem Boden liegenden Jeans vom Tag zuvor schnappte und in ein frisches T-Shirt schlüpfte. Für diese Kundin war eindeutig formelle Kleidung angesagt, aber ich konnte schlecht im Kostüm den Hund Gassi führen.

Nach einer kurzen und ereignislosen Runde mit Gato machte ich mir eine Scheibe Toast zum Frühstück. Mrs. H würde ihn hier abholen, wenn sie so weit war, also bestand keine Notwendigkeit, sie in aller Frühe zu überfallen.

Ich schlüpfte in ein unscheinbares graues Kostüm und eine weiße Bluse. Den Blazer ließ ich offen, zugeknöpft sah er schlimmer aus, weil meine Brüste das Material zu sprengen drohten. Ich legte ein simples Make-up auf und frisierte mein Haar zu einem lockeren Knoten. Dann sah ich mich noch einmal im Spiegel an: Ich sah so fein aus, wie ich konnte. Zufrieden mit meinem Spiegelbild, fütterte ich Gato, küsste ihn auf den Kopf und stieg in meinen Ford.

Es waren nur zwanzig Minuten Fahrtzeit bis Foxwood Manor, aber ich brach eine halbe Stunde vorher auf, nur für den Fall. Ich war gestern nicht in der Gegend gewesen, also war ich nicht sicher, ob es vielleicht Straßenbauarbeiten gab, die mich zu einem Umweg zwingen würden – und ich glaubte nicht, dass Lady Sorrell zu den Menschen gehörte, die Unpünktlichkeit verziehen.

Ich war um 7:50 Uhr dort und wartete noch einmal fünf Minuten im Wagen. Lady Sorrell würde es auch nicht mögen, wenn ich zu früh auftauchte. Pünktlichkeit ist eine Kunst. Um fünf vor klopfte ich an die uralte Holztür. Es verging kaum ein Moment, bis sie von einem Herrn in einem feinen Anzug geöffnet wurde. Er hatte grau meliertes Haar, und seine gealterte Haut verriet, dass er etwa in seinen Fünfzigern sein musste. Lady Sorrell schien einen waschechten Butler zu haben. Wer hätte gedacht, dass das noch üblich ist?

»Jessica Sharp, nehme ich an«, sagte er würdevoll. Ich fragte mich, ob man dieses stereotype Verhalten in einer Butler-Schule lernen konnte.

»Jinx«, korrigierte ich ihn. Er blinzelte. Ich schätzte, er war es nicht gewohnt, berichtigt zu werden.

Er trat einen Schritt zurück, bat mich herein und schloss die schwere Tür hinter uns. Das Licht der schwachen Oktobersonne drang nur spärlich in den holzvertäfelten Flur. Er neigte den Kopf, um mir zu verstehen zu geben, dass ich ihm folgen solle.

Ich sah mich währenddessen um. An den Wänden fehlten Bilder, und es waren kaum Ziergegenstände zu sehen. Steckten die Sorrells in finanziellen Schwierigkeiten? Ich nahm mir vor, eine Anzahlung zu verlangen und gleich im Vorhinein eine Summe für den Vorschuss und zusätzliche Ausgaben zu vereinbaren. Ich hoffe, dass mich diese Einstellung eher zur smarten Geschäftsfrau als zu einem kaltherzigen Biest macht. Obwohl es im Grunde egal ist.

Der Butler blieb vor einer Mahagonitür stehen, klopfte und öffnete sie. »Eine Miss ... Jinx ist für Sie hier, Ma'am.«

Es schwang etwas Abscheu in der Art mit, wie er meinen Namen aussprach.

»Danke, Jackson. Das wäre dann alles.« Ich fragte mich, ob Jackson sein Vor- oder Familienname war. So oder so hatte er wegen irgendwas einen Stock im Arsch.

Ich trat ein. Hier fehlten weder Gemälde noch Ziergegenstände – dies musste das Empfangszimmer sein. Es war lächerlich riesig; ich war mir ziemlich sicher, dass der Grundriss meines gesamten Hauses hineingepasst hätte. Drei aufeinander abgestimmte Sofas waren um einen großen Kamin gruppiert, dahinter stand ein Tisch mit vier Stühlen und einer Vase mit frischen Blumen. Es gab sechs große Fenster, alle in derselben Wand. Der Raum war in einem beruhigenden Salbeigrün gestrichen, aber alle Teppiche hatten chaotische Blumenmuster. Zum Glück wurde das Zimmer durch Lampen erhellt, was half, die düstere Atmosphäre des Flurs zu vertreiben.

Elizabeth Sorrell thronte in einem pfirsichfarbenen Kostüm und einer weißen Bluse auf einem der Sofas. Sie hatte die Beine züchtig an den Knöcheln überkreuzt. Ihr Gesicht war alterslos, und ich hätte viel Geld darauf verwettet, dass sie etwas hatte machen lassen, aber ihr Hals verriet ihr Alter. Ich schätzte sie auf Mitte siebzig. Sie machte keine Anstalten, aufzustehen und mich zu begrüßen.

Ich durchquerte den Raum. »Lady Sorrell«, begrüßte ich sie und achtete darauf, mich nicht zu setzen, bevor sie es mir anbot. Meine Mutter hatte mir Manieren beigebracht, und ich vermutete, dass Lady Sorrell darauf viel Wert legte.

Anerkennung flackerte über ihre strengen Züge – so kurz, dass man es leicht verpassen konnte. »Setzen Sie sich, Miss Sharp«, bat sie mich.

Ich setzte mich. Ich wartete. Das hier war ihre Show. Sie bot mir keine Erfrischung an. Ich war als Dienstleisterin hier und dementsprechend Personal.

»Meine Enkelin Hester ist verschwunden«, erklärte sie. »Ein braves Mädchen, aber sie ist erst achtzehn. Vor Kurzem begann sie an der Liverpool University ihr Psychologiestudium.« Sie spuckte mir das letzte Wort förmlich entgegen, woraus ich schloss, dass das nicht ihrer Vorstellung von einem respektablen Abschluss entsprach. Meine Mutter war Psychologin, und sie hat ihr gesamtes Erwachsenenleben mit dem Versuch verbracht, Menschen zu helfen. Für mich war das respektabel.

»Sie rebellierte damit gegen die Wünsche der Familie. Zum Glück ist die Liverpool University eine der besseren Universitäten, trotzdem … Sie lebt in einem Studentenwohnheim.« Lady Sorrell konnte ein Schaudern nicht unterdrücken. »Hester ist seit fünf Wochen dort und hat täglich angerufen, bis vor zwei Tagen. Sie war nicht bei ihren Vorlesungen und hat nichts in den sozialen Medien gepostet. Wir haben sie bei der Polizei als vermisst gemeldet, aber es ist eindeutig, dass sie glauben, sie hätte sich willentlich unter dem Einfluss von Alkohol eine Auszeit genommen. Uns wurde gesagt, es gebe Hinweise darauf, dass sie Drogen konsumiere.«

Interessanterweise schien sie ein Psychologiestudium abschreckender zu finden als die Vorstellung, dass ihre Enkelin Drogen nehmen könnte. »Die Ermittlungen der Polizei waren unbefriedigend. Mir wurde gesagt, dass sie nicht einmal versucht haben, Zutritt zu ihrem Zimmer zu erlangen.« Ihre Missbilligung war schwer zu übersehen. Irgendwer irgendwo würde einen Beschwerdebrief bekommen.

»Sie wurden mir von einem Freund der Familie empfohlen, Lord Samuel. Er hat mir versichert, Sie seien diskret. Was auch immer Hester treibt, wir wollen nicht, dass die Öffentlichkeit davon erfährt und das ihre Chancen auf eine gute Heirat zunichtemacht. Obwohl es Arrangements für eine mögliche Verlobung mit Lord Samuels Sohn gibt, ist noch nichts sicher. Und auch wenn Wilfred ein guter Freund ist, würde er keine Partnerin für seinen Sohn wollen, der ein Skandal anhängt.« Sie presste die Lippen zusammen.

Himmel, diese Leute lebten echt in der Steinzeit. Wenigstens beantwortete das die Frage, wie sie auf meine Wenigkeit gekommen war. Ich hatte mehrere diskrete Wiederbeschaffungsaufträge für Lord Wilfred Samuel angenommen. Er hatte zwar mächtig Geld, aber auch die Angewohnheit, beim Pokern Familienerbstücke zu verspielen.

Ich nickte verstehend. »Haben Sie Details zu Hesters Unterbringung in Liverpool und möglichen neuen Freunden?«

Lady Sorrell nickte. »Wir haben ein komplettes Dossier für Sie. Details zu ihren Freunden hier, den Freunden, die sie in Liverpool erwähnt hat, ihr Wohnheimzimmer und ihren Stundenplan.« Sie war beeindruckt von sich selbst.

»Ausgezeichnet, vielen Dank. Da ich nach Liverpool werde reisen müssen, sollten wir über einen Vorschuss und Spesen sprechen.«

Lady Sorrell winkte ab. »Wir haben Ihnen 10.000 Pfund überwiesen. Lord Samuel hat mir Ihr Stundenhonorar genannt. Bitte melden Sie sich, sollten Sie mehr brauchen, und ich sorge dafür.«

Ich war Lord Wilfred Samuel sehr früh in meiner Karriere begegnet, als ich jung war und dringend Geld brauchte. Er hatte einen Titel, also nannte ich ihm einen lächerlich hohen Betrag, den er ohne mit der Wimper zu zucken akzeptierte.

Die Familienerbstücke waren extrem wertvoll. Trotz seiner Spielsucht verfügte er immer noch über ein Vermögen.

Ich blieb ruhig, obwohl ich innerlich einen Freudentanz aufführte. »Darf ich Hesters Schlafzimmer sehen?«

Lady Sorrell verzog das Gesicht und nickte widerstrebend. »Also gut. Jackson wird es Ihnen zeigen. Ich nehme an, das war dann alles?«

Ich war noch nicht bereit, entlassen zu werden. »Wäre es möglich, mit Hesters Eltern zu sprechen?«, fragte ich.

»Ihr Vater ist nicht im Land, und ihre Mutter ist unpässlich«, erklärte Lady Sorrell scharf. Ihre Stimme wurde wieder etwas sanfter: »Meine Schwiegertochter verkraftet die Situation nicht gut. Sie ist außer sich vor Sorge. Sie hat Schlaftabletten eingenommen.« *Alles wahr.*

Mir kam die Reaktion der Familie etwas übertrieben vor, aber ich schätzte, dass Hester sehr behütet aufgewachsen war. Und jetzt war sie ausgerechnet nach Liverpool gezogen. Ich liebe Liverpool, aber die Stadt hat ihre scharfen Kanten, an denen sich ein naives junges Mädchen leicht schneiden kann.

Was ein Glück ich doch hatte! Es sah aus, als läge ein kleiner Ausflug vor mir. Hoffentlich würde ich Hester über irgendeinem Bartresen hängend auffinden.

Als ich mich erhob, läutete Lady Sorrell eine Glocke, und Jackson öffnete die Tür. »Geben Sie Miss Sharp das Dossier und zeigen Sie ihr Hesters Zimmer, ehe Sie sie hinausbegleiten.«

»Selbstverständlich, Mylady.« Er sah mich an. »Wenn Sie mir folgen würden, Ma'am.«

Ich schätzte, Ma'am war ihm lieber als Jinx. Ich folgte ihm eine Treppe hinauf zu einer Zimmerflucht, und er wartete an der Tür, während ich begann, mich zwischen Hesters Habseligkeiten umzusehen. Seine Nasenflügel blähten sich vor Empörung, aber er sagte nichts. Ich hielt mich nicht mit Small Talk auf. Ich würde gleich noch mit ihm über Hester sprechen.

Hesters Räumlichkeiten waren opulent mit einer Blumentapete, die mir in den Augen wehtat. Das Bett stand auf vier mächtigen Pfosten samt goldenem Himmel und Überdecken. Für meinen Geschmack war es etwas zu Disney, aber jeder, wie er mochte. An das Schlafzimmer grenzte ein Ankleidebereich und dahinter ein Bad von der Größe meines Wohnzimmers. Darin befand sich eine frei stehende Badewanne mit Löwentatzen. In einer Ecke entdeckte ich eine moderne Doppeldusche, in der anderen eine Toilette und ein Waschbecken. Es gab einen Wäscheschrank mit Handtüchern und ein Schränkchen mit all dem typischen Mädchenkram. Keine Drogen oder Medikamente, nicht einmal Paracetamol. Ich hob sogar den Deckel der Klospülung, aber auch darin war nichts versteckt.

Hesters Ankleidezimmer war mit Einbauschränken und deckenhohen Spiegeln gesäumt. Sie besaß genug Schuhe, um eine ganze Armee damit zu versorgen. Obwohl sie einen verdammt guten Geschmack hatte, was ihre Treter anging, war der Rest ihrer Garderobe ziemlich züchtig: knielange Kleider, Jeans und Oberteile. Nichts Gewagtes. Ich machte mir die Mühe, ihre Taschen zu durchsuchen, aber es befand sich rein gar nichts darin, nicht einmal ein Kassenbon. Ich überprüfte auch die Schränke gründlich – keine doppelten Böden.

Keine Drogen, keine Sextoys, kein Spaß. Ich ging weiter ins Schlafzimmer und schaute unters Bett. Nichts. Dann durchsuchte ich die Kommoden. Kein Tagebuch, keine Erinnerungsfotos. Das einzig ansatzweise Interessante war das Bild eines attraktiven jungen Mannes um die achtzehn. Er grinste selbstzufrieden in die Kamera und hatte den Arm um Hester gelegt. Er sah gut aus und wusste es.

»Wer ist das?«, fragte ich Jackson.

»Lord Samuels Sohn«, meinte er widerstrebend. »Archibald Samuel – Archie. Er ist ein Freund von Miss Hester.« Jetzt da er es sagte, sah ich die Ähnlichkeit.

Ich machte mit dem Handy ein Foto von dem Bild und legte es dorthin zurück, wo ich es gefunden hatte. Ich vermutete, dass Hester ein braves Mädchen gewesen war, bevor sie an die Uni ging. Die braven Mädchen drehten an der Uni immer so richtig auf; all die Freiheiten nach so einem engen Leben waren überwältigend. Brave Mädchen kannten ihre Grenzen nicht, weil sie zu Hause nie trinken durften. Sie wurden bei ihrem ersten Rausch ganz aufgeregt, und ab da ging es nur noch bergab.

»Hat Hester jemals Wein mit Freunden oder Familie getrunken?«

Jackson dachte nach. »Selten«, gab er zu. »Aber sie trank hin und wieder ein Glas zum Essen.«

»Hat sie geraucht?«

»Himmel, nein!«

»Hatte sie Hobbys?«

»Lesen«, sagte er langsam.

»In diesem Zimmer gibt es keine Bücher.«

»Natürlich nicht«, meinte er entsetzt. »Die sind in der Bibliothek.«

Ich seufzte. Dann sah ich mir die Bibliothek besser auch an. Ich schaute mich ein letztes Mal im Zimmer um. Es war nichts sonst hier, das mir etwas hätte verraten können. »Bringen Sie mich in die Bibliothek«, wies ich ihn an.

Er plusterte sich auf. »Das entspricht nicht meinen Anweisungen.«

Ich musterte ihn. »Na gut, dann stören wir eben Lady Sorrell noch einmal, um uns die Erlaubnis zu holen, dass ich den Raum sehen darf, in dem Hester den Großteil ihrer Zeit verbracht hat.«

Er verzog das Gesicht. »Folgen Sie mir.« Er führte mich wieder nach unten und durch einen Flur. Wie der Rest des Herrenhauses war auch die Bibliothek dunkel und roch leicht modrig. Hier gab es mehr Bücher, als ich je in einer privaten Sammlung gesehen hatte. Einige sahen alt aus, aber es gab auch moderne Bände. »Wo hat sich Miss Hester für gewöhnlich aufgehalten?«, wollte ich wissen.

Jackson führte mich in den hinteren Bereich der Bibliothek, wo einige gemütliche Sessel an einem Kamin standen. Im Regal daneben standen lauter zeitgenössische Romane: Urban Fantasy, Science Fiction und Bücher über paranormale Dinge. Nun, wenigstens wusste ich jetzt ein wenig besser, wie sie tickte. Sie mochte Liebesgeschichten unter Vampiren, Werwölfen und Ghoulen.

»Wie würden Sie Miss Hester beschreiben?«

Jackson presste die Lippen zusammen.

»Ich werde niemandem sagen, was Sie mir erzählen«, versicherte ich ihm. »Ich möchte sie nur finden. Und dafür brauche ich Infos. Je mehr ich weiß, desto einfacher wird es für mich, wie sie zu denken und mir zu erschließen, wo sie am ehesten hingehen würde.«

Er spannte den Kiefer an, nickte jedoch. »Sie ist ein braves Mädchen, hat sich nie weit von der Bibliothek entfernt. Sie hat nicht viele Freunde. Sie ist ... in Master Archie verliebt. Archie ist beliebt und nimmt sich oft Zeit für sie, aber ich glaube, dass er sie eher als kleine Ablenkung sieht. Er ist kein netter Mensch. Ich war froh, als sie an die Uni ging und nicht mehr in seinem Einflussbereich war. Er nimmt Drogen, und ich weiß, dass er ihr auch schon welche angeboten hat, aber sie hat das abgelehnt. Es gab Andeutungen zwischen seinen Eltern und Miss Hesters Familie, dass sie eines Tages heiraten könnten, aber im Moment gibt es noch keine formelle Vereinbarung. Deshalb glaube ich nicht, dass es wahrscheinlich ist, dass sie an der Universität Drogen nimmt – das passt einfach nicht zu ihr. Wenn überhaupt, dann hätte sie sie mit Archie genommen. Miss Hester respektiert ihre Eltern und die Grenzen, die sie ihr setzen. Meines Wissens nach hatte sie nie eine romantische Beziehung.« Jacksons Tonfall wurde wärmer, während er sprach, es war unverkennbar, dass ihm das Mädchen sehr am Herzen lag.

»Eine beste Freundin?«, fragte ich.

»Sybil Arlow. Sie lebt in Arlington Grove. Sie waren zusammen im Internat.«

Ich nickte. Noch eines dieser vornehmen Trust-Fund-Kids. Alles, was Jackson sagte, klang nach der Wahrheit – zumindest was er dafür hielt.

»Ich bin mir sicher, man wird sie heil und lebendig wiederfinden«, sagte er zuversichtlich. *Lüge.*

Die Frage war nur, ob Jackson glaubte, dass sie nicht mehr am Leben war, weil er etwas mit ihrem Verschwinden zu tun hatte, oder war er nur ein Zyniker? Mein Bauchgefühl tippte auf Letzteres, und ich habe schon vor langer Zeit gelernt, meinen Instinkten zu vertrauen. Sie trügen mich nie.

3

WENN ES UM VERMISSTE PERSONEN geht, ist Zeit alles, vor allem, wenn die Vermutung im Raum steht, dass es sich um eine Straftat handeln könnte. Ich hatte Lord Wilfred Samuel bereits geschrieben und um ein Gespräch mit seinem Sohn bezüglich Hesters Verschwinden gebeten. Die Antwort kam augenblicklich, er würde seinen Sohn aufwecken und ich könne kommen, wann immer ich wolle. Er meinte auch, dass er eine Überraschung für mich habe, und das bereitete mir etwas Sorgen. Wilfred ist … exzentrisch. Es war schwer zu sagen, was bei ihm als Überraschung galt – und ob ich es mögen würde.

Jackson reichte mir das Dossier, das Lady Sorrell zusammengestellt hatte, und schob mich zur Haustür hinaus. Ich stieg in meinen Wagen, startete den Motor, drehte die Heizung hoch und beschloss, noch kurz sitzen zu bleiben und durch die Unterlagen zu blättern, ehe ich meine nächsten Schritte plante.

Da war ein spärlicher Abschnitt mit der Überschrift *Freunde vor Ort*. Darunter waren nur Sybil und Archie mit Adressen und Telefonnummern aufgelistet. Wenn das alle Freunde waren, die sie hier hatte, dann war Hester vermutlich ein einsames Mädchen gewesen. Die Liste ihrer Freunde an der Universität war deutlich länger, allerdings befanden sich keine Jungs darunter.

Ihr Stundenplan war nicht sehr fordernd – an den meisten Tagen hatte sie morgens Vorlesungen, aber höchstens für zwei oder vier Stunden. Freitags hatte sie ein Gruppentutorium. Vielleicht war Psychologie eines dieser Fächer, für die man viel in seiner Freizeit lesen musste, etwas, das Hester sicher lag.

Auf der letzten Seite fand ich Hesters Adresse in dem neuen Gebäude im Greenbank Village. Ich hatte meine beste Freundin Lucy oft an der Liverpool University besucht. Sie wohnte in Lady Mountford Hall im Carnatic Student Village, und wir hatten uns auf einen Abschiedsdrink getroffen, als Letzteres geschlossen wurde. Greenbank Village war das neue, schicke Studentenwohnheim. Hester hatte ein erstklassiges Zimmer mit Bad und Küche. Lucy hatte ihre Küche mit dreizehn anderen Leuten teilen müssen. Reichtum veränderte die Dinge – Lucy hatte allerdings vielleicht mehr Spaß und Freundschaften als Hester. Hester konnte sich im Prinzip komplett isolieren, wenn sie wollte, und nach dem, was ich bislang über sie erfahren hatte, kam mir das recht wahrscheinlich vor.

Ich beschloss, Sybil Arlow noch aus dem Auto anzurufen, während ich auf dem Weg zu Lord Samuels Wohnsitz war. Ich gab Wilfreds Adresse in mein Navigationsgerät ein. Ich war oft genug dort gewesen, dass ich nicht abgelenkt sein würde, während ich mit Sybil sprach. Ich wählte die Nummer und verband den Anruf mit dem Bluetooth des Wagens.

Trotz der frühen Uhrzeit ging sie beim zweiten Klingeln ran. Sie hatte in den letzten zwei Wochen nichts von Hester gehört und einfach angenommen, dass ihre Freundin sich amüsierte. Es war nicht zu überhören, dass Sybil ein wenig neidisch war; ihre Eltern erlaubten ihr nicht, eine Uni zu besuchen, und schickten sie auf ein Institut für höhere Töchter.

Sybil erzählte mir, dass Hester gerne Horrorfilme schaute und Makabres mochte. Sie bestätigte zudem, dass ihre Freundin in Archie verschossen war und hoffte, ihn eines Tages zu heiraten. Aber sie wusste auch, dass es bis dahin noch eine Weile hin war, und hatte sich auf die Freiheit der Uni gefreut. Hester hatte Sybil gesagt, sie wolle ganz neu anfangen, sich neu erfinden. Sybil hatte vermutet, dass Hester genau das getan und sich deshalb nicht mehr bei ihrer Freundin gemeldet hatte.

Hester war zügellos geworden, erzählte Sybil mir, und in jedem Wort schwang Neid mit. Sie hatte sich einer Fallschirmspringer- und einer Bergsteiger-Gruppe angeschlossen. Ihre Eltern würden durchdrehen, wenn sie das wüssten. Hester besuchte Bars und hörte Rockmusik. Sie hatte sogar erwähnt, sich ein Tattoo stechen lassen zu wollen. Es gab einen Typen, der ihr ganz gut gefiel. Sie hatte Sybil den Namen nicht gesagt, sondern nannte ihn ihren »Mister Mystery«. Sibyl wusste nichts von Drogen, zweifelte aber daran, dass Hester – neues Leben hin oder her – welche nehmen würde.

Die Unterhaltung half mir weiter, aber ich war froh, dass ich keine Zeit mit einem persönlichen Treffen verschwendet hatte. Sie war so sehr in ihrem eigenen Elend versunken, dass es nicht schien, als machte sie sich groß Sorgen um Hesters Verbleib. Sie sah keinen Grund zur Panik. Vielleicht hatte sie recht damit – doch etwas sagte mir, dass sie sich irrte.

Aber es schien, als hätte ich unrecht gehabt, als ich annahm, Hester würde sich an der Uni zurückziehen, und sie amüsierte sich tatsächlich prächtig. Wurde aber auch Zeit.

Ich fuhr vor Lord Samuels Anwesen vor. Es handelte sich um ein Gebäude im edwardianischen Stil, das sich in einem ausgezeichneten Zustand befand und über gepflegte grüne Gärten verfügte, deren Pflege eine ganze Stange Geld kosten musste. In der Auffahrt parkte ein nagelneuer schwarzer Range Rover, und ich stellte meinen Wagen daneben ab. Ich prüfte, ob ich abgeschlossen hatte – man kann nie zu vorsichtig sein –, und lief die Treppe zur Haustür hinauf.

Lord Samuels Haushälterin, Mrs. Dawes, öffnete die Tür. Sie war klein und rundlich und hielt immer einen Keks und ein Lächeln bereit. Sie hatte die Geduld eines Engels und ich die vage Vermutung, dass sie insgeheim Gefühle für Lord Samuel hegte. Er schätzte sie sehr, aber ich bezweifelte, dass er je auch nur eine Sekunde lang *auf diese Weise* an sie gedacht hatte. »Bist du hier, um mal wieder ein Problem für Lord Samuel zu lösen, Jinx?«, scherzte sie mit einem wissenden Lächeln.

»Dieses Mal hat jemand anderes das Problem«, versicherte ich ihr.

Sie führte mich ins Empfangszimmer. Dieses hier war luftig und hell und damit ein echter Gegensatz zum Zuhause der Sorrells. Die Wände zierte ein blasses Gelb, und diverse nicht zueinanderpassende Sofas standen sich gegenüber.

Es befanden sich drei Männer im Raum: der eine war Wilfred Samuel, der zweite Archibald Samuel, und den dritten kannte ich nicht. Er war älter als ich, vielleicht Ende zwanzig, mit hellbraunem Haar, warmen braunen Augen und einem kantigen Kinn. Seine Haut war gebräunt, als wäre er frisch aus dem Urlaub zurück. Er hatte die muskulöse Statur eines Wrestlers, was nicht recht zu dem dunkelgrauen Anzug zu passen schien, obwohl der natürlich maßgeschneidert war. An den schwarzen Manschetten saßen silberne Dreiecke. Er war klassisch schön – und ich vermutete, dass er das auch wusste. Er musterte mich ebenso interessiert, ließ sich jedoch nicht anmerken, was er dachte.

Archibald lümmelte in Jogginghosen und einem Poloshirt auf dem Sofa. Er hatte einen Arm über den Augen und sah aus, als wäre er müde, verkatert oder beides. Wie sein Vater hatte er sandblondes Haar, blaue Augen und milchweiße Haut.

Lord Samuel erhob sich und kam zu mir, um mich zu begrüßen. »Jinx!«, sagte er warm. »Ich freue mich so, dich zu sehen.« *Wahrheit.* Er warf mir zwei Luftküsschen zu.

»Wilf«, sagte ich. Nach fünf Erbstücken hatte er beschlossen, dass wir ab jetzt Freunde waren und ich ihn Wilf nennen sollte. Ich bin mir nicht sicher, ob ich unsere Beziehung als Freundschaft bezeichnen würde, und es fühlt sich immer noch komisch an, jemanden zu kennen, der Wilfred heißt.

Wilf ist einundfünfzig, gut gebaut und stark. Er trainiert regelmäßig, färbt seine grauen Haare blond, und er benutzt Feuchtigkeitscreme. Theoretisch ist er verheiratet, aber seine Frau zog nach Frankreich, als Archie dreizehn war. Seit unserem Kennenlernen hatte Wilf eine Reihe von Geliebten. Er hat mir auch mal angeboten, eine davon zu werden, aber zum Glück nahm er es mir nicht übel, als ich ablehnte.

Ich hatte Archie noch nie getroffen. Wenn ich ehrlich bin, war der erste Eindruck auch nicht besonders.

»Archie!«, rief Wilf in einem strengen Tonfall, den ich zum ersten Mal hörte. »Steh auf und begrüß Jinx.«

Archie stieß ein lautes Stöhnen aus und erhob sich. Als er mir die Hand hinstreckte, zeigte er alle Anzeichen der typischen Abneigung eines Teenagers. Sein Händedruck war schlaff und wenig beeindruckend, und als ich seine Hand losließ, roch er daran. Wilf stieß ihm den Ellbogen in die Seite, und Archie hörte auf zu schnüffeln und wurde leicht rot.

Der dritte Mann war bereits auf den Beinen. Er reichte mir seine Hand. »Zachary Stone«, sagte er in einem warmen Bariton.

»Jinx«, antwortete ich. Als wir uns die Hände schüttelten, hätte ich schwören können, bei der Berührung einen elektrischen Funken durch mich fließen zu spüren. Ich vermutete, er spürte es auch, denn er hob kurz und unwillkürlich die Augenbrauen. Er umfasste meine Hand fest; das war nichts Schlaffes an *seinem* Händedruck.

»Stone ist der andere Ermittler«, erklärte Wilf.

Nun war ich an der Reihe, die Augenbrauen zu heben. »Der andere Ermittler?«

Wilf verzog das Gesicht. »Elizabeth hat zwei von euch engagiert.« Mein Detektor meldete sich. *Lüge.* Wenn Elizabeth Sorrell Stone also nicht engagiert hatte, wer dann? Wilf? Aber warum log er dann? »Sie dachte, wenigstens einer von euch würde in der Lage sein, Hester zu finden.«

Ich seufzte laut. »Das führt nur dazu, dass alle verärgert sind, weil sie die gleichen Fragen zweimal beantworten müssen.« Ich war genervt. Wenn ich gewusst hätte, dass noch jemand Hesters Verschwinden untersuchte, dann hätte ich abgelehnt. Aber jetzt ... nun, jetzt hatte ich 10.000 Pfund auf meinem Konto und ein Mysterium zu lösen. Ich bin der Typ Mensch, der ein Buch immer bis zum Ende liest, selbst wenn er es nicht mag. Wenn ich etwas anfange, dann bringe ich es zu Ende. Das gilt auch für meine Fälle. Ich bringe sie *immer* zu Ende.

Wilf nickte. »Absolut. Deshalb habe ich euch beide zur

gleichen Zeit hergebeten. Spart uns allen Zeit. Er war meine kleine Überraschung für dich.«

Ich hatte etwas Schlimmeres erwartet. »Lassen Sie uns nachher reden«, sagte ich an Stone gewandt.

Er musterte mich abschätzend. »Gerne.« Sein Akzent war neutral britisch. Er hätte überall aus dem Land stammen können.

Archie lag wieder auf dem Sofa. Ich beschloss, ihn ein wenig in Ruhe zu lassen und zuerst Wilf zu befragen. »Lady Sorrell deutete an, dass Hester und Archie gut befreundet sind.«

Das hatte sie nicht, aber Wilf musste das nicht wissen. »Also nehme ich an, dass du Hester auch kennst?«

Wilf lächelte. »Natürlich. Die gute Hester.«

Archie schnaubte. »Die gute, schlichte, langweilige Hester.«

Wilf funkelte ihn an. »Zeig etwas Respekt. Sie wird einmal deine Frau sein.«

Archie starrte zurück. »Heutzutage gibt es keine arrangierten Ehen mehr. Du kommst aus der Steinzeit. Ich will Hester nicht heiraten. Sie wäre eine miese Gefährtin, im Bett wie im Leben.«

Ich konnte beinahe sehen, wie Wilf im Kopf bis zehn zählte. Es war interessant, ihn in der Vaterrolle zu erleben. Wenn wir uns sonst begegneten, flirtete er und war ein wenig betrunken. Der verantwortungsbewusste, autoritäre Wilf war mir neu. Ich glaube, so gefiel er mir besser.

Er biss die Zähne zusammen und blähte die Nasenflügel. Bis zehn zu zählen hatte nicht geholfen, und der Zorn zeigte sich in jeder Linie seines Gesichts. Ich war beeindruckt von seiner Selbstbeherrschung, als er seinem Sohn keine reinhaute, wie er es eindeutig wollte. Stattdessen zischte er: »Um ehrlich zu sein, verdient Hester es nicht, sich mit einem unverschämten Welpen wie dir herumschlagen zu müssen.«

Er wandte sich an mich, atmete tief durch und versuchte, die Anspannung etwas zu lockern. »Hester hat ein freundliches Wesen. Elizabeth sagte etwas von Drogen, aber das kann ich nicht glauben. Sie ist nicht der Typ, der über die Stränge schlägt. Sie trinkt kaum einen Tropfen, von Drogen ganz zu schweigen. Sie ist ein braves Mädchen, das oft die Nase in einem Buch hat, selbst auf Partys. Ich kann mir nicht vorstellen, dass sie ihr Studium einfach an den Nagel hängen würde – sie war immer so gelehrsam. Und sie hat eine sehr enge Beziehung mit ihrer Mutter Margarete. Sie würde ihr niemals Sorgen bereiten. Ich fürchte, dass ihr etwas passiert sein könnte.«

Archie schnaubte noch einmal. »Sie hat einfach nur herausgefunden, dass Trinken Spaß macht, und hängt verkatert irgendwo herum. Ihr macht euch lächerlich.«

»Du glaubst nicht, dass sie in Schwierigkeiten steckt?«, fragte Stone.

»Nein, vermutlich ist sie bei Freunden.« *Wahrheit.*

»Würde es dir etwas ausmachen, wenn sie in Schwierigkeiten stecken würde?«, fragte ich sanft.

Etwas blitzte in seinen Augen auf, ehe er träge die Schultern zuckte. »Nö.« *Lüge.*

Stone sah mich seltsam an. Ich begegnete seinem Blick herausfordernd, und er schenkte mir ein schwaches Lächeln. Ich wandte mich wieder an Archie. »Hat Hester sich bei dir gemeldet, seit sie an der Uni ist?« Ich wollte, dass er mir antwortete. Ich brauchte eine Spur, also übte ich mehr Druck aus.

Archie sah mich eine Weile an, ehe ein »Was-zum-Teufel?«-Ausdruck über sein Gesicht huschte. »Okay, ja. Wir haben ein paarmal gesprochen. An den meisten Tagen. Sie amüsiert sich, und ich habe sie dazu ermutigt. Sie hat ein paar Freunde gefunden. Ein Mädchen namens Maeve scheint ihre beste Freundin zu sein, und sie steht auf diesen Typen namens Nathaniel. Er ist aus gutem Hause wie wir und steht auf Fallschirmspringen, also hat sie sich dafür angemeldet. Sie hat den Spaß ihres Lebens.« Er glaubte alles, was er mir erzählte, und ich fragte mich, ob da nicht auch ein Hauch Eifersucht mitschwang. Hester sollte ihn schließlich einmal heiraten. Er wirkte etwas überrascht, dass er uns so viel erzählt hatte.

Ich ließ ein wenig locker. »Weißt du zufällig, welche Bars sie so besucht hat?«

Archie schüttelte den Kopf. »Nein. Ich weiß, dass sie Tanzen gegangen ist. Sie hatte Spaß an der Rock-Szene. Mehr weiß ich nicht.«

»Du hast keine Ahnung, wo sie ist?«, fragte Stone.

Archie rollte mit den Augen. »Nein, ich habe keine Ahnung, wo sie ist. So viel Theater um nichts – typisch Helikoptereltern.« Er sah seinen Dad an. »Wenn ich mal einen Tag oder zwei verschwinde, drehst du auch nicht durch.«

Wilf schenkte seinem Sohn ein frostiges Lächeln. »Das liegt daran, dass du gerne mal im Drogenrausch verschwindest. Ich kenne deinen Dealer und deine Lieblingsorte. Wenn ich dich finden wollte, könnte ich das innerhalb einer Stunde. Du bist äußerst durchschaubar.«

Archie wurde etwas rot, weil ihm die Erkenntnis nicht behagte, dass seine wilde Rebellion etwas war, das Wilf geschehen ließ und bis zu einem gewissen Grad auch kontrollierte. Der arme Archie, selbst seine Auflehnung war reguliert.

Ich stand auf. Hier war nichts mehr zu holen, aber wenigstens hatte ich ein paar weitere Namen, mit denen ich arbeiten konnte. Maeve war im Dossier, Nathaniel nicht.

Stone erhob sich ebenfalls.

»Danke«, sagte ich zu Archie. »Du hast mir sehr geholfen.« Da war nur ein winziger Hauch Sarkasmus.

Wilf hörte ihn trotzdem und lächelte schief. »Ich bringe euch beide noch zur Tür.« Er begleitete uns zur Haustür, öffnete sie und schickte Stone zuerst hinaus. Ich wollte ihm folgen, doch Wilf griff nach meinem Arm. »Nimm dich vor ihm in Acht«, warnte er leise. »Stone ist gefährlich.« Ich sah ihm an, dass er mehr sagen wollte, aus irgendeinem Grund aber nicht konnte.

Ich nahm seine Warnung ernst. »Das bin ich auch«, antwortete ich.

Ich warf Wilf einen Luftkuss zu und folgte dem hinreißenden Zachary Stone hinaus.

4

STONE LEHNTE AN DEM SCHWARZEN Range Rover. Als ich auf ihn zukam, stieß er sich ab und sagte knapp: »In ein paar Kilometer Entfernung gibt es ein Café – Rosie's. Kennen Sie das?«

Ich nickte. Ich hatte mich einmal mit Wilf dort getroffen. Ich erinnerte mich noch, dass es ein ziemlich seltsames Treffen war. Wilf hatte mir jedes Getränk auf der Karte gekauft. Aber Stone brauchte davon nichts wissen.

Stones Gesichtsausdruck sagte mir, dass die Tatsache, dass ich das Café kannte, eine Bedeutung hatte, von der ich nichts wusste. Vielleicht verabredeten sich da ja Swinger, oder Dealer vertickten dort ihre Drogen, oder möglicherweise trafen sich auf dem Parkplatz Leute zum Gelegenheitssex. In den letzten Jahren hatte ich eine Menge über die seltsamen Auswüchse der Menschheit gelernt, obwohl ich zugeben muss, dass das nicht der Eindruck war, den ich im Rosie's gewonnen hatte. Mir fehlte irgendein Puzzlestück, und das gefiel mir nicht.

»Lassen Sie uns gehen.« Stone stieg in seinen Range Rover und startete den Motor. Ich sah ihm hinterher. Kurz überlegte ich, einfach ohne ihn nach Liverpool aufzubrechen, aber ich musste noch packen und für Gatos Unterbringung sorgen. Außerdem war es möglich, dass Stone Informationen für mich hatte. Sein Benehmen ging mir gegen den Strich, aber ich wusste, dass er nicht besser war als ich. Ich bin eine verdammt gute Ermittlerin, ich würde Hester Sorrell mit oder ohne ihn finden – bevorzugt ohne, Teamarbeit liegt mir nicht besonders.

Ich folgte ihm widerstrebend zu Rosie's. Es befand sich am Ende einer kurzen Reihe von Läden, darunter ein Supermarkt, ein chinesischer Schnellimbiss, eine Reinigung und ein Bestatter. Alles, was man so braucht. Ich parkte vor dem Café und griff nach meiner Handtasche. Stone war bereits hineingegangen.

Das Rosie's war leer, bis auf eine junge Frau mit einem Baby und einem kleinen Mädchen, das nicht besonders begeistert von dem Croissant zu sein schien, das die gestresste Mutter ihm gekauft hatte. Das Baby nuckelte fröhlich an der Brust. Die Mutter warf der heißen Schokolade, die sie außer Reichweite abgestellt hatte, sehnsüchtige Blicke zu. Ich schob sie näher zu ihr, und sie schenkte mir ein dankbares Lächeln. »Vielen, vielen Dank.« Sie strich sich mit einer Hand das Haar hinters Ohr, während die andere das Baby hielt, dann griff sie nach der Tasse. »Lecker«, strahlte sie.

Ich erwiderte das Lächeln. »Kein Problem.« Ich richtete den Blick auf das blauäugige Kind, das kurz vor einem Trotzanfall stand. »Magst du Marmelade dazu?«

Das Mädchen zog die Nase kraus. »Ja, Erdbeer.« Ich schnappte mir ein Päckchen Marmelade vom Tresen, schnitt das Croissant auf und beschmierte es großzügig. »Hier, und jetzt sei lieb zu deiner Mama«, trug ich ihr auf.

Die Mutter grinste mich an. »Kann man Sie als Babysitterin buchen?«, fragte sie scherzhaft.

Ich lachte. »Nein, ich kann immer nur für ein paar Minuten mit Kindern.«

»Ich auch«, seufzte sie.

Ich ging zum Tresen, wo Stone mit sichtlicher Ungeduld wartete. »Ein neue Freundin gefunden?«, fragte er belustigt.

Der Cafébesitzer kicherte ein wenig. Ich beachtete sie beide nicht und studierte die Karte. Ich bestellte Toasted Tea Cakes und einen Chai Latte. Stone wollte schwarzen Kaffee.

Der Cafébesitzer hatte leuchtend rotes Haar und Sommersprossen. Er war überraschend muskulös. Ich weiß, dass es ein wenig klischeehaft ist, zu denken, dass die Eigentümer von Cafés aussehen sollten, als würden sie ständig ihre eigenen Kuchen essen, und nicht, als könnten sie meine ganzen eins zweiundsiebzig stemmen, ohne auch nur eine Schweißperle zu vergießen.

Als alles fertig war, zahlte Stone und trug das Tablett zu unserem Tisch. Ich hängte die Handtasche über die Stuhllehne und setzte mich. Meiner Mutter waren Manieren sehr wichtig gewesen, und ich wollte nicht ungehobelt erscheinen. »Danke«, sagte ich.

Stone nickte. Das Schweigen dehnte sich aus, aber das hier war seine Party, also würde ich einfach abwarten. Ich begann, meinen Teacake zu essen. Als ich halb fertig war, lächelte Stone leicht. »Die meisten Menschen haben das Bedürfnis, Stille zu füllen«, meinte er.

»Ich bin nicht wie die meisten Menschen.«

»Nein«, stimmte er zu. »Das sind Sie nicht.« Er hielt meinen Blick fest. Dann wieder Stille, dicht und schwer. Bis Stone lachte. Vielleicht hieß das, dass ich gewonnen hatte, obwohl ich mir da nicht so sicher war.

»Sie sind eine Wahrheitsfinderin.« Er flüsterte es, aber sein

Tonfall war ausdruckslos, beinahe anklagend. Er sagte »Wahrheitsfinderin«, wie man Arzt oder Klempner sagen würde.

Ich blinzelte. »Ich bin eine ... was?« Fuck, es gab ein Wort für das, was ich war? Ich war *etwas*?

Er hob überrascht die Augenbrauen. »Sie haben keine Ahnung?«

»Wovon?« Ich klang jetzt genervt. Ich log nicht, ich hatte wirklich keine Ahnung, was eine Wahrheitsfinderin sein sollte – obwohl ich es vermutlich war, was immer das auch sein mochte. Ich war schon immer anders, mein innerer Detektor hat mich nie im Stich gelassen. Aber das würde ich ihm nicht auf die Nase binden. Ich nahm einen weiteren Schluck und achtete darauf, dass meine Miene ausdruckslos blieb.

Er suchte in meinen Augen nach Wissen, von dem ich mir sicher war, dass ich es nicht hatte. »Sie waren die ganze Zeit über verborgen«, sagte er fasziniert. »Sie wissen es wirklich nicht.«

»Sie fangen ernsthaft an, mir auf die Nerven zu gehen«, sagte ich ruhig. Ich griff nach meiner Handtasche und schob mir den Riemen über die Schulter. Ich würde jetzt gehen. Mum und Dad hatten mir eingeschärft, *unauffällig* zu bleiben. Ich wusste nie so genau, was sie damit meinten, ich vermutete einfach, ich solle mich von Ärger fernhalten. Aber jetzt war ich mir nicht mehr so sicher, ob es nicht doch jemanden gab, dem ich auffallen könnte. Und wenn es ihn gab, dann sagte mir Stones Blick, dass ich gerade wahrgenommen wurde.

Verdammt noch mal.

Als ich aufstand, packte Stone meine Hand und gab mir zu verstehen, mich wieder hinzusetzen. »Ich komme von der Verbindung«, erklärte Stone etwas lauter. Er sprach »Verbindung« aus, als sollte es mir etwas sagen. Ich konnte keine Lüge spüren, aber ich wusste auch nicht, was die Wahrheit war.

»So was wie ein Internet-Provider?«, fragte ich schließlich. Der Cafébesitzer lachte wiehernd. Eindeutig hatte ihm niemand beigebracht, dass es unhöflich war, Leute zu belauschen.

Auch Stones Miene wurde weicher, und er grinste. »Nein, Jinx, kein Internet-Provider. Es wäre einfacher, es Ihnen zu zeigen. Vertrauen Sie mir?« Die zweite Frage schien wichtig zu sein, und er betonte vor allem die letzten beiden Wörter.

Ich machte den Mund auf, um zu sagen: »Auf keinen Fall, mein Vertrauen muss man sich erarbeiten«, aber ich fühlte mich komisch und benommen. »Ja.« Das hatte ich nicht sagen wollen, aber es war wahr – ich vertraute ihm. Mein Ja klang wie die Wahrheit. Dann wurde mein Geist wieder klar, und ich runzelte die Stirn. »Was zum Teufel war das?«, fuhr ich ihn an. Ich hasste es, nicht auf dem Laufenden zu sein.

»Ich habe Ihren Geist manipuliert und Sie mit einem Zwang belegt«, gab er zu. »Wie Sie es bei Archie getan haben. Tut mir leid, aber jetzt wissen Sie, wie es sich anfühlt. Wenn Sie dieses benommene Gefühl noch einmal haben, sollten Sie zu einer Seherin gehen, damit sie den Zwang entfernt. Sie wissen, wie man die Wahrheit findet, aber das ist nur eine Facette Ihrer Fähigkeiten. Sie müssen sich mit beiden Seiten der Medaille vertraut machen.« Stone sank etwas in sich zusammen; es sah aus, als hätte es ihn Kraft gekostet, meinen Geist zu manipulieren.

Ich … was? Ich hatte mir Antworten von Archie gewünscht und ein wenig Druck ausgeübt, obwohl ich nicht erklären konnte, was genau das bedeutete. Archie war so überrascht über seine eigenen Worte gewesen ... Ach du meine Güte. Das ist es? Was bin ich?

Ich wusste nicht, was ich sagen sollte, also schwieg ich. Schließlich räusperte ich mich. »Sie haben mich gezwungen, wahrheitsgemäß darauf zu antworten, ob ich Ihnen vertraue? Warum?«

Stone zuckte die Achseln. »Wenn wir schon eng zusammenarbeiten sollen, ist es gut zu wissen, dass Sie auf meiner Seite sind.«

Ich kniff die Augen zusammen. »Ich bin vertrauenswürdig. Wenn ich sage, dass Sie sich auf mich verlassen können, dann ist es auch so.« Ich runzelte die Stirn. »Allerdings ist es komisch, dass ich Ihnen vertraue. Wir sind uns gerade erst begegnet.«

»Gute Instinkte sind eine Menge wert«, sagte Stone. Dagegen konnte ich nichts einwenden. Die Wahrheit zu erkennen war ein Aspekt meiner Fähigkeiten, mein Bauchgefühl ein anderer.

Stone stieß sich vom Tisch ab und stand auf. »Wie gesagt. Es ist einfacher, wenn ich es Ihnen zeige. Folgen Sie mir.« Er ging am Tresen des Cafés vorbei, nickte dem rothaarigen Besitzer zu und öffnete die Tür zu einem Hinterzimmer. Er trat hindurch, ohne sich zu vergewissern, dass ich ihm folgte. Mein Bauchgefühl mochte ihm vertrauen, aber er war ein arroganter Mistkerl.

Ich wusste, dass ich gehen sollte – meine Eltern würden wollen, dass ich gehe –, aber meine unersättliche Neugier siegte über meine Vorsicht. Ich war *etwas*. Ich war nicht einfach nur eine seltsame Anomalie. Mein Talent hatte einen Namen: *Wahrheitsfinder*. Ich wollte mehr wissen. Das war nur die erste Seite, und ich musste das ganze Buch lesen.

Ich folgte Stone in das Hinterzimmer – und kam im Café wieder heraus. Was? Dann sah ich den Besitzer und spürte meine Kinnlade runterklappen. Der freundliche, rothaarige Eigentümer war jetzt heiß. Buchstäblich. Statt rotem Haar hatte er züngelnde Flammen auf dem Kopf, und Hitze strahlte von ihm aus. Sein Schädel brannte, aber das schien ihn nicht zu kümmern. Außerdem hatte er ein Dreieckstattoo auf der Stirn.

Die Mutter und ihre Kinder hatten waldgrüne Haut. Ihr blondes Haar und die leuchtend blauen Augen hoben sich seltsam von ihrer Hautfarbe ab. Stone sah noch genauso aus wie vorher bis auf die Tätowierung von drei ineinander verschlungenen Dreiecken auf seiner Stirn. Was zum Teufel?

Es waren lediglich meine eigenen Wahrheitsfinder-Talente, die mich nicht den Verstand verlieren ließen. Ich war in dem Bewusstsein aufgewachsen, dass ich Wahrheit und Lügen auf eine Weise spüren konnte wie niemand sonst. Oft hatte ich mich gefragt, ob es noch andere wie mich gab. Und hier war die Antwort auf die Frage, die ich mir schon mein ganzes Leben lang stellte. Ich klappte den Mund mit einem hörbaren Klacken wieder zu.

Das kleine grüne Mädchen schaute mich an. »Das erste Mal im Anders?«, fragte es mit einem mitfühlenden Lächeln. Ich nickte stumpf. »Das Anders ist ein cooles Reich«, versicherte es mir. »Aber das Norm mag ich immer noch lieber. Im Norm sind alle gleich. Obwohl die Bäume im Anders viel wärmer sind.«

Ich nickte noch einmal und versuchte, meine Gesichtszüge unter Kontrolle zu halten. »Sicher doch.«

Die Mutter musterte mich vorsichtig, als wartete sie darauf, dass ich durchdrehte.

»Nun«, sagte ich ruhig. »Grüne Haut?«

»Dryade«, antwortete sie. Sie musterte mich immer noch wachsam, ob ich nicht gleich eine Szene machen oder ihren Kindern Angst einjagen würde.

»Keine Dreiecke?«, fragte ich und deutete auf ihre Stirn.

»Dryade«, sagte sie wieder. »Magische Wesen haben keine Symbole, das haben nur Menschen.«

Ich nickte noch einmal. Magische Wesen. Na klar.

Ich ging zurück zu dem Tisch, an dem Stone und ich gesessen hatten. Mein halber Teacake war noch da, also setzte ich mich und aß. Stone ließ sich mir gegenüber nieder und beobachtete mich wie eine Mutter, die darauf wartete, dass ich explodierte. Ich rollte mit den Augen. »Wenn ich hätte durchdrehen wollen, dann hätte ich das längst getan.«

Stone lachte leise. »Ich habe noch nie eine Einführung erlebt, die so gut lief. Sonst ist da immer Geschrei und Gekotze.«

»Oder Ohnmachtsanfälle«, mischte sich die Dryaden-Mutter ein.

»Ich mache nichts davon«, erklärte ich entschlossen. Gott, ich hoffte nicht. Mein innerer Wahnsinn war fest unter Verschluss.

Der Cafébesitzer brachte mir einen neuen Chai Latte. »Ist uns aufgefallen«, scherzte er. »Ich bin Roscoe, ein Feuerelementar.«

»Ich kenne dich. Wilf hat mich einmal hierher mitgenommen.« Langsam kam mir ein Gedanke. »Wilf hat eine Menge Getränke bestellt, und sie waren alle kühl. Du hast mir eines gegeben, und es war glühend heiß. Du hast deine Elementarmagie benutzt, um es zu erwärmen«, rief ich anklagend.

Roscoe nickte. »Wilf hat versucht herauszufinden, ob du

über das Anders Bescheid weißt. Er meinte, du riechst komisch, nicht wie jemand aus dem Norm.«

Ich war etwas beleidigt. »Ich rieche komisch?« Etwas klickte, und ich hatte das Gefühl, als wäre ich die Letzte auf der Party. »Wilf kommt aus dem Anders«, sagte ich dumpf.

Stone nickte. »Er ist ein Werwolf.« Er sagte es so selbstverständlich, als wäre das ganz normal. Ich schätze, für sie war es das, aber nicht für mich. Ich brauchte meine gesamte Selbstbeherrschung, um meinen Latte nicht durch den Raum zu spucken. »Wilf ist ein Wolf?«, fragte ich fassungslos.

Stone nickte. »Seine Eltern hatten einen ulkigen Sinn für Humor.«

»Und Hester?«

Stone schüttelte den Kopf. »Sie ist nur ein einfaches Mädchen, das verschwunden ist. Das Anders könnte damit zu tun haben – oder auch nicht.«

»Ich bin im Anders und esse Teacake, der eben noch im Norm war. Erklär mir das bitte.«

»Normale Objekte existieren in beiden Reichen. Gebäude und Autos auch. Nur die Leute verändern sich. Im Anders kannst du ihre wahre Gestalt sehen. Sie verändern nicht ihre räumliche Position, nur ihre Erscheinung und die Fähigkeit, ihre Kräfte einzusetzen.«

Ich ließ das eine Weile sacken. »Also leben die Leute die ganze Zeit über im Anders?«

Der Cafébesitzer schüttelte den Kopf, und die Flammen wippten und züngelten. »Manche ja, manche nein. Kommt auf die Klassifikation an. Magische Kreaturen können immer im Anders sein. Was die menschlichen Wesen angeht – Hexen, Magier, Seher und so –, sie müssen das Anders verlassen, um sich wieder aufzuladen. Je mehr Macht jemand hat, desto länger kann er sich im Anders aufhalten. Magische Kreaturen können im Anders bleiben, aber wir anderen müssen uns regelmäßig erholen. Wenn es Zeit ist, zurück ins Norm zu gehen, fängt unsere Haut an zu jucken. Wenn man dann nicht freiwillig geht, schmeißt das Anders einen raus. Und glaub mir, das willst du nicht.«

»Okay, und was ist mit Elementaren wie dir? Seid ihr als Menschen klassifiziert?«

Roscoe nickte. »Na klar.«

Ich fand das nicht so klar – ich meine, der Mann brannte buchstäblich. »Okay, wer sind die magischen Wesen?«, fragte ich. »Werwölfe?«

Roscoe schüttelte den Kopf. »Werwölfe sind ein bisschen eigenartig. Sie sind immer noch auf der menschlichen Seite und müssen sich auch erholen, obwohl sie eine Kreaturgestalt haben.«

»Wir sind als Kreaturen klassifiziert«, erklärte die Dryaden-Mutter. Ihr Tonfall war trocken, und ich konnte hören, dass sie nicht begeistert über ihre Klassifikation war. Wäre ich an ihrer Stelle auch nicht.

Ich wechselte das Thema. »Okay, ihr könnt eure Kräfte also im Norm nicht benutzen?«

Stone räusperte sich unbehaglich, ehe er antwortete. »Die Stärksten von uns können einen Teil davon nutzen. Wie eine Träne verglichen mit einem Wasserfall.«

Ich nahm alles auf. Ich konnte meine Wahrheitsfinder-Talente im Norm einsetzen. Scheinbar konnte ich sogar Leute mit einem Zwang belegen. Welche Kräfte hatte ich also hier im Anders?

5

ICH HASSE UNSICHERHEIT. WISSEN NIMMT der Angst ihre Macht, das ist mein Motto. Diese Situation verlangte nach mehr Fragen oder, besser: mehr Antworten. »Sind Anders-Kräfte erblich? Oder kann einfach jeder damit geboren werden?«

»Das kommt auf die Kräfte an«, antwortete Roscoe. »Dryaden sind eine Spezies, also ist es erblich. Genau wie bei Elementaren. Werwölfe werden geboren oder verwandelt. Vampyre werden ebenfalls verwandelt.«

»Vampyre«, wiederholte ich tonlos. »Ihr wollt mich auf den Arm nehmen.«

Stone schüttelte den Kopf, ich konnte keine Spur von Belustigung in seiner Miene entdecken. »Nein. Vampyre, Daemonen, Hexen sind alle menschlichen Ursprungs und real.«

»Natürlich. Und was bist du?«, fragte ich neugierig.

»Ich bin ein Magier«, antwortete Stone. »Genau wie du.«

»Ich bin eine Hexe?«, fragte ich und ließ mir den Gedanken durch den Kopf gehen.

»Nein, du bist eine Magierin und eine Empathin.«

Ich wollte nicht wirklich auf die Empathen-Sache eingehen. Es gibt wohl kaum eine Person, die weniger Empathie hat als ich. Liebevolle Strenge, das ist eher mein Ding. Stattdessen konzentrierte ich mich auf den Magier-Teil. »Ich dachte immer, dass Frauen Hexen und Männer Magier sind.«

Stone lächelte. »Vergiss alles, was du im Norm über das Anders gelernt hast. Es ist alles verzerrt und voller Halbwahrheiten. Das Verdikt belegt jeden aus dem Anders mit einem Zwang, der ihn daran hindert, im Norm über das Anders zu sprechen. Deshalb ist alles, was im Norm über Werwölfe, Vampyre und Hexen bekannt ist, verzerrt. Die ganze Wahrheit konnte nie erzählt werden, weil wir alle dem Verdikt unterworfen sind.«

Ich hatte nicht geschrien, war nicht in Ohnmacht gefallen und hatte mich auch nicht übergeben, aber ich erwog ernsthaft, mich in die Geschlossene einweisen zu lassen. Ich war eine Magierin. Und Vampyre gab es wirklich. »Einhörner?«, fragte ich.

Stone nickte. »Fiese Biester.«

Das zerstörte eine meiner Kindheitsillusionen. Moment ... Ich erinnerte mich, dass meine Mutter etwas grün um die Nase aussah, als ich als Kind mit meinen Spielzeug-Einhörnern herumlief. Stammten meine Eltern aus dem Anders? Und wenn es so war, warum hatten sie mir dann nichts davon erzählt? War das eine Spur? Wenn meine Eltern *anders* gewesen waren, war ihr Mörder es vielleicht auch? Aber das war eine Frage, die ich an einem anderen Tag klären musste.

Trotzdem pochte mein Herz unglaublich schnell, und zum ersten Mal seit sehr langer Zeit wuchs ein zartes Pflänzchen Hoffnung darin. Es könnte eine Spur sein, eine echte Spur. Ich war Privatdetektivin geworden, um ihren Mörder zu finden, und nach sieben Jahren hatte ich immer noch nichts in der Tasche. Jetzt waren da Einhörner und Vampyre. Nicht viel, aber etwas.

Ich stieß den Atem aus und konzentrierte mich wieder. Ich wollte nicht, dass jeder meine inneren Dämonen kannte. Ich überlegte, nach welchen anderen mystischen Kreaturen ich fragen könnte. »Drachen?«

Stone nickte. »Tödliche und gefährliche Geschöpfe, aber sie bleiben gerne unter sich.«

»Geister.«

Er schüttelte den Kopf.

»Aliens?«

Stone zuckte die Achseln. »Nicht soweit wir wissen. Aber ich würde es nicht ausschließen.«

Ich ordnete meine wirren Gedanken, analysierte, was ich wusste, und erinnerte mich an etwas, das Stone erwähnt hatte. »Was ist die Verbindung?«

Stone tippte auf das zweite Dreieck auf seiner Stirn. »Das Dreieck ist das Symbol der Verbindung.«

Die Dryade hob die Augenbraue. »Zwei Dreiecke bedeuten, dass jemand für die Verbindung arbeitet. Die Verbindung ist die Polizei und die Regierung, der Richter und die Geschworenen. Im Anders gibt es keine Gewaltenteilung. Du willst dich wirklich nicht mit der Verbindung anlegen.«

»Sie regieren das Anders im Vereinigten Königreich?«

Sie schüttelte den Kopf. »Sie regieren das Anders auf der *ganzen Welt*. Es gibt ein Verbindungssymposium in jedem Land, aber die Einheit herrscht über alle Symposien.«

Stone sah die Dryade stirnrunzelnd an. »Es ist etwas komplizierter als das. In jedem Symposium sitzt ein Vertreter jeder Fraktion. Es ist das Regierungsorgan des ganzen Reiches. Es sorgt dafür, dass wir verborgen bleiben, und wahrt das Gleichgewicht, sowohl hier als auch im Norm.«

Die Dryade rollte mit den Augen. »Das ist alles ganz toll,

solange dein Fraktionsvertreter tatsächlich *dich* repräsentiert. Macht verdirbt, und absolute Macht verdirbt vollkommen.«

Stone kniff die Augen zusammen. »Wäre dir das Chaos lieber?« Er hielt ihrem Blick stand, bis sie unbehaglich wegschaute. Stone fuhr fort: »Alle Politiker haben ihre eigene Agenda. Ich sage nur, dass das Symposium der beste Weg ist, um im Anders Ordnung und Gleichgewicht aufrechtzuerhalten. Gäbe es das Verdikt nicht, würden die Menschen im Norm viel öfter von Kreaturen getötet. Und ohne die Einheit gäbe es kein Verdikt.« Er glaubte alles, was er sagte, also klang es für mich wahr.

Eine komplette neue Regierung, von deren Existenz ich keine Ahnung gehabt hatte, herrschte über unsere Welt. Ich hatte das Gefühl, als hätte mir jemand den Boden unter den Füßen weggezogen, also stellte ich schnell weitere Fragen. Dabei fühle ich mich immer besser. »Weiß irgendjemand aus der Norm-Regierung vom Anders?«

Stone schüttelte den Kopf. »Nur *Andere*, die wir auf ihre Posten gesetzt haben. Solche *Anderen* gibt es in allen Lebensbereichen – wir nennen sie Crossovers. Sie haben die gleiche Funktion in beiden Reichen. Das hilft, den Übergang zwischen den Welten geschmeidiger zu machen und unsere Existenz zu verbergen. Crossovers gibt es in jeder wichtigen Position, die du dir vorstellen kannst, und wir alle haben die gleichen Verpflichtungen unter dem Verdikt. Sagen wir zum Beispiel, du beobachtest einen Vamypr, der einen Menschen verletzt. Ein Mensch würde einen normalen Menschen mit einem Messer wahrnehmen, weil er das Anders nicht sehen kann. Du würdest also der Polizei sagen, du hättest einen Mann mit einem Messer wegrennen sehen, und dann der Verbindung Bericht erstatten. Diese würde dann ein Team schicken, das sich den Tatort ansieht und dafür sorgt, dass sich niemand in die Quere kommt. Einer unserer Detektives oder Inspectors sucht dann nach dem gefährlichen Vampyr.«

Augenblicklich fielen mir Steve Marley und das Verbrechen im Park wieder ein. Er hatte mich angelogen, als er behauptete, es sei eine Messerstecherei gewesen, aber später meinte er, das Opfer habe eine Schnittwunde gehabt, und das hatte wahr geklungen. Ein Vampyr hatte im Park jemanden angegriffen, und Steve Marley hatte davon gewusst. Er war *anders*. Ich kannte ihn fast mein ganzes Leben, und er war kein normaler Mensch – genau wie ich. Ach du Scheiße. Noch eine Information mehr, und mir würde der Kopf explodieren.

Ich musste fragen. »Meine Eltern?« Ich schluckte hart. »Weißt du etwas über meine Eltern?« Ich hasste, wie verletzlich ich mich fühlte.

Stone schüttelte den Kopf und musterte mich interessiert. »Nein. Wenn ich gewusst hätte, dass du *anders* bist, dann hätte ich Informationen über dich eingeholt, aber ich dachte, du wärst norm. Ich wusste nicht, dass du verborgen warst.« Das klang war.

»Meine Eltern wurden ermordet – erstochen, dachte ich bislang. Aber vielleicht ist mehr an der Sache dran. Ich habe den Täter nie gefunden.«

Stone musterte mich aufmerksam, sein Blick war abschätzend. »Es könnte etwas aus dem Anders gewesen sein, aber auch im Norm passieren schreckliche Verbrechen.«

Ich nickte. Als Privatermittlerin hatte ich eine Menge davon gesehen. Ich musste das Thema wechseln, das hier war zu schmerzhaft. »Du sagtest, ich sei verborgen gewesen. Was heißt das genau?«

»Du warst nie im Anders, obwohl du aus dem Anders kommst. Du bist ein Mensch, das bedeutet, wenn du es betrittst, wirst du gezeichnet, sodass alle *Anderen* es sehen können.« Er nahm den Metallkasten mit dem Besteck zur Hand. In der Spiegelung konnte ich erkennen, dass sich jetzt ein Dreieck auf meiner Stirn befand. Ich hob die Hand, um es zu fühlen. Keine Unebenheit oder Schmerzen.

Ich starrte Stone an. »Denkst du nicht, du hättest mir etwas mehr erklären sollen, bevor du mich zu einem Tattoo auf der Stirn zwingst?«

Er zuckte die Achseln. »Normalerweise mache ich keine Einführungen. Aber wenn ich dir gesagt hätte, dass es eine Welt mit Greifen und Elfen gibt, hättest du sie dann wirklich nicht sehen wollen?«

Ich ließ mich ablenken. »Greifen *und* Elfen?«

Er lächelte. »Siehst du?«

»Sind das beides Kreaturen?«

»Greifen ja, und sie sind unglaublich tödlich. Elfen stehen auf der menschlichen Seite.«

Mir fiel auf, dass er die meisten Kreaturen als tödlich beschrieb, die Menschen aber nicht. Im Zoo in der Bronx gab es einmal ein Gehege, in dem schlicht ein Spiegel hinter Gittern aufgestellt war, und darunter stand: *Das gefährlichste Tier der Welt.* Das war damals wahr, und selbst mit all den anderen magischen Kreaturen fühlte es sich immer noch zutreffend an. Die Dryaden-Mutter und ihre Kinder kamen mir nicht sehr tödlich vor.

Ich wechselte das Thema. »Was bedeutet es, dass ich jetzt gezeichnet bin?«

»Wenn du im Norm bist, siehst du aus wie immer. Aus Höflichkeit tragen wir das Zeichen oft auch an anderen

Stellen, damit man uns erkennt. Einige lassen sich tätowieren. Ich habe meine Manschettenknöpfe.« Stone wies auf die kleinen Dreiecke an seinen Handgelenken. »Wilfs Hemd hatte es am Kragen.«

Er nahm einen Schluck Kaffee und fuhr fort: »Wenn du im Anders bist, ist das Zeichen auf deiner Stirn sichtbar. Du und ich, wir könnten uns also im Norm treffen, und wir würden beide kein Dreieck beim jeweils anderen sehen. Du wüsstest dann, dass ich keinen Zugriff auf meine volle Macht habe. Wenn wir uns im Anders träfen, sähen wir unser jeweiliges Zeichen und wüssten, dass wir unsere Kräfte voll nutzen können.«

Ich ließ mir das alles durch den Kopf gehen. »Also haben die magischen Kreaturen einen echten Vorteil. Wenn man einen Feind im Anders hat, ist man im Norm verletzlich. Sie sehen, dass man sich nicht im Anders befindet und nicht auf seine Macht zugreifen kann.«

Stone nickte. »Deshalb trage ich Manschettenknöpfe. Wenn es sein muss, nehme ich sie ab und gebe mich als Norm aus. Auf diese Weise ziehe ich nicht die Aufmerksamkeit von Anderswesen auf mich. Aber in der Regel versuche ich einfach, mich so wenig wie möglich im Norm aufzuhalten.«

»Und du bist auch mächtig genug, um nicht völlig hilflos zu sein. Du hast auch im Norm noch Kräfte«, merkte ich an.

Stone sah unbehaglich aus.

Die Dryade grinste. »Man fragt für gewöhnlich nicht, welche Kräfte jemand im Norm hat.« Sie legte ihrer Tochter die Hände auf die Ohren. »Das ist, als würdest du ihn nach seiner Penisgröße fragen.« Sie nahm die Hände wieder weg.

Ich spürte, wie meine Wangen heiß wurden. »Oh«, machte

ich gedehnt und versank in meiner Scham. »Danach frage ich dann ein andermal.« Roscoe begann dröhnend zu lachen, und die Dryade kicherte.

Obwohl Stone so ein Geheimnis aus meinem Talent zur Wahrheitsfindung machte, hatte ich das Gefühl, dass dies ein sicherer Ort war, an dem ich alle meine Fragen über das Anders loswerden konnte. Aber die Uhr tickte, und Hester brauchte uns. »Wir müssen uns wieder auf das Wesentliche konzentrieren«, sagte ich entschlossen. »Wir müssen Hester finden. Du kannst mir ja während der Arbeit mehr über das Anders beibringen.«

Stone schenkte mir ein schwaches Lächeln. »Ich hatte den Eindruck, du bist mehr so der Typ einsamer Wolf.«

Ich stieß ein gespieltes Heulen aus.

»Lass das bloß Wilf nicht hören.« Stones Augen funkelten durchtrieben. »Sonst erzählt er dir alles über seine Kräfte im Norm.«

Die Dryade lachte schnaubend. »Ich wusste ja gar nicht, dass du Sinn für Humor hast, Stone.«

»Ihr kennt euch?«, fragte ich.

»Jeder kennt Stone«, meinte die Dryade achselzuckend.

»Wir sind eine relativ kleine Gemeinschaft«, erklärte Stone. »Die meisten von uns besuchen das Anders schon in jungen Jahren.« Er wies auf die Dryaden-Kinder. »Wir lernen uns kennen.«

»Du bist von hier?«, fragte ich.

Er schüttelte den Kopf. »Man schickt mich dorthin, wo jemand gebraucht wird.« Er erhob sich und nickte Roscoe und den Dryaden zu. »Wir gehen dann besser mal«, meinte er an mich gewandt.

Sie streckte Roscoe die Hand hin, aber er lächelte und

schüttelte den Kopf. »Wir geben uns hier nicht die Hand, Liebes. Ich bin etwa dreihundert Grad heiß. Ohne die nötigen Runen verbrennst du dich, wenn du mich berührst. Wir machen stattdessen das hier.« Er legte die rechte Hand an sein Herz und neigte den Kopf leicht wie bei einer kleinen Verbeugung.

Ich wiederholte die Geste. »Ich bin Jinx.«

»Roscoe Flavian«, antwortete der Cafébesitzer.

»Schön, dich kennenzulernen, Roscoe.«

»Die Freude ist ganz meinerseits. Es ist mir eine Ehre, dich kennenzulernen.« Er hielt kurz inne. »Du bist hier in den Hallen deiner Einführung stets willkommen. Ich werde dein Rufen erhören.« Erneut die kleine Verbeugung.

Ich lächelte dankbar, obwohl ich keine Ahnung hatte, wovon er sprach. Ich drehte mich zu der Dryaden-Familie um und verbeugte mich auch vor ihnen. »Ich bin Jinx«, wiederholte ich.

Die Mutter lächelte. »Joyce Evergreen, und das sind meine Töchter, Rose und Wren.«

Wren war die Dreijährige. Sie stand auf, legte die Hand aufs Herz und verbeugte sich ernst. »Ist mir eine Ehre, dich kennenzulernen, Jinx«, intonierte sie. Dann warf sie einen Seitenblick auf ihre Mutter, um zu sehen, ob sie es richtig gemacht hatte. Joyce nickte anerkennend.

»Mir ist es auch eine Ehre, Wren«, wiederholte ich mit einer Verbeugung. Sie schenkte mir ein Lächeln, das heller strahlte als die Sonne, und drehte sich fröhlich im Kreis. Ich winkte dem Baby noch einmal zu, und es gurgelte mich an.

Stone hielt mir die Tür auf, und wir traten hinaus. Ich blinzelte. Die Welt sah anders aus, das Gras war beinahe türkis, und der Himmel hatte eine sanfte violette Färbung.

»Ich fahre«, bestimmte Stone. »Spring rein.«

»Das Gras ist nicht grün«, murmelte ich schwach. Gras sollte grün sein und der Himmel blau. Das waren Grundprinzipien, die man mir beigebracht hatte. Sie sollten nicht einfach so nach Lust und Laune die Farben wechseln. Ich hatte dieses Reich schon früher hier und da aufblitzen sehen und es auf meine Müdigkeit oder einen Gehirntumor geschoben. In Wirklichkeit hatte ich in eine ganze andere Welt geblickt.

Ich stieß den Atem aus und überlegte, ob ich Stone widersprechen sollte, aber ich würde jetzt eine ganze Weile mit meiner neuen Umgebung beschäftigt sein, da kam mir Fahren nicht wie eine gute Idee vor. Ich stieg in seinen Range Rover. »Was ist mit meinem Wagen?«, fragte ich.

»Ich beauftrage jemanden damit, ihn zu dir nach Hause zu bringen.« Ich ratterte meine Adresse herunter. Er gab eine Nachricht in sein Handy ein, drückte auf Senden und programmierte dann meine Adresse in das GPS des Wagens ein.

»Wie kommen sie in den Wagen, um ihn zu mir zu bringen?«

Er hob die Augenbrauen. »Mit Magie.« *Lüge*.

»Ernsthaft?« Jetzt zog ich die Braue hoch.

Er grinste. »Nein. Sie brechen es auf und schließen es kurz – aber sie reparieren es auch wieder, bevor sie gehen. Magie ist gut, aber Technik hat ihren Sinn.«

Ich streckte ihm die Zunge raus. »Idiot.«

Stone zwinkerte.

6

BIS ZU MEINEM HAUS WAR es nicht weit, und Stone schien mit meinem Schweigen kein Problem zu haben. Ich hatte sehr viel Wissen in sehr kurzer Zeit aufgenommen, und ich brauchte etwas, um meine Gedanken zu ordnen und mich mit meiner neuen Realität abzufinden. »Werde ich auf ewig zwischen den beiden Reichen wechseln müssen?«, fragte ich.

Stone nickte.

»Was ist mit Gnomen?«

»Gibt es.«

Stille.

»Und Gargoyles?«

»Die auch.«

»Zombies?«

»Nein.«

Noch mehr Schweigen.

»Was ist mit Pornos?«, fragte ich unschuldig. Der Wagen schlingerte.

»Himmel«, murmelte Stone. »Was ist mit Pornos?«

»Gibt es zum Beispiel so was wie … Vampyr-Drachen-Action?«

Er kniff sich in den Nasenrücken. »O Gott, ich hoffe nicht. Unter anderem sind sie Erzfeinde.« Er warf mir einen Blick zu, ehe er schnell wieder wegschaute. »Es gibt Beziehungen zwischen den Spezies im Anders.« Er räusperte sich. »Also gibt es auch entsprechende Pornografie. Auch wenn ich noch keine gesehen habe.« *Lüge.*

»Wahrheitsfinderin«, flötete ich.

Er wurde rot. Nach kurzer Zeit sagte er: »Ich habe einmal gegen einen illegalen Pornoring ermittelt. Ich musste mir das Beweismaterial ansehen.« Er klang sehr unangenehm berührt, aber auch, als sagte er die Wahrheit. *Hm.*

»Hast außerhalb der Arbeit mal einen geschaut?«

Er antwortete nicht, und ich kicherte. Er machte die Musik an, und ich lachte lauter. »Weißt du was? Einen Partner zu haben, ist gar nicht so übel«, neckte ich ihn.

»Sind wir das, Jinx? Partner?« Er warf mir einen langen, heißen Blick zu.

Wie immer trat ich sofort den Rückzug an. »Klar. Team ›Wir finden Hester‹. Diese Art von Partner.«

Er sah mich belustigt an, sagte aber nichts, und zum Glück verschwand auch die Leidenschaft aus seinem Blick. Ich sagte mir, dass ich wirklich nicht den einzigen Menschen vergraulen sollte, der mir in dieser verrückten neuen Welt helfen konnte. Ich war als *anders* markiert. Wenn ich jetzt mit einem Vampyr zusammenstieß, beleidigte ich ihn womöglich aus Versehen und fand mich in einem Kampf auf Leben und Tod wieder. Ich schätzte, ich würde noch eine Weile Stones Schatten spielen müssen.

Wir kamen vor meinem Haus an. »Nicht schlecht«, meinte er.

»Danke. Gehörte meinen Eltern.« Ich versuchte, mein Haus mit fremden Augen zu sehen, hatte aber nicht viel Erfolg damit. Ich nahm die abblätternde Farbe an der Haustür oder den Rosenbusch in der Auffahrt gar nicht erst wahr. Es war immer einfach nur Zuhause – schon mein ganzes Leben lang. Es war meine Zuflucht und meine Hölle. Meine Eltern lebten hier – aber sie starben auch hier. Das kann ich niemals vergessen.

Wir stiegen aus dem Wagen. Ehe ich den Schlüssel ins Schloss steckte, drehte ich mich noch einmal zu Stone um.

»Gibt es etwas, das ich wissen sollte, bevor ich dich reinbitte?«

Er lächelte. »Nein. Das gilt nur für Vampyre und Ghoule.«

»Echt?«

Er nickte. »Bitte sie nicht rein. Wenn sie einmal eingeladen wurden, kommen und gehen sie, wie es ihnen passt, und kein Schloss der Welt hält sie auf.«

»Verstanden. Haben Vampyre wirklich Fangzähne, trinken Blut und kommen nur im Dunkeln raus?«

»Sie haben Fangzähne und trinken Blut. Sie gehen nachts auf die Jagd, daher kommt ihr Ruf als Nachgestalten, aber sie können sich auch problemlos bei Tag im Freien aufhalten.«

»Kein schreckliches Verbrennen im Sonnenlicht?«, fragte ich enttäuscht.

»Nein. Und sie haben ein Spiegelbild.«

»Mist«, murmelte ich. Ich schloss die Tür auf und trat ein. Auf dem Weg ins Wohnzimmer erstarrte ich plötzlich. Die Fotos meiner Eltern hatten sich verändert. Ich kannte diese Bilder, sie waren Teil meines Alltags, zumindest während der letzten sieben Jahre. Sie jetzt verändert zu sehen, raubte mir für einen Moment den Atem.

Auf der Stirn meiner Eltern prangten jetzt drei Dreiecke, wie bei Stone. Manche Bilder zeigten auch andere Kreaturen, die ich nie zuvor gesehen hatte. Meine Mutter neben einem Drachen – ich fand immer, dass das Bild schlecht fokussiert wirkte, und jetzt wusste ich auch, warum.

Wenigstens beantwortete das meine Frage, ob sie vom Anders wussten. »Ihr Bastarde«, beschimpfte ich die Fotos. »Achtzehn Jahre, und ihr habt nicht die Zeit gefunden, mir vom Anders zu erzählen?« Ich unterdrückte das Bedürfnis, etwas zu werfen. Ich wollte wirklich, aber Stone war hier, und meine Mutter hatte mir beigebracht, dass man solche Dinge nicht vor Fremden austrug. *Wir sind hier noch nicht fertig*, teilte ich ihnen stumm mit. *Darüber reden wir noch.*

Natürlich würde in Wirklichkeit nur ich reden, und sie würden niemals antworten.

Ich schluckte den dicken Kloß in meinem Hals hinunter. Die meiste Zeit komme ich einigermaßen mit der Trauer zurecht. Ich glaube nicht, dass die Zeit alle Wunden heilt, wie die Leute immer sagen. Vielmehr werden sie irgendwann einfach nur Teil unserer Welt. Der andauernde Schmerz in Kopf und Herz wird zur neuen Normalität, aber man lernt, damit umzugehen. Doch in Momenten wie diesen versetzt er mir einen Schlag in die Magengrube. Wenn etwas passiert und ich meine Eltern um Rat fragen möchte, es aber einfach nicht kann. Ich hatte meine Chance verpasst, mit ihnen über das Anders zu sprechen, und jetzt würde ich niemals die Gelegenheit dazu bekommen. So viele meiner Fragen blieben unbeantwortet.

Stone nahm eines der Bilder in die Hand. »Erkennst du sie?«, fragte ich, halb hoffnungsvoll, halb ängstlich. Ich stellte erleichtert fest, dass meine Stimme normal klang.

Er schüttelte bedauernd den Kopf. »Tut mir leid. Das war wohl vor meiner Zeit.«

»Was bedeuten die drei Dreiecke?«

Er blickte auf. »Darauf kann ich dir keine ehrliche Antwort geben«, meinte er widerstrebend. »Nur so viel: Dieses Symbol bedeutet, dass sie entweder Inspectors waren oder hohe Posten innerhalb der Verbindung innehatten.« Genau wie Stone.

»Noch mehr offene Fragen«, seufzte ich. Verdammte Fragen ohne Antwort. Sie verfolgten mich.

Sein Blick war gelassen. »Ich kenne dich zwar erst seit zwei Stunden, aber ich bin mir ziemlich sicher, dass du deine Antworten finden wirst.«

Ich zwang mich zu einem Lächeln. »Danke. Also, was bist du? Ein Inspector oder jemand auf einem hohen Posten innerhalb der Verbindung?«

»Beides.« Er wirkte, als fühlte er sich bei der Frage etwas unwohl, also bohrte ich nicht weiter nach.

Stattdessen entschuldigte ich mich kurz, um für unseren Ausflug nach Liverpool zu packen. Und um ehrlich zu sein, brauchte ich einen Moment, um mich wieder zu fassen. Ich saß auf meinem Bett und vergrub den Kopf in den Händen, während ich versuchte, so zu tun, als würden meine Augen nicht brennen. Gott, ich hatte über die Jahre so viel geweint, aber es waren immer noch Tränen übrig. Sollten sie nicht irgendwann versiegen? Sollte ich nicht irgendwann darüber hinweg sein? Ich biss mir auf die Lippe. Ich würde nie darüber hinweg sein, das wusste ich. Dafür kannte ich mich selbst zu gut.

Ich nahm einen langen Atemzug, dann befahl ich mir, mich zusammenzureißen. Da unten stand ein heißer Typ, und nach einem Heulkrampf wurde ich immer fleckig im Gesicht. *Keine Tränen, Jinx.*

Ich hob den Kopf. Neben meinem Bett stand ein Foto von mir und Gato. Ich fluchte laut. Über Gatos Rückgrat zogen sich jetzt Stacheln aus Obsidian. »Was zur Hölle?« Das war wirklich die Kirsche auf der Sahnetorte. Zum Glück meldeten sich jetzt Wut und Verärgerung, meine besten Beschützer und Freunde.

Stone kam nach oben geeilt. »Alles okay?«

»Was zur Hölle ist mit meinem Hund los?«, verlangte ich zu wissen und zeigte ihm das Bild.

Er sah ernsthaft schockiert aus. »Du hast einen Höllenhund!«

»Er ist eine Deutsche Dogge«, widersprach ich. »Also zumindest *sollte* er eine Deutsche Dogge sein.«

Er sah mich mitfühlend an. »Er ist ein Höllenhund.«

Ich ließ mich schwer aufs Bett sinken. »Mein Kleiner ist ein Höllenhund?« *Ernsthaft? Musste mein vierbeiniger Freund wirklich auch in der Sache mit drinstecken?*

Ich schüttelte den Kopf. Ich konnte auch später noch durchdrehen. Wir mussten nach Liverpool – Hester brauchte uns. Ich stopfte noch ein paar Sachen in meine Reisetasche und packte meinen treuen Bauchbeutel. Dinge mitnehmen zu können und dabei die Hände frei zu haben, ist von höchster Wichtigkeit, wenn man versucht, unauffällig zu bleiben. Ich packte ein Foto meiner Eltern ein, mein Messer und meine Dietriche. »Ich muss noch für eine Unterbringung für Gato sorgen«, sagte ich zu Stone.

Er lachte laut. »Du hast deinen Höllenhund ›Katze‹ auf Spanisch genannt?«

»Damals fand ich das witzig.«

»Wir sollten Gato mitnehmen, er könnte nützlich für uns sein. Er ist eine Kreatur aus dem Anders und kann ohne ein

Portal zwischen den Welten wechseln. Wenn du ihn dabei berührst, nimmt er dich mit. Höllenhunde sind extrem selten. Und noch seltener binden sie sich an einen Menschen.« Er klang bewundernd und auch ein wenig neidisch.

Ich hatte so viele Fragen, aber zum ersten Mal in meinem Leben hatte ich wirklich so gar keine Lust, sie zu stellen. »Lass uns gehen und mit Mrs. H sprechen«, schlug ich vor. »Sie ist meine Nachbarin.«

Stone nahm meine Tasche, und ich schnappte mir noch ein paar Sachen für Gato, ehe wir den Wagen beluden. Ich lief noch einmal zurück zu Speisekammer und Kühlschrank und holte die heutigen Gaben für Mrs. H heraus: eine Kokosnuss und ein ganzes Hühnchen. Das war schon besser.

Sie öffnete gleich nach dem ersten Klopfen, und mein Lächeln verflog. Ihre Haut war violett – leuchtend violett –, und sie hatte drei Dreiecke auf der Stirn wie Stone. Nur dass bei ihnen noch ein Kreis drumherum war.

Mrs. Hs Blick fiel auf mein einzelnes Dreieck. »Ach du je«, stieß sie schwach aus.

»Sie sind lila«, sagte ich dumpf. »Sie ist lila«, wiederholte ich an Stone gewandt.

Stone stieß mir den Ellbogen in die Seite. »Das ist Lady Harding«, zischte er. »Hab ein wenig mehr Respekt.« Er machte den ganzen Verbeugungskram. »Inspector Stone. Es ist mir eine Ehre, Sie kennenzulernen, ehrwürdige Seherin.«

Amanda Harding lächelte Stone an. »Es ist mir eine Ehre, Sie kennenzulernen, Inspector. Ihnen eilt ein ausgezeichneter Ruf voraus.« Sie wandte sich mir zu. »Jinx.« Ihr Tonfall war flehend. Sie wollte nicht, dass ich wütend auf sie war.

Ich hielt ihr das Hühnchen und die Kokosnuss hin. Stone gab einen erstickten Laut von sich. Schätze mal, er hielt sie nicht für gute Gaben für die ehrwürdige Lady Seherin, oder was auch immer sie war.

Mrs. H lächelte warm und nahm meine Geschenke entgegen. »Danke dir, Liebes. Er hat mir heute keinen Ärger gemacht.«

Gato kam herausgetrottet, und ja, über seinen Rücken zog sich eine Reihe von spitzen schwarzen Stacheln. Er kam zu mir und leckte meine Stirn – das Dreieck. »Hmm«, sagte ich. »Du weißt anscheinend auch, dass Mama dich jetzt richtig sehen kann?« Er wedelte eifrig mit dem Schwanz. Ich streichelte ihn, wie ich es immer tat, und seine scharfen Stacheln zogen sich automatisch unter meinen Fingern ein, um gleich darauf wieder herauszufahren. Cool. Mama wird also nicht gestachelt. Etwas in mir entspannte sich. Gato mochte ein Höllenhund sein, aber er war *mein* Höllenhund.

»Wer ist ein guter Junge?«, machte ich und küsste ihn auf den Kopf. Er tollte um meine Füße herum, einfach glücklich, dass wir nach einigen Stunden Trennung wieder zusammen waren. Er war gerne bei Mrs. H, aber ich war sein Zuhause.

Ich blickte von Gato auf zu Mrs. H, der Frau, die ich mein ganzes Leben gekannt hatte. Sie war meine Babysitterin gewesen und hatte mich nach dem Tod meiner Eltern getröstet. »Sie kannten meine Eltern. Sie wussten, was sie waren.«

Ich las Mitleid in ihren Augen. »Ja, Jinx. Aber jetzt ist nicht der richtige Zeitpunkt für diese Unterhaltung. Hester braucht dich. Du musst los.«

Ich wollte mit ihr diskutieren, aber ich spürte die Wahrheit in ihren Worten, also nickte ich widerstrebend. »Wenn dieser Fall abgeschlossen ist, erzählen Sie mir dann alles, was ich wissen muss?«, fragte ich verzweifelt.

Vielleicht könnte ich sie einige Dinge fragen, die ich über meine Eltern wissen wollte. Sie würde vielleicht nicht alles wissen, aber möglicherweise doch *etwas*, und das war deutlich besser als dieses schwarze Loch von Nichts, in das ich gerade starrte.

Mrs. H lächelte mich freundlich an, und in ihrem Blick las ich mehr Verständnis als mir lieb war. »Ich werde dir alles erzählen, was ich dir erzählen darf. Aber eines schon jetzt: Ich weiß nicht, wer für ihren Tod verantwortlich ist. Ich halte das nicht vor dir zurück.« *Wahrheit.*

»Danke«, sagte ich leise. Ich räusperte mich und wechselte das Thema. »Hey, was war gestern Abend los? Ist im Anders etwas passiert?«

Mrs. H runzelte die Stirn. »Ich habe nichts gesehen, aber Gato war deswegen etwas aufgebracht. Er war im Verteidigungsmodus. Etwas wollte dir schaden, und er hat es vertrieben. Ich habe letzte Nacht noch eine Schutzrune über dein Haus gesprochen, nur um sicherzugehen.«

Alles wahr. Ich blinzelte. »Okay, danke.« Runen. Noch mehr Zeug, über das ich mich informieren musste.

Sie rieb über meinen Arm. »Ich bin zwar violett«, sagte sie, »aber ich bin immer noch die gleiche Person.«

»Lila steht Ihnen«, versicherte ich ihr. »Ich war nur überrascht. Tut mir leid, es war etwas chaotisch. Scheinbar bin *ich* eine Empathin.« Wir lachten beide. Mrs. H wusste aus erster Hand von meinem Mangel an Empathie. Mir kam ein Gedanke. »Ist Ihre Tochter auch *anders*?«

Mrs. H schüttelte den Kopf. »Nein, mein Mann Sam war ein Hexer, aber Jane ist eine Norm. Seher bringen nur selten ihre eigene Art hervor, Hexen manchmal, aber in diesem Fall nicht.«

»Weiß sie vom Anders?«, fragte ich.

Mrs. Hs Lächeln verging, und sie seufzte leise. »Nein. Das Verdikt verbietet es mir, mit ihr darüber zu sprechen. Und es gibt Dinge, die kann man nicht erklären, man muss sie selbst sehen.«

»Und was denkt sie, dass Sie tun?«

»Jeder im Norm hält mich für eine Hausfrau.«

Stone stand der Mund offen. »Ihre Tochter hält Sie für eine Hausfrau? Sie?«

»Um ehrlich zu sein, ist es erfrischend. Jane erkundigt sich nie nach meiner Arbeit für das Symposium und bittet nie um Gefälligkeiten für sich und ihre Freunde. Ich bin einfach nur ihre Mutter.«

Gato bellte und drehte sich um. »Du hast recht«, sagte Mrs. H zu ihm, »wir schweifen ab. Auf mit euch nach Liverpool. In ein paar Tagen werde ich auch in der Stadt sein. Vielleicht sehen wir uns ja dort.«

»Können Sie uns etwas über Hester sagen, das uns helfen könnte? Sie ist norm, richtig?«, fragte ich.

»Das war sie«, meinte Mrs. Harding langsam. »Aber jetzt spüre ich das Anders nahen. Ich fürchte, dass jemand oder etwas das Verdikt gebrochen haben könnte. Sie befindet sich in einem Zwischenzustand.« *Wahrheit.*

Stone runzelte die Stirn, als hätte Mrs. H gerade gesagt, dass jemand plante, eine Atombombe zu zünden. »Wir werden Hester finden«, meinte er bestimmt, »und denjenigen, der das Verdikt gebrochen hat.«

Mrs. H nickte. »Daran zweifle ich nicht. Passen Sie gut auf meine Jinx auf. Und nun los mit euch.«

Ich rollte mit den Augen. Ich konnte ganz gut auf mich selbst aufpassen.

Wir stiegen in Stones Wagen. Gato kletterte in den Kofferraum und machte es sich dort für die Fahrt gemütlich.

Ich mochte Roadtrips, also fummelte ich am Radioregler herum, bis Musik, die meinem Geschmack entsprach, herausdröhnte. Stone streckte die Hand aus und schaltete es wieder aus. »Du kennst die ehrwürdige Seherin Lady Harding?«, fragte er ungläubig.

»Sieht so aus.«

»Sie ist eine *äußerst* wichtige Persönlichkeit.«

Ich grinste. »Ja, das konnte ich mir aus dem ganzen Verbeugen und Knicksen erschließen.«

Er wurde leicht rot. »Sei etwas nachsichtig mit mir. Ich war nicht wirklich auf eine Begegnung mit Lady Harding vorbereitet. Ich habe nicht mal meinen guten Anzug an …« Er stöhnte.

»Sie kannte dich, und ich bin mir ziemlich sicher, dass ihr dein Outfit egal war, Schönling.«

Er grinste. »Du findest mich schön?«

Ich spürte, wie meine Wangen heiß wurden. »Du weißt selbst, dass du attraktiv bist. Es ist ziemlich ungehörig, so ahnungslos zu tun.«

»Ah, und ich will natürlich auf keinen Fall ungehörig sein, nicht wahr?«, neckte er mich.

Ich hatte keine Antwort, also hüllte ich mich in Schweigen. Wir fuhren gute fünfzehn Minuten, ohne etwas zu sagen, ehe Gato zu bellen begann. Ich drehte mich zu ihm um. »Was gibt's?« Er bellte noch einmal. »Er will Musik.« Ich machte das Radio wieder an. Ich hatte keine Ahnung, was Gato wollte, aber *ich* wollte, dass das Radio lief. Gato legte sich wieder hin. Vielleicht sprach ich im Geheimen doch die Höllenhundesprache. Im Moment schien mir alles möglich.

7

AN EINEM GUTEN TAG BRAUCHT MAN für die Fahrt von Buckinghamshire nach Liverpool dreieinhalb Stunden. Stone war ein guter Fahrer, und ich fühlte mich sicher in seinem Wagen, also beschloss ich, ein Nickerchen zu machen. Das war das Beste, was ich im Moment tun konnte, um mein Gefühlschaos und den ganzen Anders-Mist zu verarbeiten. Ich lehnte mich gegen die Kopfstütze und leerte meinen Geist. Meine Mutter brachte mir das Meditieren bei, als ich noch klein war, und es hilft immer. Ich stellte mir vor, wie ich einen Strand entlangwanderte und den anrollenden Wellen lauschte. Eine Möwe kreischte, und die Sonne wärmte mein Gesicht. Und dann war ich auch schon weg.

Bei Warrington rüttelte Stone an meiner Schulter. »Tut mir leid, dass ich dich aufwecke«, sagte er, »aber ich denke, wir sollten uns ein wenig unterhalten, bevor wir in Liverpool ankommen.«

Mein Herz pochte heftig nach einem Albtraum, in dem ich von den Mördern meiner Eltern gejagt wurde. Ich streckte mich und gähnte wie beiläufig, wobei ich hoffte, dass ich nicht laut geschrien hatte. Es ist schwierig, tough zu wirken, wenn man im Schlaf herumwimmert. »Kein Problem,

Rocky«, sagte ich locker. Er warf mir einen scharfen Blick zu. »Du magst das Rocky-Franchise wohl nicht?«, fragte ich frech.

»Ich heiße Stone«, sagte er ohne eine Spur von Humor in der Stimme. Meine Güte, manche Leute verstehen echt keinen Spaß. Er nahm sich selbst zu ernst. Ich beschloss, dass ich es auf mich nehmen würde, ihn etwas aufzumuntern. »Basalt? Magmalit?«, schlug ich furchtlos vor.

»Nein«, sagte er entschieden. »Du kannst mich Stone oder Zach nennen.«

»Aber nicht Rocky, Basalt oder Magmalit?«

»Du hältst dich wohl für besonders witzig.«

»Unglaublich witzig«, gab ich zu.

Ein Lächeln zupfte an seinen Lippen, und er schüttelte widerwillig den Kopf. »Wenn du nur eine Norm-Ermittlerin gewesen wärst, dann hätte ich deine Erinnerungen löschen können, aber nein, du musstest ja eine Verborgene sein.«

»Du kannst Erinnerungen löschen?«

Stone nickte, als wäre das ganz normal. »Man tut so etwas nicht leichtfertig oder oft, aber es ist eine Option. Die meiste Zeit verändern wir Erinnerungen nur. In der Regel löscht das Norm-Gehirn seltsame Ereignisse, die nicht in sein Weltbild passen, ohnehin von selbst – wenn es zum Beispiel jemand fliegen sieht. Bei einigen muss man nachhelfen.«

»Wage es NIEMALS, in meinem Kopf herumzupfuschen«, warnte ich ihn. »Ich meine es ernst. Dann wäre es aus.« Ich wusste zwar nicht, womit es dann aus wäre, aber wenn er je in meinem Kopf herummachte, konnte ich für nichts garantieren.

»Ich würde niemals aus eigenem Antrieb deine Erinnerungen manipulieren. Aber wenn ich die Anweisung erhalte …«

»Dann widersetzt du dich ihr.«

»So gern ich dich auch mag, ich arbeite schon mein ganzes Leben lang an meiner Karriere. Ich werde das nicht alles wegwerfen, indem ich mich einer direkten Anweisung widersetze. Schau mal, es wird wahrscheinlich ohnehin nie dazu kommen. Lass uns nicht den Teufel an die Wand malen.«

Eine schwere Stille legte sich auf uns. Er mochte mich?

Stone räusperte sich. »Wie dem auch sei. Wir sind bald in Liverpool. Ich möchte dich deputieren.«

»Du willst was?«

»Dich zu einem Teil der Verbindung machen. Das gibt dir etwas mehr Schutz, und ich kann dich als meine Partnerin, Detective Sharp, vorstellen. Außerdem wärst du in der Lage, Befragungen mit offizieller Bevollmächtigung durchzuführen. Wenn du jemanden aus Versehen mit einem Zwang belegst, bekommst du keinen Ärger. Die Position wäre nur vorübergehend, bis zum Abschluss dieses Falls. Stimmst du dem zu?«

»Wäre ich dann auch ein Inspector?«

»Nein, du wärst ein Detective. Inspectors sind die Elite. Es gibt nicht viele von uns, und wir arbeiten praktisch nie zusammen an einem Fall. Detectives gibt es wesentlich mehr.«

»Wo ist der Haken?«, fragte ich ernst.

»Wenn ich dir eine Anweisung erteile, musst du sie befolgen, sonst kannst du vor Gericht gestellt werden und im Gefängnis landen.«

Ich ließ mir das einen Moment durch den Kopf gehen. »Ich habe hin und wieder Probleme mit Autoritäten«, gab ich zu.

»Darauf wäre ich nie gekommen«, grinste Stone. »Schau mal, Scherz beiseite, ich werde dir keine Anweisungen erteilen, es sei denn, es geht um Leben und Tod, okay? Wir sind ein Team. Du musst mir vertrauen und mich unterstützen. Deal?«

Bleib unauffällig. Verdammt, ich steckte so tief in der Sache drin, ich führte praktisch einen Stepptanz auf.

Mitgefangen, mitgehangen. Außerdem machte ich gerade eine rebellische Phase durch. Meine Eltern hatten mir all das hier verheimlicht. Ich wusste, dass es einen Grund dafür gab, und es war hoffentlich ein verdammt guter, aber ich musste das hier für mich selbst tun. »Deal«, stimmte ich zu. Ich hoffte, ich würde es nicht bereuen. Ich spürte ein scharfes Ziehen an meiner Stirn, als ich das Wort aussprach. »Aua! Was zur Hölle?«

»Oh, ach ja, sei vorsichtig, welche Deals du im Anders eingehst. Sie könnten bindend sein.«

Ich starrte ihn finster an. »Ach echt? Gibt es sonst noch was, das du vergessen hast, mir zu sagen?«

»Die zwei Dreiecke stehen dir?«

Ich klappte die Sonnenblende herunter und schaute in den Spiegel. Ja, definitiv, das waren zwei Dreiecke.

»Zwei Dreiecke zeichnen dich als Mitglied der Verbindung aus«, erklärte Stone.

»Wenn du nicht aufhörst, mir ohne meine Einwilligung Dreiecke zu tätowieren, verklage ich dich.«

Stone warf mir einen belustigten Blick zu, antwortete jedoch nicht. Er räusperte sich. »Wir werden im Verbundhaus der Verbindung untergebracht, solange wir in Liverpool sind. Liverpool ist ein wichtiger Ort im Anders – es ist unsere Hauptstadt. Man ist hier freundlich zu allen möglichen seltsamen Gestalten, und hier gibt es mehr *Andere* als in London. Du musst dich normal verhalten. Ich kann dich nicht als meine Partnerin ausgeben, wenn du jedes Mal mit offenem Mund starrst, wenn ein Ghoul vorbeikommt.«

»Gibt es viele Ghoule?«

»Es gibt von allem viel«, versicherte er mir. Während der nächsten zwanzig Minuten erklärte er mir die wichtigsten Dinge, die ich tun oder nicht tun sollte, dann holte er sein Handy raus und zeigte mir seltsame und wundervolle Dinge.

»Was ist das?«, fragte ich, als wir bei einem Bild eines besonders gut aussehenden Mannes mit dem üblichen Dreieck auf der Stirn angelangten.

»Vampyr.«

Ich blinzelte. »Wo sind die Fangzähne und die weiße Haut? Er ist braun gebrannt!«

Stone lachte. »Wir sind hier in Liverpool, jeder bräunt sich. Und sie haben Fangzähne, aber sie können sie bewusst einziehen.«

»Sehen alle Vamypre so gut aus?«

Stone nickte. »Es ist eines der Haupterkennungsmerkmale. Wenn sie sich verwandeln, werden alle Asymmetrien und Unregelmäßigkeiten weggebrannt.« Er hielt inne. »Diverse Stars und Schauspieler sind Vampyre.«

»Ernsthaft? Altern sie?«

»Sie können ihr äußerliches Alter ändern wie wir unsere Haarfarbe. Wenn sie irgendwann genug Zeit im Rampenlicht verbracht haben, ›versterben‹ sie an einer Überdosis oder so etwas, stellen ihr Alter zurück auf achtzehn und fangen noch mal von vorne an. Sie sind unsterblich, aber sie haben kein festes Alter. Sie können sogar als wirklich schöne Kinder auftreten. Manchmal geben sie vor, ihre eigenen Kinder zu sein.«

»Und sie trinken Blut?«, fragte ich und erwartete, dass er abfällig schnauben würde.

Stattdessen nickte er. »Ja. Die Verbindung kauft Blutkonserven von den Spendenzentren und gibt sie an die Klans weiter. Angeblich schmeckt echtes Blut von der Hauptschlagader besser. Deswegen brechen sie manchmal die Regeln des Verdikts. Dann jagen wir sie.«

»Pflock ins Herz?«, fragte ich flapsig.

Stone schüttelte den Kopf. »Enthauptung.«

»Widerlich.«

Stone zuckte die Achseln. »Man gewöhnt sich dran.«

Ich klopfte mit den Fingern aufs Armaturenbrett. »Okay, erst zu Hesters Wohnheim oder im Verbundhaus einchecken?«

»Wohnheim«, meinte Stone. Ich stimmte zu, es war Zeit für etwas Ermittlungsarbeit. »Penny Lane!« Ich wies auf das Straßenschild.

»In our ears and in our hearts«, sang Stone.

»Beatles-Fan?« Ich war ein wenig überrascht, Stone kam mir eher wie der Rock- als wie der Beatles-Typ vor. Ich hatte meine Kindheit in einem Beatles-Haushalt verbracht. Mein Vater hatte mir einmal erzählt, dass es bei ihm zu Hause immer still gewesen war, aber dann kamen die Beatles und mit ihnen die Musik. Für ihn war es ein echter Wandel gewesen, deshalb hatte auch ich eine kleine Schwäche für die Band. Außerdem, wie konnte man jemandem namens Ringo denn nicht toll finden?

Stone zuckte die Achseln. »Ich mag nicht alle ihre Songs, aber sie haben ein paar tolle Platten gemacht.« Er hielt inne. »Wusstest du, dass es eine Theorie gibt, wonach die Penny Lane nach dem Sklavenhändler James Penny benannt ist?«

»Wie bitte?«

»Ja. Eine der ehemaligen Stadtverordneten hat versucht, den Namen zu ändern, und es gab eine riesige Debatte.«

»Man lernt nie aus.« Ich überlegte kurz. »Ich habe heute zwar eine Menge über das Anders gelernt, aber deine Penny-Lane-Geschichte schießt den Vogel ab.«

»Du bist ziemlich unerschütterlich, oder?«

Ich zuckte die Schultern. »Ich bin eine stinknormale Frau, die Privatdetektivin wurde und in den letzten Jahren eine Menge gesehen hat. Gestern zum Beispiel. Hast du mal von Sex mit Plüschtieren gehört?«

Stone nickte und wurde etwas rot. »Es gibt nicht viel, von dem ich noch nichts gehört habe.«

»Du bist mir eine Nasenlänge voraus mit dem ganzen seltsamen Anders-Zeug, aber ich werde aufholen«, verkündete ich selbstsicher.

»Daran zweifle ich nicht«, stimmte er zu und warf mir einen belustigten Blick zu.

Wir parkten am Campus und ließen Gato raus. Er streckte sich dramatisch und fand augenblicklich einen Baum, an dem er sich erleichtern konnte. Ich schnappte mir meine Bauchtasche voller nützlichem Zeug und schnallte sie um, ehe ich Gato ein Halsband umlegte und die Leine einhakte. Er sah mich vorwurfsvoll an.

»Schau mal«, meinte ich zu ihm. »Ich weiß, dass du ein ganz toller Höllenhund bist, aber manchmal mögen Menschen einfach keine Hunde, schon gar keine riesigen, und du siehst schon ein wenig einschüchternd aus. *Ich* weiß, dass du keine Leine brauchst, und *du* weißt, dass du keine Leine brauchst, aber *sie* wissen es nicht. Außerdem sind Hunde in Wohnheimen nicht wirklich erlaubt. Und jetzt sei ein braver

Junge.« Gato leckte mich ab; er war einverstanden. Ich drehte mich zu Stone um. »Also, so als Hexer …«

»Magier«, korrigierte er mich vorwurfsvoll.

»Ja, genau, Magier. Also, so als Magier, kannst du uns da Zutritt zu verschlossenen Türen und so verschaffen?«

»Wenn du dir darunter vorstellst, die Türen aus den Angeln zu sprengen, ja. Wenn du auf der Suche nach etwas Subtilerem bist, nein. Meine Natur ist auf rohe Gewalt ausgerichtet. Ich bin mir sicher, ich könnte subtil sein, wenn ich es versuche, aber es ist nicht meine Stärke.«

»Okay, dann ist das hier also meine Show«, bestimmte ich.

Es war kurz nach halb fünf, die Studenten kamen massenweise von ihren Vorlesungen zurück, und die Gemeinschaftsräume würden voll sein. Ich wartete, bis eine Studentin die Eingangstür mit ihrer Karte öffnete, und wir folgten ihr hinein. »Haustiere sind hier nicht erlaubt«, sagte sie und schaute demonstrativ auf Gato.

»Oh, wir sind nur zu Besuch«, sagte ich mit einem freundlichen Lächeln. »Hester Sorrell, kennst du sie?«

Die Miene des Mädchens hellte sich auf. »Klar kenne ich Hes. Jeder kennt Hes! Man kann so viel Spaß mit ihr haben, nicht wahr?«

»Sie ist super!«, begeisterte ich mich. »Warst du schon mal in einem Rock-Club mit ihr? Mit Hes kann man so richtig Party machen.«

»Ja!«, stimmte das Mädchen zu. »Neulich waren wir im Zanzibar, das war total abgefahren!«

»Cool. Wann war das?«, fragte ich.

»Vor drei Tagen? Montagabend. Ja, Montag, weil ich am Tag danach eine Psychologievorlesung hatte, aber Hes ist nicht gekommen. Zu viel Party gemacht!«

»Ahhh. Wie blöd, dass ich das verpasst habe. Ich bin erst seit Dienstag in Liverpool. Vielleicht kann ich sie ja für heute Abend überreden.«

Das Mädchen runzelte die Stirn. »Jetzt, wo du es sagst, ich hab sie seit Montag nicht mehr gesehen. Hat sich bestimmt irgendwo mit Nate verkrochen. Sie war Montag *so* scharf auf ihn.«

»Ooooh«, machte ich, »der berühmte Nathaniel. Ist er so heiß, wie Hester erzählt hat?«

Das Mädchen warf einen Blick auf Stone und fragte sich wohl, ob er mein Freund war und ich wirklich darüber reden sollte, wie attraktiv ein anderer Typ war. Und dann sah ich, wie sie den Gedanken verwarf. »Er ist so was von heiß!«, begeisterte sie sich. »Schau.« Sie zog ihr Handy heraus und scrollte durch die Fotogalerie, bis sie ein Bild fand, auf dem Hester sich an einen sehr attraktiven Typen mit einem Dreieck auf der Stirn schmiegte. Vampyr?

Ich lachte laut los. »O Gott, wie Hes da guckt.« Ich machte schnell eine Aufnahme vom Foto des Mädchens, ehe sie es wegziehen konnte. »Sie stirbt, wenn sie das sieht.« Ich lachte weiter, als wäre es keine große Sache, dass ich ihr Bild kopiert hatte.

Stone hielt sich im Hintergrund. Er schüttelte den Kopf ein wenig – er konnte das Foto nicht sehen. Ich würde es ihm später zeigen. Ich schätze, das hieß, dass man Vampyre fotografieren konnte.

»Ich bin Jess«, stellte ich mich mit meiner besten Gute-Laune-Stimme vor.

»Rhiannon«, antwortete das Mädchen mit einem freundlichen Lächeln.

»Kannst du uns den Weg zu Hes' Zimmer zeigen? Ich

klopfe nur kurz. Wenn sie nicht da ist, schaue ich mal, wo sie und Mr. Sexy sich herumtreiben.«

»Klar. Hier lang.« Rhiannon führte uns zwei Stockwerke hinauf und öffnete die Tür zu einem Flur. »Sie wohnt in 3F.«

»Super. Danke, Rhiannon. Vielleicht können wir irgendwann mal alle zusammen ins Zanzibar.«

»Supi!«, sagte Rhiannon. »Bis später dann, Jess.« Sie winkte uns beiden noch einmal zu und verschwand die Treppe hinauf zu ihrem Stockwerk.

»Du passt auf«, wies ich Gato an. Er drehte sich mit aufgestellten Ohren zur Treppe um. Stone verdeckte auf der anderen Seite die Sicht auf mich. Niemand war hier, doch ich wusste, dass uns nicht viel Zeit blieb, bis ein weiterer Student vorbeikommen würde. Ich wühlte in meiner Bauchtasche und holte meine Dietriche heraus. Hesters Schloss war ziemlich schlicht. Ich übte etwas Druck aus, stocherte herum, und es klickte nach weniger als dreißig Sekunden.

Wir gingen hinein und schlossen die Tür hinter uns. Es war dunkel im Raum. Stone machte das Licht an und pfiff leise. »Mist«, sagte er. »Entweder ist sie verdammt unordentlich, oder jemand hat das Zimmer durchwühlt.«

Es war definitiv durchwühlt worden. Lady Sorrell hatte recht gehabt – die Polizei war ganz eindeutig nicht in Hesters Zimmer gewesen, denn sonst wäre sie zu dem Schluss gekommen, dass ihr etwas passiert sein musste.

»Letzteres«, schnaubte ich. »Ganz offensichtlich. Ihr Zimmer zu Hause war perfekt, alles hatte seinen Platz, und alles war an seinem Platz.«

»Es könnte auch sein, dass die Bediensteten für sie aufgeräumt haben«, widersprach Stone, der Advocatus Diaboli spielen wollte.

»Vielleicht«, gab ich zu, »aber ich hatte das Gefühl, es mit einer peniblen Person zu tun zu haben, verstehst du, was ich meine?« Ich schüttelte den Kopf. »Ich bin mir sicher, das war nicht sie, sondern jemand anderes. Jemand, der verdammt wütend war. Rasend vor Zorn.« Ich runzelte die Stirn. »Woher weiß ich das?«

»Das ist die Empathie in deinem Waffenarsenal.«

Ich rollte mit den Augen. »Wie kann Empathie eine Waffe sein? Werde ich einen Vampyr zu Tode betüdeln?«

Stone musste lächeln. »Das würde ich zu gerne sehen.« Er wurde wieder ernst. »Empathie ist eine mächtige Waffe. Deine Fähigkeiten als Wahrheitsfinderin gründen auf deinem Empathie-Talent. Ich weiß nicht, wie ausgeprägt deine Empathie ist, manche können spüren, was andere fühlen, wenn sie sie berühren, andere können die Stimmung eines ganzen Raumes lesen, ohne dafür physischen Kontakt zu benötigen. Wieder andere können Emotionen einsetzen, um andere zu manipulieren. Das gilt als unhöflich, also tu es nicht in guter Gesellschaft.«

»Aber wenn wir irgendwelche Versager befragen, ist es okay?«

Stone grinste. »Du lernst schnell.«

»Hast du Empathie?«, fragte ich neugierig.

»Nur die ganz normale.«

Gato schnüffelte herum und brachte mich wieder zurück zu meiner Aufgabe. Ich sah mich im Zimmer um. Himmel, das konnte man kein Zimmer nennen, es war ein ganzes Studioapartment. Es gab eine Küche und einen Sitzbereich, ein eigenes Bad und ein Bett – nicht übel. Ich schätzte, die Sorrells blätterten eine Menge hin für ihr Baby.

Das Sofa war zerstört – jemand hatte es mit einem Messer aufgeschlitzt und zerfetzt. Auch die Kissen waren aufgeschnitten. Die Küchenschränke standen offen, und jemand hatte die Besteckschublade auf den Boden geleert. Die Schubladen der Kommode waren herausgezogen, und Hesters Kleidung lag auf einem Haufen. »Jemand war wütend und hat nach etwas gesucht. Er oder sie hat es nicht gefunden.«

»Woher weißt du das?«

Ich zuckte die Achseln. »Keine Ahnung, aber ich weiß es. Die Person ist so wütend wieder gegangen, wie sie gekommen ist.« Er musterte mich. »Was?«, fragte ich. »Ist das nicht normal?«

Er sagte nichts, also konnte ich auch keine Lüge herauslesen. Mist, selbst im Anders war ich komisch. Als er mir vorhin erklärt hatte, wie Empathie funktionierte, meinte er, dass die meisten Empathen physischen Kontakt brauchten, was bedeutete, dass jemand dafür anwesend sein musste. Diese Echos, die ich auffing, das war nicht normal. Ich schob es beiseite. Für meine Fragen war jetzt keine Zeit. Wir mussten uns nach Hinweisen umsehen.

Ich war mir jetzt sicher, dass wir Hester nicht fröhlich in einer Bar herumhängend vorfinden würden. Hier ging etwas vor sich, das finsterer war. Das Echo der Wut, die ich in diesem Raum spürte … Mir lief es kalt den Rücken hinunter. Ich wollte diese Wut nicht gegen mich gerichtet wissen.

Stone und ich teilten uns den Raum auf und arbeiteten uns methodisch hindurch. Ich fand Cannabis, aber nur ein winziges Tütchen. Okay, sie hatte also Drogen genommen, aber es war kein großer Hammer wie Crack oder Speed. Es gab genug Utensilien im Raum, dass ich davon ausging, dass das Cannabis ihr gehörte: eine Grasmühle mit einer hübschen pink-violetten Blume auf dem Deckel und eine rote Bong mit Blumenmuster. Es gab Zigarettenpapier, ein paar lose Filter und drei Feuerzeuge. Sie rauchte Wasserpfeife und rollte ihre eigenen Joints. Hester ließ wirklich ihr altes Leben hinter sich.

Ich sah mir ihre Psychologie-Unterlagen an. Ein Viertel ihres Notizblocks war vollgeschrieben. Sie mochte Gras rauchen, aber sie war immer noch gelehrig. Ich prüfte das Datum ihrer letzten Notizen und fand keine von Dienstag. Sie war also Montagnacht verschwunden. »Hast du etwas gefunden?«, rief ich Stone zu.

»Kondome, Gleitcreme, kleiner Vibrator.«

Hester hatte wirklich ihren Horizont erweitert. »Hier ist Cannabis, aber nicht viel«, sagte ich. »Und eine Bong. Ich schätze mal, das ist so ein Geselligkeitsding, das sie mit ihren Freunden macht. Keine harten Drogen.«

Ich kramte mein Handy hervor und zeigte Stone das Bild von Hester und dem Typen aus dem Anders. »Vampyr?«, fragte ich, obwohl ich mir der Antwort bereits ziemlich sicher war.

Er nickte mit finsterem Blick. »Oh ja. Das ist Nathaniel Volderiss, der Sohn von Lord Gabriel Volderiss. Er ist das Oberhaupt des Vampyr-Klans von Liverpool. Diese Ermittlung wurde gerade ein wenig brisanter.«

8

NACHDEM WIR MIT HESTERS ZIMMER fertig waren, suchten wir nach ihrer besten Freundin, Maeve, indem wir an alle benachbarten Türen klopften. Wir fanden sechs Norms, eine Dryade, einen Elf und einen Wasserelementar. Ich bemühte mich, für sie alle ein nichtssagendes Lächeln aufzusetzen. Kein Starren mit offenem Mund wie ein Landei. Ich gab mich entspannt – hoffte ich. Aber genau wie Roscoe Flammen anstelle von Haaren hatte, befanden sich auf dem Kopf des Wasserelementars durchsichtige Dreadlocks aus Wasser. Sie sahen toll aus, und ich musste ein paarmal blinzeln, ehe ich mein höfliches Lächeln wieder aufsetzen konnte. Ich hätte dieses Wasserhaar nur zu gern angefasst. Wie würde es sich anfühlen? War das Wasser heiß oder kalt? Ich war wirklich zu neugierig.

Während der Klopfaktion zog ich weiterhin die »Freundin-von-zu-Hause«-Nummer ab, aber wir konnten nichts Besonderes in Erfahrung bringen. Alle mochten Hes; sie war lustig, das Herz und die Seele jeder Party, nicht die Hester, die Archie und Sybil kannten. Innerhalb von fünf Wochen hatte sie sich völlig neu erfunden; dazu ein paar weiche Drogen und ein Schuss Vampyr-Lover und *voilà*, die neue Hes.

Maeve hatte uns auch nicht viel Neues zu sagen. Sie

machte sich keine Sorgen um ihre Freundin, sie war neidisch. Hes hatte sich den unerreichbaren Nate geschnappt, der scheinbar seit Montagnacht auch nicht mehr gesehen worden war. Maeve wusste, dass sie beide aus reichem Hause stammten, und nahm einfach an, dass Nate ihnen ein schickes Hotel gebucht und sie ihren Spaß hatten. Sie erzählte mir, Nate sei ein Student im zweiten Jahr, der alle coolen Orte kenne. Er ging gerne Fallschirmspringen, und Hes hatte es unbedingt auch einmal probieren wollen. Maeve vermutete sogar, dass es das sein könnte, was sie gerade taten.

In meinem Kopf gingen die Alarmglocken los. Nate war auch verschwunden – aber war er der Entführer, oder war er ebenfalls entführt worden?

Als wir mit dem Klinkenputzen fertig waren, war es sechs Uhr abends. Wir beschlossen, uns ins Verbundhaus zurückzuziehen, etwas zu essen und Gato unterzubringen. Später würden wir dann ins Zanzibar gehen, wo Hester zuletzt gesehen worden war.

Gato pinkelte wieder an den gleichen Baum. Als sein Tank leer war, stiegen wir in den Range Rover und fuhren los.

»Okay«, sagte ich, »wie fühlt sich das Haar eines Wasserelementars an? Ist es einfach nur Wasser, oder ist es wie Haar? Wird man nass, wenn man es anfasst?«

Stone schüttelte den Kopf. »Das beschäftigt dich? Haare?«

»Du kannst auch einfach sagen, dass du es nicht weißt«, antwortete ich schnippisch.

Er lachte. »Ich weiß es nicht. Ich hatte nie das Bedürfnis, das Haar eines Wasserelementars zu berühren. Ich weiß, dass man sich verbrennt, wenn man Roscoes Haut berührt, also nehme ich an, dass man bei einem Wasserelementar nass werden würde – aber das ist reine Mutmaßung.«

»Hast du nie einen Wasserelementar festgenommen?«

»Festgenommen? Nein«, antwortete er und wirkte dabei angespannt. Es gab also eine Geschichte.

Ich drehte mich in meinem Sitz, um ihn anzusehen. Es hatte zu viel in diesen beiden Worten mitgeschwungen. »Erzähl es mir«, sagte ich leise.

Stone spannte den Kiefer an und klammerte die Hände ums Lenkrad. Er stieß einen kräftigen Atemzug aus. »Er hat versucht, ein Dorf in Shropshire zu überfluten. Du hast sicher in den Nachrichten davon gehört. Als ich dort ankam, waren bereits Hunderte von Wohnhäusern zerstört. Er war berückt. Er wollte seine Ex und ihren neuen Liebhaber töten, und es kümmerte ihn nicht, wenn das ganze Dorf mit ihnen starb. Ich konnte nicht zu ihm durchdringen, also schleuderte ich am Ende einen Laternenmast nach ihm, und er traf ihn am Kopf. Ich wollte ihn nur bewusstlos schlagen, aber ich hatte zu viel Kraft in den Wurf gelegt. Ich tötete ihn.«

Das war eine Menge. »Berückt?«, fragte ich.

»Zu sehr in seiner eigenen Magie versunken. Wenn das passiert, spürt man nichts mehr außer dem Fluss der Magie. Kann man sie nicht stoppen, dann ist es möglich, dass man ausbrennt. Wenn man berückt ist, dann gehen Sinn und Verstand verloren – das ist extrem gefährlich.«

Ich dachte kurz darüber nach. »Wie hast du einen Laternenmast geworfen?«

Er schenkte mir ein schiefes Lächeln. »Traust du mir nicht zu, dass ich mit reiner Körperkraft einen aus der Erde ziehen könnte?«

Ich rollte mit den Augen. »Ich bin mir sicher, du bist kräftig, aber du bist nicht Arnold Schwarzenegger. Du lenkst ab. Erzähl es mir.«

»Wie ein Hund mit einem Knochen«, murmelte er. »Ich habe das AL benutzt.«

»Das All? Bist du so was wie ein Astrologe?«

»AL. A. L. Absicht und Loslassen.«

»Und das bedeutet was?«

»Die zentrale Magie eines Magiers.«

»Ich bin eine Magierin, ja? Also kann ich das auch tun?«

Stone nickte, den Blick auf die Straße gerichtet. »Ja, du kannst das auch. Aber wie bei allem gibt es Abstufungen. Manche können es kaum verwenden, anderen fällt es so leicht wie das Atmen.«

Ich musterte ihn. »Du bist auf der Atmen-Seite dieses Spektrums.« Er sagte nichts. Das musste er auch nicht. »Du hast also dieses AL benutzt, um einen Laternenmast anzuheben und ihn auf einen wild gewordenen Elementar zu schleudern.« Er nickte. Ich kaute auf meiner Unterlippe. »Kannst du mir das beibringen?«, fragte ich so beiläufig, als wäre es völlig normal, echte Magie zu lernen, und keine große Sache.

Stone warf mir einen kurzen Seitenblick aus seinen karamellbraunen Augen zu, ehe er noch einmal nickte.

»Cool.«

Jetzt lächelte er, und die Anspannung fiel von ihm ab. Ich schätzte, er hatte sich Sorgen gemacht, dass ich ihn für den Tod des Elementars verurteilen würde. Ich begann zu vergessen, dass ein Inspector nicht einfach nur ein Ermittler wie ich war. Stone musste Dinge in Ordnung bringen, Probleme verschwinden lassen, ganz egal wie. Wilf hatte mich gewarnt, dass Stone gefährlich war, und wenn er Vampyre enthauptete und Elementare tötete, dann konnte ich nachvollziehen, wie er zu diesem Ruf gekommen war.

Abgesehen davon vertraute ich ihm – das hatte ich vom ersten Moment an im Rosie's getan. Es ist ungewöhnlich, dass ich jemandem so schnell vertraue, aber ich verfüge über ausgezeichnete Instinkte, und bislang haben mich die noch nie getrogen. Es dauerte Jahre, bis ich Mrs. H ansatzweise vertrauen konnte, aber bei anderen, wie Lucy, ist es ein so starkes Bauchgefühl, dass ich verrückt wäre, es zu ignorieren.

»Wir sind da«, verkündete Stone und holte mich aus den Gedanken, in die ich versunken war. Wir fuhren vor einem Hotel vor, *Hard Day's Night*.

Ich blinzelte. »Das ist ein Hotel. Ich habe hier schon mal die Nacht verbracht. Ich dachte, wir wollen zum Verbundhaus.«

»Das sind wir.« Er drückte auf einen Knopf an seinem Autoschlüssel, und eine Wand des Hotels begann zu schimmern und durchsichtig zu werden. Er fuhr direkt hinein.

»Ach du Scheiße!«, schrie ich und wappnete mich für den Aufprall. Und dann rauschten wir direkt in ein unterirdisches Parkhaus, ohne auch nur ein gekrümmtes Härchen. Eine Illusion. Ich atmete tief durch. »Das *Hard Day's Night* hat kein Parkhaus«, sagte ich ausdruckslos.

»Nicht soweit die Norms wissen«, stimmte Stone zu. »Aber wir sind jetzt im Anders, und das Verbundhaus hat Parkmöglichkeiten. Eine Hälfte des Hotels ist Norm, die andere das Verbundhaus. Die beiden Seiten sind gänzlich voneinander getrennt. Es hat selbst jede ihre eigene Bar.«

Ich wurde munter. »Das Verbundhaus hat eine Bar?«

»Sicher. Es hat alles, selbst einen Pool.«

»Mann«, seufzte ich. »Und ich habe keinen Bikini eingepackt.«

»Du kannst auch gerne ohne rein.« Stone gab sich gespielt lüstern.

Als ich nach ihm schlug, klingelte mein Handy. Es war Lucy. »Hi, Luce.«

»Jessie! Ich habe die besten Nachrichten ever! Ich hab den Job!« Lucy ist der schlauste Mensch, den ich kenne. Nach der Schule ging sie nach Liverpool, um Buchhaltung zu studieren, und ich besuchte sie manchmal während dieser drei Jahre. Dann machte sie noch einen Master und ihren ACCA, während sie nebenher Teilzeit in einem Steuerbüro arbeitete. Jetzt hatte sie alle Qualifikationen und letzte Woche einen Vorstellungstermin bei ihrer Wunschfirma.

»Ahhh!«, schrie ich. »Das ist toll! Gut gemacht, Lucy. Ich bin so stolz auf dich!«

»Ich auch!«, lachte Lucy. »Ich kann es gar nicht glauben. Das müssen wir feiern. Cocktails?«

»Oh, es tut mir so leid, Liebes. Ich arbeite gerade an einem Fall. Ich bin in Liverpool und suche nach einer Vermissten.«

Lucy seufzte. »Jess! Du bist echt ohne mich nach Liverpool gefahren. Du amüsierst dich hoffentlich im Heebies oder Alma für mich mit.«

Ich lachte. »Ich werde mich definitiv irgendwo für dich amüsieren«, versprach ich. »Es tut mir so leid, dass ich nicht mit dir feiern kann.«

»Ist okay«, meinte Lucy leichthin. »Ich frage einfach eines von den Mädels auf der Arbeit – aber du sollst wissen, dass du meine erste Wahl warst.«

Ich grinste. »Du wirst auch immer meine erste Wahl sein.«

Lucy schnaubte belustigt. »Ich bin deine *einzige* Wahl!«

»Ich bin wählerisch«, stimmte ich zu.

»Du hasst Menschen«, gab sie zurück.

»Durchaus.«

»Schön, dass du das endlich einsiehst!«, triumphierte Lucy. »Wenn ich zurück bin, gehst du mit mir und den Mädels von der Arbeit aus.«

Lucy versucht immer, mich dazu zu bringen, dass ich meinen Freundeskreis erweitere, aber ich habe sie, Gato und Mrs. H. Mehr Freunde brauche ich nicht. Je mehr Leute man in sein Leben lässt, desto wahrscheinlicher wird es, dass jemand stirbt und einen verlässt.

»Ich werde definitiv einen mit dir trinken gehen. Was deine Freunde angeht, bin ich mir nicht so sicher. Ich muss jetzt los, Lucy. Ich soll gleich im Hotel einchecken. Hab dich lieb.«

»Ich hab dich auch lieb, Jessie. Viel Spaß.«

»Den werde ich haben!« Wir legten auf. »Sorry«, sagte ich zu Stone. »Meine allerbeste Freundin.«

Er grinste. »Du bist was? Fünfundzwanzig? Und du sprichst immer noch von einer ›allerbesten‹ Freundin?«

»Lucy wird auch noch meine allerbeste Freundin sein, wenn wir hundert sind.«

»Also doch keine so einsame Wölfin.«

»Ich bin keine vollkommene Einzelgängerin, mein Rudel ist nur sehr klein.« Gato bellte. Ich drehte mich mit einem Lächeln zu ihm um. »Natürlich bist du auch in meinem Rudel, Großer.«

Stone lachte. »Lass uns reingehen.« Wir holten unser Gepäck und ließen Gato raus. Stone führte uns selbstsicher zu einer Rezeption. Er zog einen Ausweis in einer ledernen Hülle aus der Tasche, auf dem zwei Dreiecke, ein paar Zahlen und darunter ein Barcode zu sehen waren, den er am Tresen scannte, worauf eine leise Glocke ertönte.

Eine Tür öffnete sich, und die Rezeptionistin kam heraus – blond, braun gebrannt, mit künstlichen Nägeln und Wimpern. Sie war atemberaubend. Sie entsprach dem typischen örtlichen Schönheitsideal – Kleidergröße 36, Körbchengröße DD. Besagte Körbchen quollen bei ihr über. Buchstäblich. Sie war auch von einem Schimmer umgeben, was mich vermuten ließ, dass es sich bei ihr um eine Sirene handelte. Sie war eine der ersten Gestalten in Stones Slideshow gewesen. Sie lächelte, als sie Stone sah. »Zach«, begrüßte sie ihn mit einem ausgeprägten Liverpooler Akzent.

»Esme. Zwei Zimmer mit Verbindungstür, bitte.«

Sie hob die perfekten Augenbrauen, während sie tippte. »Kein Problem. 2B und 2C.« Sie reichte Stone die Schlüsselkarten, dann entdeckte sie Gato. »Ach du meine Güte«, begeisterte sie sich. »Ein Höllenhund. Du hast so ein Glück!«, sagte sie zu mir. »Ich wollte immer einen!«

»Er ist ziemlich toll«, stimmte ich zu. Ich musste mich bemühen, freundlich zu bleiben, und ich wollte gar nicht so genau wissen, warum.

»Hier entlang.« Stone hielt die Tür für mich auf.

»Bis später«, sagte ich zu Esme.

Sie lächelte, aber ihr Blick ruhte auf Stone. »Aber sicher, Liebes.«

Ich bemühte mich, sie nicht böse anzustarren.

Ich folgte Stone den Flur hinunter zu einer Reihe von Zimmern mit einer Verbindungstür, die auf beiden Seiten ein Schloss hatte. »Schließ nicht ab«, riet Stone mir. »Dann kann ich kommen und helfen, solltest du nachts ... ungebetenen Besuch bekommen.«

»Zum Beispiel Esme?«, schlug ich vor.

Er sah mich resigniert an. »Ich hoffe doch nicht«, murmelte

er. »Verdammte Sirenen. Sie hassen es, wenn man Nein zu ihnen sagt.«

Ich hatte augenblicklich bessere Laune. »Also, wie sieht der Plan aus? Duschen, Zimmerservice, Zanzibar?«

»Wie fühlst du dich?«, fragte Stone.

»In Bezug auf mein mentales oder körperliches Befinden?«

»Warum kannst du nicht einfach mal eine Frage direkt beantworten? Wie fühlst du dich? Körperlich, mental, geistig, was auch immer.«

»Super«, antwortete ich mit einem Wimpernklimpern und angehobener Schulter.

»Du bist anstrengend, das weißt du, ja?«

»Jetzt weißt du, warum mein Rudel so klein ist.«

Stone rollte mit den Augen. »Duschen, Zimmerservice, dann etwas AL-Training. Dann Zanzibar. Vor zehn ist da ohnehin nichts los. Ich habe uns ein Treffen mit Lord Volderiss morgen um zehn arrangiert, das war sein erster freier Termin. Sein Personal schien nicht gerade begeistert von einem Termin mit einem Inspector zu sein.«

»Kommt er zu uns oder wir zu ihm?«

»Wir zu ihm, ihm gehört das Exchange Flags.«

Ich sah es vor meinem geistigen Auge. »Da, wo das Fazenda und ein Philpotts ist?«

Stone lächelte. »Merkst du dir alles im Zusammenhang mit Essen?«

»Essen ist wichtig!«

»Wir haben einen Termin in der Zentrale. Von außen ist es eine Anwaltskanzlei – GV Law.«

Ich hatte von GV Law gehört, es war eine große Firma, aber ich hatte nie für sie gearbeitet. Unternehmen wie dieses engagierten normalerweise größere Detekteien, nicht kleine Fische wie Sharp Investigations. Abgesehen davon, dass Strafverteidigung echt ihr Ding ist, wusste ich nicht viel über sie. Ich würde später ein wenig googeln. Ich mochte es nicht, komplett blind in eine Situation zu gehen.

Stone und ich zogen uns in unsere Zimmer zurück. In meinem befand sich ein Doppelbett, ein Fernseher an der Wand, ein kleines Tischchen und ein Stuhl. Es gab ein angemessen großes Bad mit Dusche und einem Ganzkörperspiegel. Das Hotel hatte bereits ein Hundebett für Gato bereitgestellt, was beeindruckend und auch ein wenig unheimlich war, es sei denn, alle Zimmer hatten standardmäßig eines für den Fall, dass der Besitzer eines Höllenhunds eincheckte. Es stand neben dem Bett auf dem Boden. Ich stellte eine Schüssel mit Fressen und frisches Wasser dazu.

Mein Vater wäre ganz aus dem Häuschen gewesen, wenn er hier übernachtet hätte. Und dann fiel mir ein: Er war *anders*, also hatte er das vielleicht auch. Die Entdeckung, dass meine Eltern *anders* waren, riss an einer Wunde, von der ich dachte, sie sei schon lange zugewachsen, doch jetzt saß ich hier, und sie blutete wieder. Meine Eltern hatten mich belogen, und wenn auch nur in dem Sinne, dass sie Dinge vor mir verheimlicht hatten. Sie hatten mich aus einem großen Teil ihres Lebens ausgeschlossen, und nun war dieser Teil für immer verloren. Es fühlte sich unfair an, um den Verlust von etwas zu trauern, von dem ich gar nicht wusste, dass es mir gefehlt hatte.

Ich rieb mir über das Gesicht und weigerte mich, den Tränen freien Lauf zu lassen. Nach einer Dusche würde ich mich besser fühlen, solange es keine miese, tröpfelnde Hoteldusche war. Die verursachten mir schlechte Laune.

Zum Glück war die Dusche heiß und hatte einen kräftigen Wasserstrahl, sodass ich mir allen Dreck und Schweiß abwaschen konnte. Ich kam in ein Handtuch gewickelt heraus. Wie erwartet hatte Gato sein Hundekörbchen nicht angerührt und sich stattdessen auf meinem Doppelbett breitgemacht.

Ich seufzte. »Du weißt ganz genau, dass das nicht dein Bett ist. Du schläfst nicht hier oben.« Er hob den Kopf, schaute mich an und legte sich wieder hin.

Ich schnaubte etwas und bestellte dann Burger und Pommes beim Zimmerservice. Während ich auf das Essen wartete, trocknete und glättete ich mein Haar. Ich suchte mir ein Kleid und Heels für später heraus und schlüpfte in schwarze Jeans und ein lockeres T-Shirt.

Ich hatte keine Ahnung, was ich von meinem AL-Training zu erwarten hatte, aber ich wusste, dass ich zwischendurch das Anders verlassen und dann wieder zurückkehren musste. Mir war nicht klar, wie lange das Regenerieren im Norm dauern würde, aber dieser Zeitpunkt kam mir ideal vor, um die Batterie ins Ladegerät zu stecken.

Ich sagte zu Gato: »Stone sagte, dass du Portale machen kannst. Also kannst du mich zurück ins Norm bringen? Und später wieder ins Anders?« Ich hätte mir lächerlich vorkommen müssen, weil ich mit einem Hund sprach, aber in seinen dunklen Augen funkelte Intelligenz. Er war kein normaler Hund, er war ein Höllenhund.

Gato setzte sich auf, stieg langsam vom Bett und streckte die Hinterbeine. Er kam und sprang mich an. Ich fing ihn mühelos auf – diesen Trick hatten wir schon etliche Male geübt. Auf den Hinterbeinen ist er gute eins achtzig groß, weshalb seine Vorderpfoten jetzt auf meinen Schultern ruhten. Er drückte die nasse schwarze Nase gegen meine Stirn und stieg dann wieder aufs Bett, wo er sich einrollte.

Ich schaute in den Spiegel: keine Dreiecke. Ich sah Gato an: keine Stacheln. Cool.

»Danke«, sagte ich.

Er wedelte kurz mit dem Schwanz. Ich macht den Fernseher an, damit ich Hintergrundgeräusche hatte, und begann, nach GV Law zu googeln. Ich sah mir an, was auf *Company's House* darüber zu finden war. GV war eine multinationale Anwaltskanzlei mit Hauptsitz in Liverpool. Es gab neunundzwanzig Niederlassungen weltweit, und ihr geschätzter Wert lag aktuell bei beeindruckenden 350 Millionen Pfund. Sie war an der Börse, aber es waren bemerkenswert wenige Informationen über die Besitzer zu finden. Auf dem Papier gab es eine ganze Menge davon, darunter Lord Volderiss. Sein Status als Lord wurde hier nicht erwähnt, aber er war immerhin ein Sir – die Queen hatte ihn im Norm zum Ritter geschlagen. Das muss ein aufreibender Tag für die Verbindung gewesen sein – ein Vampyr so nahe bei der Königin von England. Stone hatte gesagt, dass die Regierung nichts über das Anders wusste; ich fragte mich, ob das auch auf die königliche Familie zutraf.

Es klopfte an der Tür, und ich spähte durch den Spion. Zimmerservice. Ich öffnete, nahm mein Essen entgegen und gab dem Kellner ein kleines Trinkgeld.

Als ich gegessen hatte, war es bereits 19:30 Uhr. Ich war etwa eine Stunde im Norm gewesen, obwohl ich nicht wusste, ob mich das ausreichend aufgeladen hatte oder nicht. »Gato, kannst du mich zurück ins Anders bringen?«, fragte ich.

Er hievte sich vom Bett hoch, als wäre das eine ziemliche

Zumutung, legte die Pfoten auf meine Schultern und berührte mit seiner Nase meine Stirn. *Voilà*, mein Hund hatte wieder Stacheln. Ich schaute in den Spiegel: zwei Dreiecke. In diesem Moment klopfte Stone an die Zwischentür. Perfektes Timing.

Als er eintrat fragte er: »Bereit für etwas AL?«

»Auf ins All!«, rief ich.

Stone rollte mit den Augen. Scheinbar war er kein besonderer Fan von Wortspielen. »Zieh dir Schuhe an und folge mir. Zeit, dass wir deine Magie mal in Schwung bringen.«

9

STONE FÜHRTE MICH DIE TREPPE hinunter in einen unterirdischen Trakt. Er musste seinen Fingerabdruck scannen, um Zutritt zu erhalten, was mir ein wenig übertrieben vorkam. Wir betraten einen riesigen Raum, der fast leer war, abgesehen von einer Reihe von Schränken an der hinteren Wand. Die lange Seite des Raumes war mit Spiegeln ausgestattet. Es gab keine Fenster, keine Teppiche und keine Möbel, abgesehen von einer sehr großen digitalen Uhr. Es fiel mir schwer, einen Grund für den Fingerabdruck-Scan zu entdecken.

»Minimalistisch«, merkte ich an.

Stone ignorierte mich und ging zu einem der Schränke. Er gab einen Code ein, ein Schließfach öffnete sich, und er holte einen schwarz-roten Fußball heraus. Absoluter Overkill für etwas Sportausrüstung. Er reichte ihn mir. »Schau ihn dir genau an, damit du sicher weißt, dass es nur ein normaler Fußball ist.«

Ich drehte ihn prüfend zwischen den Händen. Soweit ich sehen konnte, war nichts Auffälliges an ihm, aber ich war jetzt im Anders, deshalb hätte es mich nicht überrascht, wenn dem Ball plötzlich Arme und Beine gewachsen wären und er sich als Flobberwam vorgestellt hätte. Ich gab ihn Stone zurück. »Es ist nur ein Fußball.«

Stone legte ihn auf den Boden. »Ich lasse ihn jetzt schweben. Zunächst forme ich meine Absicht, dann richte ich sie auf das Objekt und stelle mir vor, was ich möchte, dass damit passiert. Wenn ich so weit bin, lasse ich meine Absicht auf das Objekt los. Ich benutze Wörter – manche bevorzugen Gesten.«

Ich starrte ihn ausdruckslos an, und er bemerkte, wie verwirrt ich war. »Es ist einfacher, wenn ich es dir zeige.« Das schien seine bevorzugte Unterrichtsmethode zu sein. »Schwebe«, befahl er scharf. Als er das Wort sagte, stieg der Ball bis auf seine Augenhöhe auf und blieb dann dort. »Schau ihn dir genau an, damit du sicher sein kannst, dass keine Fäden daran befestigt sind oder etwas in der Art. Damit AL funktioniert, muss man daran *glauben*. Der kleinste Zweifel reicht aus, und es funktioniert nicht. Glauben ist der Schlüssel zum Erfolg.«

Ich wedelte mit den Händen über und unter dem schwebenden Ball herum. Keine Fäden. Ich versuchte, ihn aus der Luft zu nehmen, ihn nach unten zu drücken – nichts. Als hielte ihn eine unbezwingbare Macht in der Luft. Stone wedelte kurz mit der Hand, und der Ball fiel auf den Betonboden und sprang davon. Ich biss mir auf die Lippe. »So einfach ist das?«

Stone nickte. »Es ist keine Quantenphysik, es ist Magie. Du benötigst Glauben und Absicht. Der Grund, warum ich für das Loslassen ein Wort verwende, liegt daran, dass man leicht in letzter Sekunde den Fokus verliert. Man denkt die ganze Zeit ans Schweben, und plötzlich fragt man sich, ob die Herdplatte auch wirklich aus ist. Man macht eine Geste, und schon ist der Ball auf dem Weg zu deinem Herd.«

Ich musste grinsen. »Hast du schon Fußbälle gekocht?«

»Ich nicht. Ich habe AL schon als Kind gelernt. Mein Vater hat dafür gesorgt, dass ich meine Einführung hatte, als ich erst wenige Wochen alt war. So bin ich in beiden Reichen aufgewachsen, obwohl die meisten Menscheneltern warten, bis ihre Kinder älter sind. Wenn man einmal eingeführt ist, muss man ständig zwischen den Reichen wechseln. Für die meisten jungen Familien ist das zu viel – Schlaf und Windelwechseln und magisches Wiederaufladen. Aber mein Vater wollte, dass ich mit AL aufwachse.«

Er zuckte die Achseln. »Wie dem auch sei, für mich ist AL wie eine Tür aufzumachen und das Licht anzuschalten. Einer meiner Freunde wurde sehr viel später eingeführt, genau wie du, und er hat den ein oder anderen Fußball gekocht. Also: Wörter. Wenn du wieder und wieder *Schweben* denkst, dann denkst du nicht plötzlich *Herd*. Dann *sagst* du *Schweben*, und er wird es tun.«

Ich fragte mich, ob meine Eltern diese Art Unterricht erhalten hatten oder ob sie als Kinder eingeführt worden waren wie Stone. Ich schaute den schwarz-roten Ball an. Ich wollte, dass er sich drehte, damit ich sehen konnte, wie die Farben herumwirbelten. »Dreh dich«, sagte ich. Der Ball begann eine langsame Rotation. Ich unterdrückte den Impuls, auf und ab zu springen und freudig zu quietschen, doch ich erlaubte mir ein kleines Lächeln.

»Gut«, lobte Stone. »Jetzt leg etwas mehr Kraft hinein. Mach das Loslassen zu einem Befehl, als würdest du mit Gato sprechen.«

»Dreh dich!«, befahl ich. Der Ball reagierte nicht.

»Du hast deine Absicht nicht geformt. Konzentrier dich: Was willst du, dass er tut? Dann loslassen.«

Ich schaute den Ball an. Ich wollte, dass er sich drehte wie auf dem Finger eines Basketballspielers. »Dreh dich!« Ich schnippte mit den Fingern.

Augenblicklich begann der Ball, sich schnell zu drehen. Ich sah fasziniert zu, wie er stetig rotierte. Ich konnte die Augen gar nicht davon losreißen. Ich schickte mehr Energie hinein, damit er sich weiterdrehte, obwohl ich nicht sagen konnte, wie zur Hölle ich das machte. Während der Ball rotierte, spürte ich, wie mein Energielevel sank.

Möglicherweise war nur ein Moment oder vielleicht auch ein ganzes Jahr vergangen, als Stone schließlich sein Schweigen brach. »Du musst jetzt aufhören«, sagte er entschlossen. »Du kannst ein Wort oder eine Geste verwenden. Konzentriere dich darauf, dass er aufhört, darauf, das zurückzunehmen, was du zuvor getan hast.«

Ich konzentrierte mich auf das Wirbeln des Balls. Rot. Schwarz. Rot. Schwarz. Wollte ich wirklich, dass es aufhörte? Er war so hübsch. Die Farben mischten sich. Ich fragte mich, ob ich ihn dazu bringen konnte, sich ewig zu drehen.

»Hör auf, Jinx. Jetzt«, wiederholte Stone entschieden.

Ich gehorchte widerstrebend. »Stop«, befahl ich widerwillig. Der Ball blieb sofort stehen. Als die Verbindung zwischen ihm und mir getrennt wurde, fiel mein Energielevel augenblicklich ab. Mir war übel und schwindelig, und mein Sichtfeld kippte. Ich fiel auf die Knie und hob die Hand an den Kopf. Was zum Teufel? Ich blinzelte mehrmals, und langsam wurde mein Blick wieder klar.

»So fühlt es sich an, berückt zu sein«, erklärte Stone sanft.

Ich stieß einen zittrigen Atemzug aus und nickte. Das war eine zugleich aufregende und schreckliche Erfahrung gewesen, und der Kontrollverlust machte mir Angst. Ich würde das AL niemals zum Spaß benutzen, das stand fest, und nicht ohne Stone, der mich zur Not aufrütteln konnte.

Er schwieg einige Minuten lang, während ich mich nur aufs Atmen konzentrierte. Als Übelkeit und Schwindel vorbei waren, schaute ich auf die riesige Uhr an der Wand. 20:55 Uhr. Ich hatte dem Ball mehr als eine Stunde lang zugeschaut. »Was wäre passiert, wenn ich nicht aufgewacht wäre?«

»Für AL benötigt man eine bewusste Absicht«, erklärte Stone, »selbst wenn es nur ein Hauch ist. Wenn du ohnmächtig wirst oder einschläfst, hört auch das AL auf. Hätte ich dich nicht aus deiner Berücktheit holen können, indem ich mit dir spreche, hätte ich dich bewusstlos schlagen müssen.« Er sagte das völlig gelassen, als wäre es etwas Alltägliches für ihn, Leute bewusstlos zu schlagen.

Ich richtete den Blick auf die Schränke. »Hast du da einen Baseballschläger drin?«

»So was in der Art.«

Ich fühlte mich verletzlich, und das gefiel mir ganz und gar nicht. Wissen vertreibt Furcht. Ich musste mehr Fragen stellen. »Woher weißt du, welches Wort du benutzen musst?«, fragte ich.

Stone musterte mich aufmerksam, in seinen Augen stand Sorge. »Das Wort spielt nicht wirklich eine Rolle, das Loslassen ist der wichtige Teil. Das Wort gibt ihm einfach nur einen Fokus. Du kannst, wie gesagt, auch eine Geste verwenden. Wenn ich kämpfe, verwende ich Gesten, damit mein Gegner nicht weiß, was ich vorhabe. Wenn du wirklich gut bist, dann kannst du sogar eine Geste verwenden und laut ein anderes Wort sagen, um deinen Gegner auszutricksen; man nennt das eine Irreführung. Nur die fähigsten

AL-Anwender sind dazu in der Lage, weil es schwer ist, das Gehirn und den Mund darauf zu trainieren, unterschiedliche Dinge zu tun.«

Ich nickte. »Wofür kann man AL dann also verwenden?«

»Das Wichtigste ist, dass AL nicht etwas aus dem Nichts erschaffen kann. Wenn du einen Feuerball willst, hast du besser ein Streichholz oder ein Feuerzeug zur Hand. Du kannst eine kleine Flamme größer machen, aber nicht Feuer aus Luft erschaffen.«

Stone setzte seine Ausführungen fort: »Jeder Magier hat ein Talent – einige haben mehr als eines. Objekte hin und her bewegen können alle, aber für manche hört es da schon auf. Kein Schweben, kein Transportieren über weite Strecken, einfach nur ein Objekt von einem sichtbaren zu einem anderen sichtbaren Ort schieben. Das nennen wir einen Stufe-1-AL-Anwender. Die höchste Stufe ist fünf.

Einige Magier sind in der Lage, mit AL zu heilen, die Haut zusammenzuziehen, Blutzellen zu duplizieren. Es gibt eine ganze Gilde von Magiern, die sich der Heilkunst verschrieben hat. Wir nennen sie ganz einfallsreich ›Heilmagier‹. Elementmagier verwenden AL, um Feuer, Wind, Erde oder Wasser zu manipulieren. Ihre Magie ist der von Elementaren recht ähnlich. Allerdings können Roscoe und seine Art ihr Element aus dem Nichts erschaffen, während ein Magier es erst vorbereiten muss, ehe es verwendet werden kann. Ich bin ein Kampfmagier, ich trete geschlossene Türen auf, reiße Laternenmasten aus der Erde, so etwas. Ich wurde in der Handhabung diverser Waffen und in Martial Arts unterrichtet. Die meisten Kampfmagier landen früher oder später bei der Verbindung. Wir sind die Gesetzeshüter des Anders. Die letzte Gruppe sind Täuschungsmagier. Sie können dafür sorgen, dass sie nur schwer zu sehen oder zu hören sind. Die Leute preisen Täuschungsfähigkeiten nicht gerne an, weil sie als ein wenig hinterlistig gelten. Man nennt sie unfairerweise auch ›Trickser‹.

Es gibt wirklich nur drei Dinge, die AL nicht kann: Man kann nicht etwas aus dem Nichts erschaffen, man kann die Toten nicht ins Leben zurückholen, und man kann sich nicht selbst heilen. Ich könnte also dich mit AL heilen, aber du dich nicht selbst. Wobei ich ehrlicherweise nichts heilen kann, was tiefer geht als ein Papierschnitt. Die meisten von uns beherrschen ein wenig aus allen Bereichen der Magie, aber in der Regel sind unsere Fähigkeiten außerhalb unseres Spezialgebiets eher zu vernachlässigen.«

Ich schnaubte belustigt. »Gut zu wissen, dass du mich nicht heilen kannst, wenn ein wild gewordener Vampyr uns angreift.«

»Sollte ein wild gewordener Vampyr uns angreifen, würde sein Kopf rollen, bevor er dich auch nur berührt hat«, versprach Stone hitzig. *Wahrheit.* Wer hätte gedacht, dass so ein Macho in ihm steckt? Er räusperte sich ein wenig verlegen. »Noch Fragen?«

»Stone, ich habe so viele Fragen.« Ich stieß heftig den Atem aus. Mir war etwas schwindelig, und wir hatten jetzt keine Zeit für eine ausgedehnte Fragestunde. »Und wo ist meine Wahrheitsfindung in all dem?«

»Wahrheitsfindung ist Teil deines Wesens, nicht Teil des AL. Genau wie ein Elementar ein Elementar ist, bist du eine geborene Empathin mit ausgeprägten Wahrheitsfinder-Talenten.«

Ich dachte darüber nach. »Aber du hast mich im Rosie's mit einem Zwang belegt. Bist du also auch ein Empath?«

Er schüttelte den Kopf. »Zwänge gehören zu den Talenten eines Täuschungsmagiers. Für einen Zwang benutzt man die eigene Willenskraft, um jemand anderen zu manipulieren.« Er machte eine kurze Pause. »So wusste ich, dass du eine Magierin und eine Empathin bist, weil du beides konntest, Zwänge und Wahrheitsfinden. Weitere Fragen?«

Millionen. Ich schüttelte den Kopf.

Stone nickte. »Dann solltest du nur noch wissen, dass AL viel stärker an deinem Energielevel zehrt als deine angeborenen Fähigkeiten wie die Wahrheitsfindung. Du hast eine Stunde und neunzehn Minuten lang AL angewendet. Du warst berückt, hast Energie in das AL geleitet, und jetzt fühlst du dich schwach wie ein halb ertrunkenes Kätzchen. Jeder wird berückt, wenn er das erste Mal AL anwendet, aber es wird einfacher mit der Zeit. Am besten lädt man sich zuvor im Norm wieder auf.«

»Wie lange dauert das Aufladen?«

»Kommt auf deine Reserven an. Es ist wie ein Akku – wenn er halb voll ist, lädt er schneller wieder auf, als wenn nur noch fünf Prozent vorhanden sind. Die meisten versuchen, nur wenig und dafür oft aufzuladen, und bleiben so lange wie möglich im Anders. Je stärker du bist, desto schneller lädst du wieder auf. Da du Wahrheitsfindung und Zwänge im Norm anwenden konntest, möchte ich darauf wetten, dass du im Anders eine starke Magierin bist. Du hast außerdem mit Gato einen enormen Vorteil. Die meisten Leute müssen erst ein Portal finden, um sich aufzuladen. Die Reichen haben ihre eigenen Portale, aber die Normalsterblichen müssen zu einer der Portalstationen, die es an Orten wie dem Rosie's gibt.

In Parks gibt es hier und da auch Portale, die Kinder nutzen können. Aber wenn Gato bei dir ist, kannst du dich jederzeit schnell wieder aufladen. Deshalb sind Höllenhunde so begehrt. Mach dir keine Sorgen, das Band zwischen euch besteht ein Leben lang, also wird er dich nicht für eine neue Besitzerin verlassen.«

Stone zögerte kurz. »Sieh dich nur vor. Du wirst Personen begegnen, die gegen dich kämpfen wollen, um zu beweisen, dass sie dir überlegen sind, und es wird Leute geben, die versuchen, dich zu ihrem Vorteil zu benutzen. Wenn bekannt wird, dass du eine Wahrheitsfinderin bist ... Vor dem Verdikt wurden Wahrheitsfinder oft als Sklaven gehalten, man sah sie als nützliche Werkzeuge. Erzähl niemandem von deinen Fähigkeiten. Wenn jemand weiß, was du kannst, dann formuliert er seine Antworten so, dass er eine Menge Lügen darin verbergen kann. Halte deine Stärke vorerst noch geheim.«

»Mögliche Stärke«, berichtigte ich ihn. »Wir wissen nicht, ob ich starke magische Kräfte habe. Das ist lediglich eine Vermutung.«

Stone nickte. »Stimmt.« Er presste die Lippen zusammen, als wäre er nicht sicher, ob er mir etwas verraten sollte oder nicht.

»Sag es mir«, verlangte ich.

Stone zögerte erneut und begegnete dann meinem Blick. »Als du unter der Dusche warst, habe ich deine Eltern in der Datenbank der Verbindung gesucht. George und Mary Sharp waren beide Inspectors, Jinx. Mehrfach ausgezeichnet. Ich habe ihre Akte und die Bilder vom Tatort gesehen. Was immer sie auch getötet hat, war äußerst mächtig – ein Daemon, ein Drache oder so etwas. Der Mord ist sowohl im Norm als auch im Anders ungeklärt. Und sie waren beide im

Anders, als sie starben. Sie hatten Zugriff auf ihre Magie, aber etwas hat sie trotzdem getötet. Der Mörder ist immer noch da draußen. Erwähne deine Eltern besser nicht.«

Ich hatte die Tatortfotos in der Polizeiakte im Norm gesehen, aber Stones Worte waren zu viel für mich. Ich hatte das Gefühl, als würde meine ganze Welt in sich zusammenbrechen. Meine Eltern waren Inspectors gewesen. Verdammt noch mal, meine Mutter war angeblich Psychologin und mein Vater Musiklehrer. Was zur Hölle?

Ich atmete scharf ein und langsam wieder aus. »Bleib unauffällig«, sagte ich leise.

Stone nickte. »Genau das.«

10

MEINE STIMMUNG WAR GEDRÜCKT, als wir uns auf den Weg zurück in unsere Zimmer machten. Ich war in Gedanken versunken, und Stone ließ mich in Ruhe. Als wir uns meiner Tür näherten, fragte ich abwesend: »Willst du mit reinkommen?«

Ein seltsamer Ausdruck zeigte sich auf seinem Gesicht und mir wurde klar, dass man meine Aussage auch falsch interpretieren konnte. Ich wurde rot. »Um dich wieder aufzuladen. Mit Gato, meine ich.«

Stones Miene wurde wieder neutral. »Oh ja, danke. Das ist eine gute Idee.«

Es war nach neun, aber wir hatten noch eine Stunde, bevor wir ins Zanzibar aufbrechen würden, und ich brauchte definitiv Energie, um diese Nacht durchzustehen. Ich war immer noch so schwach wie ein neugeborenes Kätzchen.

Gato begrüßte uns vom Bett aus mit einem begeisterten Schwanzwedeln. »Fauler Hund«, rief ich. Er wedelte noch einmal und machte sich gar nicht erst die Mühe, vom Bett zu springen. »Kannst du Stone bitte ins Norm bringen? Und dann mich?«

Gato gähnte und sprang auf den Boden, wo er sich träge streckte und dann auf Stone zutrabte. »Nimm seine Vorderpfoten«, riet ich ihm.

Gato berührte mit der Nase Stones Dreiecke, und Stone schimmerte, ehe die Dreiecke verschwanden. Ich hatte erwartet, dass der Wechsel von einem Reich zum anderen etwas beeindruckender aussehen würde, aber nein, Tinkerbells Glitzern war alles, was wir bekamen.

Gato kam zu mir, und wir wiederholten das kleine Ritual. »Es ist vermutlich sicherer, hier bei Gato zu bleiben, solange du im Norm bist«, riet ich Stone. »Du kannst ja fernsehen, während ich mich im Bad fertig mache.«

Stone nickte und setzte sich aufs Bett. Gato warf ihm einen unfreundlichen Blick zu. Das war *sein* Bett. Dann sprang er auf, drehte sich dreimal im Kreis und ließ sich auf Stone plumpsen, der daraufhin ein lautes »Uff« von sich gab. Ich grinste. »Ah, schon jetzt die besten Freunde«, zog ich ihn auf.

Ich schnappte mir meine Make-up-Tasche und mein Kleid und ging ins Bad. Das Berücktsein hatte mein Haar ein wenig störrisch werden lassen, deshalb glättete ich es noch einmal. Ich legte dunkles Augen-Make-up für einen dramatischen Effekt auf. Liverpooler machen keine halben Sachen, wenn es ums Ausgehen geht, und ich wollte nicht aus den falschen Gründen auffallen. Nachdem ich künstliche Wimpern angeklebt und meinen Mund mit dunkelrotem Lippenstift geschminkt hatte, fand ich mich »gothic« genug für das Zanzibar.

Ich sprühte mich mit Chanel Chance ein, meinem Lieblingsduft, und schlüpfte in das Kleid, ehe ich mich im Spiegel ansah. Ich bin nicht schön wie ein Model oder besonders exotisch, aber ich sehe ganz gut aus, und mit dem richtigen Make-up kann ich mich definitiv blicken lassen.

Das Kleid ließ eine Schulter frei und hatte Rüschen um

den Bauchbereich. Es schmeichelte mir, saß jedoch etwas höher auf meinen Oberschenkeln als mir lieb war. Aber, zur Hölle, ich war fünfundzwanzig, ich durfte hin und wieder mal sexy aussehen. Es ging nicht immer nur um den Job.

Ich kam aus dem Bad. Stone hatte sich nach hinten gegen den Kopf des Bettes gelegt und die Hände im Nacken verschränkt, sodass ich einen guten Blick auf seine muskulösen Arme hatte. »Du siehst toll aus«, meinte er. Ich spürte die Wahrheit in dieser Aussage, was bedeutete, dass es zumindest, was Stones Sicht auf die Dinge anging, wahr war. Das reichte mir.

Ich lächelte selbstbewusst. »Danke, wenn ich mir etwas Mühe gebe, bin ich ganz vorzeigbar.«

»Ich strenge mich mal besser an, wenn ich mit dir ausgehen will. Gib mir fünf Minuten.« Es war lächerlich unfair, dass er nicht länger brauchte, um sich fertig zu machen, während ich mich eine halbe Stunde abmühte.

Er kehrte in sein Zimmer zurück, während ich in meine Stiefel schlüpfte. Ich hatte mich für schwarze Wildleder-Ankle-Boots mit einem ordentlichen Absatz entschieden, der mich von meinen üblichen eins zweiundsiebzig auf eins achtzig anwachsen ließ. Ich fühlte mich riesig und schlank, war aber immer noch zuversichtlich, dass ich rennen oder jemandem in den Arsch treten konnte, wenn es nötig war. Ich wählte eine kleine schwarze Tasche für mein Handy, Geld und Bankkarten. Dazu quetschte ich eine Puderdose und den Lippenstift – alles, was wichtig ist.

Ich rief Gato, damit er mich wieder ins Anders brachte. Er schnaubte hörbar, als er erneut vom Bett stieg; sein Leben war ganz offensichtlich einfacher gewesen, als ich noch verborgen war. »Bereust du schon, dass ich jetzt im Anders bin?«, fragte ich ihn neckend und hätte schwören können, dass er den riesigen Kopf schüttelte.

Er wedelte noch einige Male so energisch mit dem Schwanz, dass sein ganzer Körper sich mitbewegte, dann kam er auf mich zu, als wollte er mich ablecken. »Wehe! Mein Make-up ist perfekt.« Er zeigte mir ein Hundegrinsen mit heraushängender Zunge.

»Pass auf, wenn du mich transportierst!«, verlangte ich. Er erhob sich auf die Hinterbeine, ohne mir seine Vorderpfoten anzubieten. Ich blinzelte. »Netter Trick«, lobte ich ihn. Auf den Hinterbeinen herumlaufend, sah er aus, als wäre Scooby Doo zum Leben erwacht. Er berührte meine Stirn mit seiner Nase. Ich schaute in den Spiegel, ja, das Mal der Verbindung war wieder da.

»Willst du noch mal raus zum Pinkeln, bevor wir uns auf den Weg machen?«, fragte ich ihn.

Gato sank wieder hinunter auf vier Pfoten und ging ins Bad. Er drehte sich vorsichtig und setzte sich auf die Toilette. Ich starrte ihn mit offenem Mund an. »Heilige Scheiße«, flüsterte ich. Er schenkte mir ein weiteres Hundegrinsen. Als er fertig war, drückte er mit einer großen, schweren Pfote die Spülung, schlenderte zurück zum Bett, kletterte hinauf, drehte sich dreimal im Kreis und legte sich hin.

Ich war starr vor Schock. Von allen Dingen, die ich während der letzten vierundzwanzig Stunden erfahren hatte, war die Tatsache, dass mein Hund eine Toilette benutzen konnte, vielleicht das Schockierendste. Eine neue Welt, kein Problem, aber mein Hund, der eine Klospülung bediente? Ich war wie vor den Kopf geschlagen.

Stone klopfte an die Verbindungstür. »Komm rein«, rief ich, und es gelang mir, normal zu klingen.

Er sah toll aus in zerrissenen Jeans, einem schwarzen Hemd, bei dem er genau die richtige Anzahl Knöpfe offen gelassen hatte, und einem schwarzen Jackett. Er sah sich im Raum um, und wie immer entging ihm nichts. Er kniff die Augen zusammen. »Was ist passiert?«

Ich wusste nicht, wie ich es sagen sollte, ohne komisch zu klingen. »Mein Hund hat gerade die Toilette benutzt.«

Ein Lächeln breitete sich auf Stones Gesicht aus. »Elementare mit Feuerhaar, Dryaden mit grüner Haut, das ist alles okay, aber dein Hund, der die Toilette benutzt, das schockiert dich? Eine Menge Leute im Norm trainieren ihren Hunden das an.«

»Ja«, wandte ich ein, »aber das habe ich nicht getan. Er ist von sich aus aufs Klo gegangen!«

Stone ging zu Gato hinüber und strich ihm über den Kopf. »Er ist ein kluger Junge.« Gato klopfte begeistert mit dem Schwanz aufs Bett, während er mich vorwurfsvoll ansah. »Nachdem du jetzt deine Streicheleinheiten bekommen hast, kannst du Stone wieder ins Anders bringen?«, fragte ich freundlich.

»Ich bücke mich.« Stone senkte den Kopf, damit Gato sich nicht vom Fleck bewegen musste. Mein Hund leckte ihm begeistert übers Gesicht, ehe er seine Stirn berührte. Stone waberte kurz, dann waren seine Male zurück. »Danke«, sagte er.

»Nur fürs Protokoll«, informierte ich ihn. »Ich habe keine Waffen bei mir.«

Stone lächelte schief. »Nur fürs Protokoll«, antwortete er. »Ich *bin* eine Waffe.« *Wahrheit.*

»Cool. Nun, dann hast du die Aufgabe, mich vor Vampyren zu beschützen.«

Stones Lächeln verflog. »Ich werde dich vor allem schützen, was in meiner Macht steht.« Seine Worte klangen wahr, und mir lief ein Schauer über den Rücken. Diese Aussage bedeutete mir viel. Seit dem Mord an meinen Eltern hatte ich niemanden mehr, der auf mich aufpasste. Es waren immer nur ich und Gato gegen den Rest der Welt gewesen. Stone auf meiner Seite zu wissen, bedeutete mir etwas.

»Danke«, antwortete ich ehrlich. Ich musste diese Unterhaltung auflockern, das ging mir alles zu tief, zu viele pure Emotionen. »Also, wie sieht es aus«, scherzte ich, »ready to rock?«

»Rock and roll«, antwortete er locker.

Gato bellte, und ich zappte durch die TV-Programme, bis er sich wieder setzte. Ich erneuerte das Wasser in seiner Schüssel, streichelte ihn noch einmal und machte mich dann mit Stone auf den Weg. Vom Verbundhaus war es nicht weit bis ins Zentrum, und das Zanzibar befand sich in der Seel Street. Es waren zehn Minuten zu Fuß, aber glücklicherweise konnte ich auf diesen Absätzen laufen. Ich hatte einmal einen Betrüger auf der Flucht in diesen Stiefeln eingeholt.

Wir entschieden uns für den etwas längeren Weg über die Lord Street, die Hauptstraße Liverpools. Es war 22:30 Uhr, und die Stadt erwachte gerade zum Leben. McDonald's machte bereits richtig Geschäft. Beim Gehen hakte ich mich bei Stone unter, teils, um unauffällig zu erscheinen, teils, weil ich es wollte.

Innerhalb von etwas mehr als zwölf Stunden hatte ich mich auf merkwürdige Weise an das Konzept des Anders gewöhnt. Mein ganzes Leben lang hatte ich gespürt, dass es noch mehr gab, und jetzt wusste ich, was es war. Seine Existenz beantwortete so viele Fragen – und erzeugte hundert mehr.

Während wir die Straße hinuntergingen, trafen wir auf beinahe mehr *Andere* als Norms. Stone hatte nicht übertrieben, als er meinte, Liverpool sei das London der *Anderen*. Ein Trio verdrießlicher Trolle, eine Gruppe von sechs Dryaden, eine Gang gelegter Vampyrmänner, ein Schwall Elementare ... ich machte mir einen Spaß daraus, mir Zählwörter für sie alle auszudenken. Ich bin leicht zufriedenzustellen.

Von all den Anderswesen, die ich sah, waren Ghoule die Schlimmsten. Ein Graus Ghoule. Ich stellte mir vor, dass sie vermutlich für jemanden im Norm aussahen wie Obdachlose. Stone hatte mir jedoch versichert, dass Ghoule zwar gerne Gräber plünderten, davon abgesehen aber weitgehend harmlos waren – aber Himmel, sie stanken. Sie waren schmutzig und schmierig, als hätten sie wochenlang nicht geduscht. Es waren überwiegend Einzelgänger, nur wenige waren in Paaren unterwegs.

Vor uns ruhte ein Drache, ein waschechter, Feuer speiender Drache. Er war kleiner, als ich es mir vorgestellt hatte, aber trotzdem noch mächtig beeindruckend. Sein Körper erstreckte sich über etwa drei Meter, den langen Schwanz noch nicht mitgerechnet. Er wies eine lebhafte rubinrote Färbung auf, gefährlich aussehende schwarze Stacheln zogen sich seinen Rücken hinab, und die goldenen Flügel waren zusammengefaltet. Er unterhielt sich mit ein paar Elfen. Sein smaragdgrüner Blick folgte Stone, und er ließ ihn keine Sekunde aus den Augen.

Ich musste meinen ganzen Mut zusammennehmen, um ruhig an ihm vorbeizugehen, ohne den Mund aufzureißen und zu zittern. Gute Güte. Aber eindeutig hatte ich zu lange hingesehen, denn der Blick des Drachen begegnete meinem, und er erstarrte. Einen endlosen Moment lang musterte er mich mit einer Intensität, die mein Herz rasen ließ. Er sah mich nicht an wie ein Raubtier seine Beute, sondern als wäre ich das fehlende Stück in einem Puzzle. Die Luft zwischen uns summte beinahe vor Anspannung, und dann … zwinkerte der Drache mir zu. Ich stolperte ein wenig und wurde rot, er grinste breit, sodass ich seine Zähne sehen konnte. Ich belustigte ihn. Na toll. Als wir sicher an ihm vorbei waren, beugte ich mich zu Stone. »Das war ein echter Drache.«

Er grinste. Ich glaubte, dass es ihm gefiel, das Anders durch meine unschuldigen Augen zu sehen. »Ja, das war er.«

»Und er hat sich mit Elfen unterhalten.« Ich stieß den Atem aus. »Wenn ich nicht so verdammt cool wäre, würde ich jetzt schreien.«

»Du bist cool wie Eis«, stimmte Stone mir zu.

Mittlerweile hatten wir den Club erreicht und reihten uns draußen in die Schlange ein. Es war immer noch relativ früh, sodass wir nicht lange warten mussten. Die Türsteher waren bullige Trolle mit langem Haar und enormen spitzen Nasen. Sie waren über zwei Meter groß und weniger muskulös als massig. Wie riesige, schwerfällige Rugbyspieler.

Im Club war das Licht gedimmt und die Musik laut. Eine junge Nachwuchsband spielte sich vorne auf der Bühne die Seele aus dem Leib. Etwas zu viel Geschrei für meinen Geschmack. Ich mochte klassischen Rock, und das gutturale, kehlige Zeug war nicht wirklich meins, obwohl ich respektiere, wie viel Können man dafür haben muss. David Draimans Coverversion von »The Sound of Silence« ist einer meiner Lieblingssongs.

Stone und ich machten uns auf den Weg zur Bar. Ohne es

abgesprochen zu haben, taten wir so, als wären wir ein Paar – es war einfach die natürlichste Tarnung. Ich wollte mit den Angestellten und Stammgästen reden, also rief ich das Bild von Hes und Nate auf meinem Handy auf. Als ich an der Reihe war, bestellte ich zwei Coronas mit Limette. »Hey«, brüllte ich über die Bar. »Sind meine Freunde hier schon da? Ich hab sie noch nicht gesehen, aber sie meinten, sie würden ab zehn hier sein.«

Der Barkeeper sah sich das Bild an. Er hatte ein Lippenpiercing und gedehnte Ohrlöcher. Das Haar trug er in einem leuchtend roten Mohawk, der fast zwanzig Zentimeter hoch aufragte. Ich hatte mal was mit einem Typen mit Mohawk, und wusste, wie schwer sie zu stylen waren.

Er schüttelte den Kopf. »Nein, sie sind heute nicht da, aber ihre Freunde sitzen da drüben.« Er wies mit dem Kinn auf einen Tisch etwas weiter weg. »Vielleicht kennst du die ja.«

»Vielen Dank!«, rief ich überschwänglich.

Ich drückte die Limette in mein Bier und nahm einen Schluck. »Sollen wir herumfragen oder gleich zu den Freunden gehen?«, fragte ich Stone.

»Erst Herumfragen für den Fall, dass das mit den Freunden in die Hose geht«, meinte er.

Als wir uns zwischen den Tischen hindurchschoben, hielt ich eine der Bedienungen auf. »Kannst du uns zwei Tequilas bringen?« Sie lächelte freundlich und nickte, ehe sie verschwand, um unsere Shots zu holen. Sie kam mit Tequila, Salz und Zitrone zurück. »Danke, Liebes.« Ich reichte ihr einen Fünfer. »Hast du vielleicht meine Freunde gesehen?« Ich zeigte ihr das Bild.

Sie schüttelte den Kopf. »Tut mir leid, Nate habe ich schon seit Anfang der Woche nicht mehr gesehen – Montag oder so? Ich denke, da war er mit seiner Freundin hier. Sie hatten mächtig Spaß.« Sie grinste vielsagend.

Ich rollte mit den Augen. »Typisch Hes, immer nur am Feiern. Welche Drogen waren es diesmal?«

Das Mädchen zuckte die Achseln. »Ich glaube, ich habe Nate Koks nehmen sehen. Sie haben hart gefeiert, eine Menge getrunken. Deine Freundin gibt ordentlich Trinkgeld – war ein guter Abend für mich.«

»So ist Hes. Super großzügig. Waren sie lang hier, oder sind sie noch weitergezogen? Ich überlege gerade, wo ich sie finden könnte.«

Die Bedienung zuckte noch einmal mit den Achseln. »Sorry, Süße, die waren praktisch die ganze Nacht hier. Nate hat seine übliche Fallschirmspringernummer abgezogen, bis die ganzen Erstsemester ganz wild darauf waren, sich aus einem Flugzeug zu stürzen. Vielleicht sind sie Fallschirmspringen gefahren.«

Ich warf ihr einen »Ernsthaft?«-Blick zu. »Hester würde niemals aus einem Flugzeug springen«, sagte ich zweifelnd.

»Schätzchen, sie würde alles tun, was Nate ihr sagt. Sie ist rettungslos verschossen in ihn! Sie war so aufgeregt und wollte es unbedingt probieren.«

»Himmel, Hes, die plötzlich aus Flugzeugen springt, das hat mir gerade noch gefehlt.«

»Du musst ja nicht mitmachen! Aber Fallschirmspringen ist eine super Sache.«

Ich starrte sie an. Sie war blond, gebräunt und vollbusig und sah ganz und gar nicht wie jemand aus, der sich aus Flugzeugen stürzte. »Du bist Fallschirm gesprungen?« Ich gab mir Mühe, beleidigend ungläubig zu klingen.

»Da kannst du deinen Arsch drauf verwetten. Es war der

Shit. Nate hat mich und ein paar von den Jungs mal mitgenommen. War ein Charity-Ding, um Geld für das Hospiz hier aufzutreiben.«

»Wow, wie cool.« Ich war ehrlich beeindruckt. »Hat Nate die Sprünge bezahlt, oder musstet ihr das Geld dafür selbst aufbringen?« Ein Tandemsprung kostete um die zweihundertfünfzig Pfund.

Ich fragte mich, wie oft Nate Leute mit zum Sprungplatz nahm. Möglicherweise stand er ja wirklich sehr aufs Fallschirmspringen, aber er war auch ein Vampyr. Vielleicht hatte ich Vorurteile, aber ich konnte nicht anders, als zu vermuten, dass etwas anderes dahintersteckte.

»Der Sprungplatz hat für uns bezahlt, weil es für einen guten Zweck war.«

Jetzt meldeten sich definitiv meine Alarmglocken. Nach dem Tod meiner Eltern hatte ich eine Weile ziemlich über die Stränge geschlagen – das Leben ist kurz und so weiter und so fort. Zwischen achtzehn und einundzwanzig hatte ich einen guten Teil meiner Freizeit auf Sprungplätzen verbracht und sogar eine Lizenz erworben. Irgendwann war mir der Thrill der Sprünge das Risiko, mir als Selbstständige die Knochen zu brechen, nicht mehr wert gewesen, also hörte ich auf, aber manchmal vermisse ich es noch. Nicht ein einziges Mal hatte ich erlebt, dass ein Sprungplatz die Kosten übernahm, nicht einmal für wohltätige Zwecke. Ein Sprungplatz hatte Kosten zu decken, das Gelände, das Flugzeug, der Pilot, die Lehrer. Am Ende des Tages ist es ein Geschäft, wenn auch ein sehr aufregendes. Warum also sollte der Sprungplatz für sie zahlen?

Ich lächelte die Kellnerin an. »Das ist richtig cool. Auf welchem Sprungplatz wart ihr denn?«

»Bei dem im Lake District – Cark, denke ich, war es.«

Ich nickte. »Super. Denkst du, Nate würde Hes auch dorthin mitnehmen?«

»Oh, definitiv«, sagte sie. »Es ist sein Stammsprungplatz. Ich glaube, er hat da sogar einen Caravan stehen. Hey, war nett, sich mit euch zu unterhalten, aber ich muss jetzt wieder. Mein Boss schaut schon böse.« Sie winkte uns noch einmal freundlich zu, nahm ihr Trinkgeld und schlenderte davon.

Ich wartete, bis sie außer Hörweite war. »Ich bin früher mal Fallschirm gesprungen«, erklärte ich Stone. »Auf keinen Fall hat der Sprungplatz die Kosten übernommen, also glaube ich, dass Nate für sie bezahlt hat. Er ist doch reich, oder? Warum will er also so dringend Leute für seinen Sport begeistern? Das ist seltsam.«

»Manche Leute sind einfach ziemlich fanatisch, was ihre Hobbys angeht.« Stone überlegte kurz. »Du bist mal Fallschirm gesprungen?«

Ich rollte mit den Augen. »Ich habe alles Mögliche gemacht. Es war eine Phase.«

»Möchte wetten, man konnte viel Spaß mit dir haben.«

»Ich war ein Risikofaktor auf zwei Beinen. Zum Glück habe ich das relativ schnell hinter mir gelassen. Ich bin aber noch relativ lange Fallschirmspringen gegangen.«

»Warum hast du damit aufgehört?«

»Ich hatte zunehmend mehr Klienten und musste oft auch am Wochenende arbeiten. Ich war ein paarmal auf dem Skydive North West – auch bekannt als Cark –, aber mein Stammplatz Chiltern Park Aerodrome war näher. Skydive North West hat einen ausgezeichneten Ruf und ist eines der etabliertesten Zentren im Land. Fallschirmspringen als Sport hat eine recht kleine Community, es gibt nur etwa fünftausend aktive Springer, deshalb kennt man sich und freundet sich schnell an. Ich lief Gefahr, Freunde zu finden, also habe ich aufgehört.«

Ich sah so etwas wie Mitleid in Stones Augen aufblitzen, und das ärgerte mich. »Komm«, sagte ich. »Lass uns Nates Clique kennenlernen.«

II

WIR NÄHERTEN UNS IHREM TISCH. Ein paar von ihnen reichten unauffällig Drogen herum, wenn die Türsteher gerade nicht in Sichtweite waren. Ich stellte fest, dass es sich bei drei der Männer um Vampyre handelte. Die treudoofe Freundinnennummer würde bei ihnen nicht ziehen, nicht mit mehreren Dreiecken auf der Stirn. Wenn wir im Norm gewesen wären, hätten wir eine bessere Chance gehabt, uns dumm zu stellen. Ich begann, die Vorteile des Norm zu sehen.

»Du bist dran«, sagte ich zu Stone. Er nickte und ging voraus.

»Guten Abend«, begrüßte er den Tisch gelassen.

Einer der Vampyre schickte die Norm-Menschen am Tisch mit einem Nicken weg, sodass nur die drei Vampyre zurückblieben. Der dicht bei mir war blond, blauäugig und hatte einen unmöglich breiten Kiefer. Der nächste hatte dunkelbraunes Haar, dazu passende Augen und gebräunte Haut. Und der letzte war rothaarig mit leuchtend grünen Augen und einem ausgeprägten Kinn. Sie waren alle lächerlich gut aussehend. Keine Spur von Fangzähnen.

»Wir tun nichts Verbotenes«, rief der Rothaarige kampflustig.

»Das habe ich auch nicht behauptet«, antwortete Stone milde. »Zu welchem Klan gehört ihr?« Stille. »Welcher Klan?«, wiederholte er langsam und dehnte die Worte dabei.

»Volderiss«, antwortete der Brünette. Da war ein »Ernsthaft?« in seinem Tonfall. Das hier war das Territorium des Volderiss-Klans.

Stone ignorierte es einfach. »Gut. Wir sind auf der Suche nach Nathaniel Volderiss. Habt ihr ihn seit Montagnacht gesehen?«

Die Vampyre sahen sich an und antworteten nicht. »Ihr seid ganz schön unhöflich«, sagte ich. »Der Inspector hat euch gefragt, ob ihr Nate seit Montag gesehen habt.« Ich schaute dem Brünetten mit Nachdruck in die Augen.

»Nein. Nate wollte mit seiner Neuen dieses Wochenende an die Lakes. Ich schätze, sie sind schon früher losgefahren.« *Wahrheit.*

Ich schaute den Rothaarigen an. »Und du?« Er schüttelte den Kopf, aber ich brauchte eine verbale Antwort von ihm, damit ich sagen konnte, ob es die Wahrheit oder eine Lüge war. Ich übte mehr Druck aus. »Hast du Nate seit Montag gesehen?«

Er schüttelte erneut den Kopf, aber ich legte noch einmal zu, und widerstrebend begann er zu sprechen. »Ich habe gesehen, wie er Dienstag früh seinen Wagen beladen hat. Seine Neue war bei ihm. Weiß nicht, wo er hinwollte.« *Wahrheit.*

Nun, wenigstens waren Nate und Hes freiwillig gefahren. Vielleicht ging wirklich nichts Schlimmes vor sich, obwohl das durchwühlte Zimmer etwas anderes vermuten ließ. »Wo denkst du, ist Nate hin?«

»Lakes«, sagte er. »Fallschirmspringen. Seine Neue steht drauf.«

Ich wandte mich dem Blonden zu. »Was ist mit dir? Hast du Nate nach Montagnacht gesehen?«

Er schüttelte den Kopf. »Nein.« *Wahrheit.*

»Warum bezahlt Nate für die Fallschirmsprünge anderer Leute?« Ich stellte die Frage, übte aber keinen Zwang aus.

»Wir sind hier fertig«, beschloss der Brünette. Alle drei erhoben sich und gingen. Mist, ich hätte die Antwort aus ihnen herauszwingen sollen. Mein Fehler. Ich sah Stone an, aber er schüttelte den Kopf. Wir waren hier auch fertig.

Wir verbrachten noch eine weitere Stunde in der Bar. Eine neue Band war jetzt auf der Bühne, Punkrock, mehr mein Ding. Zwischen den Songs stellte ich Fragen über Hes und zeigte verschiedenen Leuten das Bild. Einige erinnerten sich, sie in letzter Zeit gesehen zu haben, in der Regel mit Nate, aber niemand wusste, was nach Montagnacht mit ihr passiert war.

Stone und ich teilten uns auf, damit wir etwas flirten konnten, um an mehr Antworten zu kommen. Obwohl einige der Leute, mit denen ich sprach, Hes erkannten, waren sie vertrauter mit Nate. Ich bekam das Gefühl, dass er so etwas wie eine kleine Berühmtheit hier war.

Einer der Typen, die ich befragte, Dave, war bereits auf dem besten Weg zur Volltrunkenheit. Er schwärmte überschwänglich von Nate und seiner Charity-Arbeit. Scheinbar hatte Dave sich auch zum Fallschrimspringen für den guten Zweck angemeldet, und es war sogar ein Blutspendenmobil vor Ort gewesen. Nate hatte mit ihnen über die Knappheit in Krankenhäusern gesprochen und dass es Menschen gab, die dringend Blut brauchten. Er hatte als Erster gespendet, und die meisten hatten sich ihm angeschlossen. Dave prahlte, dass er seitdem fünf weitere Male gespendet habe. Ich fragte ihn, ob es jedes Mal ein Mobil gewesen sei, und er bejahte das mit der Begründung, dass man dort keinen Termin zu machen brauche. Sein Kumpel Nate habe das für ihn organisiert.

Es brauchte kein Genie, um zu wissen, dass Nates mobile Blutspenden niemals ein Krankenhaus von innen sehen würden. Nate war ein Vampyr-Betrüger, er baute eine Beziehung zu seinen Opfern auf, indem er sie für einen Sport begeisterte, bescherte ihnen einen Endorphinrausch beim Fallschirmspringen und brachte sie dann dazu, Blut zu spenden.

Ich fragte mich, wie groß dieses Betrugsding war. Wusste Daddy Volderiss davon? Unterstützte er es? Das würden wir morgen herausfinden. Aber es kam mir ganz schön übertrieben vor, nur um an zusätzliches Blut zu kommen. Es erschien mir auch wie ein mieses Geschäftsmodell. Selbst wenn Nate bei Skydive North West Rabatt bekam, weil er ihnen so viele neue Kunden brachte, kostete es ihn doch mindestens hundertfünfzig Pfund pro Sprung. Hundertfünfzig Mäuse für ein Gläschen Blut kam mir ziemlich heftig vor. Sicherlich könnten die Vampyre doch auch einfach Werbung machen, und es würden Leute gegen dreißig Pfund spenden.

Alles, was ich sicher wusste, war, dass Hes in Nates Wagen gestiegen und mit ihm sonst wohin gefahren war. Die Lakes waren die naheliegendste Vermutung, aber bevor wir dieser Spur folgen konnten, mussten wir erst noch Nates Vater treffen. Die Verzögerung tat weh, aber sie war nötig, denn es schien hier um mehr zu gehen als um zwei vermisste Teenager.

Ich gab Stone ein Zeichen, dass ich fertig war, und wir stießen wieder zueinander. »Hast du etwas?«, fragte er.

»Ja«, gab ich zurück. »Lass uns im Hotel reden.« Diese

Wände hatten vielleicht keine Ohren, aber sie hatten definitiv Vampyre. Ich wollte nicht, dass Nate und Hes erfuhren, dass ich ihnen auf der Spur war. Wohin mich diese Spur führen würde, wusste ich nicht, aber ich hatte fest vor, ihr zu folgen.

Es war ein Uhr morgens, und die Straßen waren erfüllt von betrunkenem Lachen und Grölen. Liverpool ist eine aufregende Stadt, die nur selten schläft, und Donnerstagnacht ist da keine Ausnahme. Es war eine Studentennacht, und sie waren vollzählig erschienen.

Die *Anderen* unter ihnen waren nicht minder berauscht. Der Drache von vorhin hielt Hof, aber jetzt hatte er eine rauflustige Aura. Er stritt sich mit einem Troll. Stone sah sich das eine Weile an und beschloss dann einzuschreiten. Er seufzte. »Drachen sollten wirklich nicht trinken. Vor allem nicht *dieser* Drache.« Er verzog das Gesicht, und wir näherten uns dem Spektakel.

»Na also! Das Gesetz ist hier! Die Bullen sind da, um mir den Mund zu verbieten!«, schnaubte der Drache mit einem breiten Liverpooler Akzent.

Ich habe keine Ahnung, warum mich das überraschte, aber das tat es. Er lamentierte weiter: »Und jetzt bin ich derjenige, der Ärger kriegt, obwohl *er* angefangen hat, dieser Paragrafenreiter.« Er zeigte auf den Troll.

»Ich habe noch gar nichts angefangen, du Schwätzer. Glaub mir, wenn ich erst mal anfange, dann merkst du es«, fauchte der Troll zurück.

»Genug«, befahl Stone. »Geht nach Hause. Beide.«

Der Troll muckte auf und wollte protestieren. Stone sah ihn streng an. »Hast du eine Ahnung, wer das ist?«, fragte er den Troll und zeigte auf den Drachen.

Der Troll zuckte die Achseln. »Er ist ein Drache, mehr

muss ich nicht wissen. Denkt, er wär was Besseres. Nun, wir sind beide magische Kreaturen«, höhnte er. »In den Augen der allmächtigen Verbindung sind wir beide gleich wenig wert.«

»Hast du eine Ahnung, wer ich bin?«, fragte Stone gelassen.

Der Troll rollte mit den Augen. »Oh, Mr. Superduper Oberwichtig, sicher doch.«

»Inspector Stone.«

Der Troll erstarrte. Er blieb stocksteif stehen und wurde blass hinter seinem gegabelten Bart. Stone nahm ihn am Arm und ging ein paar Schritte, um allein mit ihm zu sprechen, sodass ich mit dem Drachen zurückblieb.

Der Drache beäugte mich mit einer Mischung aus Neugier und Wachsamkeit, die in mir den Wunsch weckte, ihm zu sagen, dass es keinen Grund dafür gab. »Du bist toll«, platzte ich heraus. Ich wurde rot, als meine Worte in meinem Gehirn ankamen. »Ich bin neu im Anders«, erklärte ich. »Drachen ... wow.«

Er zeigte mir ein breites Grinsen. »Ein Baby im tiefen dunklen Wald«, sagte er und ging nicht weiter auf mein Fangirl-Verhalten ein. »Nimm dich vor ihm in Acht.« Er zeigte auf Stone. Er hatte jetzt einen gestochenen britischen Akzent, das Liverpoolerisch von eben war verschwunden. Hm. Er hörte auf, hin und her zu schwanken, und mit einem Mal waren alle Anzeichen, dass er betrunken sein könnte, verschwunden. »Ihm ist nur die Verbindung wichtig. Er würde alles für sie tun.«

»Wir arbeiten zusammen«, erklärte ich.

»Stone arbeitet allein«, widersprach der Drache. »Pass auf dich auf.«

Ich nickte und spürte etwas Dunkles in meinem Bauch rumoren. Der Drache hielt für wahr, was er sagte. Ich vertraute Stone, aber ich spürte dennoch Unsicherheit – und ich glaubte dem Drachen. Ich hatte keine Ahnung, wie ich diese beiden Dinge zusammenbringen sollte. Schließlich sagte ich meinem Bauchgefühl, dass es die Klappe halten solle. Ich mochte Stone, ich vertraute ihm, und das war's. Außerdem war er verdammt sexy.

Stone und der Troll waren dabei, ihr Gespräch zu beenden. Ich hörte die Stimme des Trolls zu uns herüberwehen, als er versuchte, sich zu entschuldigen. »Ich wollte nicht respektlos sein, Inspector Stone. Ich gehe jetzt.« Er hob die Hände als Zeichen der Kapitulation. »Das ist nicht meine Art. Es müssen keine Köpfe rollen.« Er drehte sich um und rannte beinahe davon. Trolls mochten riesig sein, aber sie konnten definitiv die Hufe schwingen.

Der Drache sah ihm mit kaum verhohlener Verachtung hinterher. »Stone«, sagte er ausdruckslos. »Ich habe Informationen für Ajay.« Sein Akzent blieb neutral; welche Show auch immer er für den Troll abgezogen hatte, bei Stone und mir schien sie nicht nötig zu sein.

»Du kannst es mir sagen, Emory«, bestimmte Stone. Da war kein Hauch von Wärme in seinem Blick.

Der Drache kniff die Augen zusammen. »Für dich immer noch Prime, Stone.«

Stone neigte den Kopf kaum merklich vor Emory. »Prime.« Es handelte sich eindeutig um einen Titel, aber Stone schien es nicht so mit Verbeugen und Buckeln zu haben – außer bei Mrs. H natürlich. »Sag es mir«, verlangte er.

Emory schüttelte den riesigen Kopf. »Ich denke ja gar nicht daran. Leute sterben um dich herum, und ich beabsichtige

nicht, dazuzugehören. Sag Ajay, ich möchte ein Treffen.«
Ehe Stone protestieren konnte, nickte der Drache mir zu, drehte sich um und rannte ein paar Schritte. Er breitete die goldenen Schwingen aus und katapultierte sich in den Himmel. Ohne zurückzublicken, flog er mit mächtigen Flügelschlägen davon. Der Wind, den er aufwirbelte, raubte mir den Atem. Wow. Einfach nur wow.

Stone runzelte die Stirn, während er dem Drachen hinterhersah. Ich fragte mich, wer Ajay war. War der Drache vielleicht ein Informant? Hier ging eindeutig eine Menge vor sich. Emory traute Stone nicht, und Stone schien ihm gegenüber auch keine warmen Gefühle zu hegen. »Nicht die besten Freunde?«, wollte ich wissen.

Stone schüttelte den Kopf. »Nicht direkt.«

»Ich würde definitiv mit jemandem befreundet sein wollen, der Emory heißt. Denkst du, er kann gut Nägel feilen?«

Ein Lächeln breitete sich auf Stones Lippen aus. »Ich würde nur zu gerne sehen, wie du versuchst, ihn das zu fragen.«

»Schlechte Idee?«

»Er ist der Anführer aller Drachen in Großbritannien, vielleicht sogar in ganz Europa. Selbst ich nehme mich in seiner Gegenwart in Acht.«

Na super. Ich hatte dem König der Drachen gesagt, er sei »toll«. Ich stöhnte innerlich. »Warum hatte er nicht das Dreiecks- und Kreisding auf der Stirn?«, fragte ich.

»Drachen gehören nicht zur Verbindung. Das haben sie sich so ausgesucht. Magische Kreaturen haben keine Dreiecke wie wir, und sie müssen auch nicht ins Norm. Sie existieren voll und ganz im Anders.«

Als Emory nicht mehr zu sehen war, schien Stone seine finstere Stimmung abzuschütteln. Er legte besitzergreifend den Arm um mich, und wir machten uns auf den Heimweg. Ich versuchte, nicht daran zu denken, wie gut sich ein wenig Menschenkontakt anfühlte. Magierkontakt.

Mir war eiskalt. Normalerweise nehme ich eine Jacke oder einen Mantel mit, wenn ich ein Kleid trage, aber das macht man hier in Liverpool nicht so. Hier friert man lieber und sieht dabei gut aus. Es war ein ungewöhnlich warmer Oktobertag gewesen, aber gegen ein Uhr nachts war von der Wärme nichts mehr übrig, und ich bibberte mir den Arsch ab. Stone drückte mich noch einmal, dann ließ er los, schlüpfte aus seinem Jackett und hüllte mich darin ein. Es war warm und roch nach ihm. Mein Magen machte einen Purzelbaum.

»Danke«, murmelte ich.

Er lächelte mir leicht zu. »Keine Ursache.« Wieder legte er den Arm und mich, und wir bummelten weiter die Lord Street hinunter. Dabei begegneten wir fünf weiteren Trollen, und ich sah, wie Stone bei ihrem Anblick die Stirn runzelte; sie vermieden den Blickkontakt und gingen in verschiedene Richtungen davon. Ich hatte keine Ahnung, ob das normal war oder nicht. Eine Straße weiter entdeckten wir vier weitere Trolle, und Stones Stirnrunzeln vertiefte sich.

In jeder anderen Nacht wäre ich zum Tanzen ins Heebies gegangen oder hätte Cocktails im Alma de Cuba getrunken, aber Stone und ich waren nicht zum Vergnügen hier. Dann fiel mir das Versprechen, das ich Lucy gegeben hatte, wieder ein. Und Stone musste wirklich etwas lockerer werden – seit unserem Zusammentreffen mit Emory war er angespannt.

»Hey«, begann ich, »wie wäre es, wenn wir noch im Alma de Cuba etwas trinken gehen würden? Also keine Arbeit, nur ein Drink. Ich habe es Lucy versprochen.«

»Keine Arbeit, sondern Vergnügen?«, fragte Stone sanft.

Ich wurde etwas rot und nickte. Zählte das schon als Date? Ich hatte keine Ahnung, es wäre mein erstes Mal.

Wir kehrten um und gingen zurück zur Bar. Es war nicht weit, nichts ist weit in Liverpool, und das ist einer der Gründe, warum ich die Stadt so liebe. Es war schon recht spät, und es gab so gut wie keine Schlange vor dem Alma. Ich reichte Stone seine Jacke, und wir gingen hinein. Augenblicklich umgab uns das Dröhnen Kubanischer Beats. Mann, ich liebte diesen Ort.

Das Alma de Cuba befindet sich in einer Kirche aus dem achtzehnten Jahrhundert. Es hat Buntglasfenster und wird von Kerzen in Kronleuchtern aus Antilopenhörnern erhellt. Die Atmosphäre ist einmalig, und die lateinamerikanische Musik lädt zum Tanzen ein. Die Cocktails sind auch super.

Wir gingen zur Bar, wo reger Betrieb herrschte, und Stone manövrierte uns mühelos nach ganz vorne. Er hatte eine Ausstrahlung, die Leute dazu bewegte, ihm Platz zu machen. Als er mich vor sich schob, spürte ich seinen Körper dicht an meinem. »Was willst du?«, fragte er, und sein Atem kitzelte meine Ohrmuschel. Wenn das keine mehrdeutige Frage war.

Ich biss mir auf die Lippe. »Sex on the Beach?«, fragte ich schelmisch.

Er lächelte. »Willst du, dass ich den Barmann um Sex on the Beach bitte?«

»Nicht wirklich. Ich bin mehr so der Typ Piña Colada, um ehrlich zu sein.«

»Wirst du gerne vom Regen überrascht?«

Ich lachte laut, und summte die ersten Takte von »Escape« von Rupert Holmes – *If you like piña coladas, and gettin' caught in the rain.* »Das tue ich tatsächlich«, gab ich zu. »Ich liebe es, im Regen zu joggen.«

»Ich auch.«

Der Barkeeper wies mit dem Kinn auf uns, das universelle nonverbale Zeichen für »Was wollt ihr?«

»Piña Colada und einen Mojito«, bestellte Stone. Ich sah fasziniert zu, wie der Barkeeper routiniert unsere Cocktails mixte, während er zur Musik sang und etwas tanzte. Er goss meine Piña Colada in ein hohes Glas, das er mit Ananas und ein paar Blumen dekorierte. Es war ein kleines Kunstwerk.

Stone bezahlte, bevor ich es anbieten konnte, und wir suchten uns einen freien Tisch. »Ich mag die Musik«, gestand ich. »Lucy und ich waren oft hier, als sie noch an die Uni ging. Warst du schon mal hier?«

»Ein- oder zweimal.«

»Ich liebe es, wenn sie um Mitternacht die Rosenblütenblätter herunterregnen lassen.«

»Das Essen ist auch ziemlich gut. Hast du es schon mal probiert?«

Ich schüttelte den Kopf. »Zu teuer für Studenten.«

»Du warst keine Studentin«, merkte Stone an.

»Nein, aber Lucy war es, und ich wollte nicht, dass sie sich unwohl fühlt. Außerdem steckte meine Agentur noch in den Kinderschuhen, und ich musste feststellen, dass niemand eine achtzehnjährige Privatermittlerin engagieren wollte. Ich musste Jessica Sharp als meine Mutter ausgeben und so tun, als wäre ich ihre Tochter, die für sie kleinere Aufgaben übernimmt. Ich hatte weniger Geld als Lucy, und ich wollte nicht an mein Erbe ran.«

»Du hast wirklich eine Menge erreicht. Ich bin sicher, deine Eltern wären stolz.«

Plötzlich hatte ich einen Kloß im Hals. Selbst nach Jahren verpasste die Trauer mir noch ohne Vorwarnung einen Tritt in die Magengrube. »Danke.« Ich rang mir ein angespanntes Lächeln ab und schluckte mehrere Male gegen den Golfball in meiner Kehle an. Ich nippte an meinem Drink und blinzelte das Brennen in meinen Augen weg. Die Wahrheit ist, dass ich keine Ahnung habe, was meine Eltern über mein Leben denken würden. Ich glaube nicht, dass Privatermittlerin die Laufbahn ist, die sie für mich im Sinn hatten. Ich bin mir allerdings ziemlich sicher, dass sie von den beiden Dreiecken auf meiner Stirn nicht begeistert wären. *Bleib unauffällig.* Verdammt. Ich atmete heftig aus.

Stone drückte meine Hand, schenkte mir ein mitfühlendes Lächeln und wechselte das Thema. Ich ließ zu, dass er mich ablenkte. Mit Trauer zu leben, bedeutet, dass man einfach den Augenblick genießen muss. Manchmal ist das alles, was man bekommt.

»Tanzen?«, fragte ich. Sie spielten eine Samba, die zum Fußwippen und Hüftenwackeln einlud. Die beliebten Tänzerinnen standen in winzigen Bikinis mit Rüschen und Quasten und federbesetztem Kopfschmuck auf der Bühne. Ihre Outfits waren mit Strasssteinen und Pailletten besetzt, die bei jeder Bewegung funkelten. Als ich genauer hinsah, erkannte ich zwei davon an dem Schimmer, der sie umgab, als Sirenen. Kein Wunder, dass sie so verehrt wurden, obwohl ihre Tanzküste allein ehrlich gesagt schon genug waren, um einem den Kopf zu verdrehen. Sie hatten Dreiecke auf der Stirn, also ordnete ich sie in dem menschlichen Teil des magischen Reiches ein.

Stone und ich schlossen uns der Menge auf der Tanzfläche an und begannen, uns zur Musik zu bewegen. Ich wünschte, wir hätten die ganze Nacht bleiben können. Doch wir waren nicht privat hier, deshalb war ich vernünftig und riss mich voller Bedauern nach ein paar Songs von der Tanzfläche los. »Wir gehen jetzt besser«, meinte ich. Stone stimmte zu, aber ich spürte sein Widerstreben. Wir hatten Spaß, aber der Job war wichtiger.

Als wir gingen, legte Stone seine Jacke wieder um mich. Der Rückweg war ereignislos, obwohl ich noch drei weitere Trolle und einen Ghoul entdeckte. Die Straßen lichteten sich, als sich immer mehr Feiernde auf den Heimweg machten. Wir liefen in einvernehmlicher Stille. Ich wollte nichts Falsches sagen. Ich mochte Stone wirklich richtig, richtig gern. Ich vertraute ihm, und ich hatte Spaß. Ich wusste nicht, warum er schwieg, aber ich hoffte, dass es einen ähnlichen Grund hatte.

Wir betraten das Hard Day's Night mit seiner Karte und umgingen so die Anders-Rezeption. Er schien der Sirene nicht über den Weg laufen zu wollen. Und ich wollte nicht darüber nachdenken, wie glücklich mich das machte.

»Ich komme mit dir, damit wir unsere Befragungen im Zanzibar besprechen können«, sagte Stone ganz professionell.

Ich nickte und öffnete meine Tür. Gato wartete schon auf mich und wedelte mit dem Schwanz, als wir eintraten. »Hallo, mein Junge!« Ich begrüßte ihn mit Knuddeln und Streicheleinheiten. »Alles gut? Nichts passiert, während wir weg waren?«

Er wedelte wieder glücklich mit dem Schwanz, leckte mich ab und begrüßte dann Stone. Meine Männer mochten sich. Himmel, ich war viel zu voreilig, aber ich hatte noch nie mit jemandem eine Verbindung gespürt, wie ich sie mit Stone hatte. Vielleicht hatte es mit der Einführung zu tun; es ist eine ziemlich große Sache, einer Frau eine ganz neue Welt zu zeigen. Vielleicht würde das Knistern zwischen uns mit der Zeit verschwinden, aber im Moment genoss ich es.

Ich schlüpfte aus Stones Jacke und reichte sie ihm. »Danke.« Ich füllte den Wasserkocher am Hahn im Badezimmer. Ich brauchte jetzt eine warme Tasse Tee in den Händen. Dann holte ich meinen Pyjama aus der Reisetasche. »Ich schlüpfe nur kurz in etwas Bequemeres. Willst du auch Tee?«

Stone nickte. »Das wäre super.«

Im Badezimmer schälte ich mich aus dem schwarzen Kleid, schlüpfte aus den Schuhen und in meinen blauen Baumwollschlafanzug. Ich zögerte kurz, ehe ich alles Make-up entfernte, aber Stone hatte mich schon ohne gesehen, also wäre es keine zu dramatische Enthüllung. Außerdem hatte ich es ohnehin nicht so mit Make-up, und wenn wir noch eine Weile Zeit miteinander verbringen würden, war ich besser ich selbst.

Als ich aus dem Bad kam, hatte Stone uns beiden Tee gemacht. Er drehte den Stuhl bei der Kommode zum Bett hin. Für einen Moment sprach niemand, aber die Stille fühlte sich gut an. Schließlich berichtete ich Stone alles. »Okay, Nate wird im Zanzibar ziemlich verehrt. Er hat es auf junge Studenten wie Hes abgesehen, die verzweifelt dazugehören und auch mal ein wenig über die Stränge schlagen wollen. Er rekrutiert sie für den Fallschrimspringer-Club der Uni, dessen Präsident er ist, und organisiert wöchentliche Ausflüge zum Sprungplatz. Die meisten Universitäts-Clubs unternehmen einen im Monat, vor allem, wenn im Winter das Wetter schlecht ist, aber er schickt jede Woche Leute zum Sprungplatz oder in den Windtunnel.«

»Windtunnel?«, fragte Stone.

»Das ist praktisch eine Simulation. Man geht in eine Kammer, jemand schaltet riesige Ventilatoren an, und man kann so Flatfly erleben.«

»Flatfly?«

»Das ist das, was man vor sich sieht, wenn man ans Fallschirmspringen denkt – freier Fall mit dem Bauch nach unten. Beim ›Freefly‹ springt man aufrecht, aber das ist nur für erfahrene Springer. Manche Leute mögen ›Flatfly‹ lieber und arbeiten auf Formationssprünge hin, das ist, wenn mehrere Personen gemeinsam springen, sich an den Händen halten und im Fall eine einstudierte Folge von Positionen einnehmen.«

»Da gibt es eine Menge mehr, als ich dachte«, meinte Stone.

»Ja, es gibt viele verschiedene Disziplinen. Zum Beispiel Präzisionssprünge, bei denen man versucht, auf einem zuvor festgelegten Ziel zu landen – die besten Präzisionsspringer können praktisch auf einer Münze landen. Es gibt Crew Jumping und Base Jumping und das Fliegen mit einem Wingsuit. Ich habe es nie ausprobiert, aber im Prinzip kann man mit so einem Anzug deutlich länger im freien Fall bleiben und weitere Strecken tracken.«

»Tracken?«

Es fühlte sich gut an, einmal die Person mit den Antworten und nicht die mit den Fragen zu sein. »Tracking ist, wenn man sich von anderen Fallschirmspringern entfernt. Auf diese Weise kann man sich verdammt schnell fortbewegen und kommt echtem Fliegen so nahe, wie es nur geht. Man spürt die Vorwärtsbewegung mehr als das Fallen«, erklärte ich.

Stone trank von seinem Tee und sah mich über den Rand der Tasse hinweg an. »Du hast es echt geliebt, oder?«

Ich lächelte schief. »Ist das so offensichtlich? Ja, ich habe es geliebt. Es war großartig, aber die Arbeit war wichtiger. Eine Menge der Ermittlerarbeit findet an Wochenenden statt – dann machen die Leute auch mehr Unsinn. Die meisten Sprungplätze haben nur am Wochenende offen, also blieb mir nichts übrig, als es aufzugeben. Aber es fehlt mir. Einige Jahre lang war es ein großer Teil meines Lebens, und es hat mir geholfen, mich auf etwas anderes als den Tod meiner Eltern zu konzentrieren.«

Ich zuckte die Achseln. »Wie dem auch sei«, sagte ich und kam zurück zum Thema, »es scheint, als stünde Nate genauso aufs Fallschirmspringen wie ich. Er begeistert die Leute dafür. Nach den Sprüngen stand am Zentrum immer ein Blutspendenmobil bereit, und Nate hat die Leute mithilfe seines Charismas dazu gebracht, zu spenden. Ich bin mir relativ sicher, dass das Blut für Vampyre und nicht für Transfusionen gedacht ist – aber ich verstehe nicht, wie das Fallschirmspringen da reinpasst.«

Stone runzelte die Stirn. »Ich schon«, murmelte er finster. »Angeblich schmeckt Blut nach einem Adrenalinschub besser. Deshalb haben Vampyre Menschen früher auch immer ihre Zähne gezeigt – damit sie Angst bekommen. Wenn das Opfer flieht, jagen sie es, und das Blut schmeckt besser, weil der Mensch Angst hatte. Nate rekrutiert Blutspender und verschafft ihnen einen Thrill, um das gespendete Blut aufzuwerten.«

»Ist das illegal?«, fragte ich. Es fühlte sich an, als sollte es das sein.

»Ich denke nicht. Der Wortlaut im Verdikt ist, dass Vampyre nur Blut zu sich nehmen dürfen, das freiwillig gegeben wurde, und es sich nicht mit Gewalt holen dürfen. Nate nutzt zwar ein Schlupfloch im Gesetz, aber ich denke nicht, dass er es bricht. Sie rufen unter einem falschen Vorwand zur Spende auf, aber das Gesetz im Anders ist in dieser Hinsicht nicht sehr fortschrittlich. Die Spender sind willig, und sie wurden nicht bedroht oder eingeschüchtert.«

»Was wäre, wenn Nate Volderiss das Blut verkauft?«

Stone schüttelte den Kopf. »Nichts und niemand verbietet ihm das. Wir sprechen Lord Volderiss morgen darauf an. Und je nachdem, was bei diesem Treffen herauskommt, sollten wir danach wohl mal hinauf zum Skydive North West fahren und nachsehen, ob Nate und Hes wirklich dort sind. Es sieht zumindest so aus, als wäre Hes freiwillig mitgegangen, ungeachtet ihres verwüsteten Zimmers.«

Ich nickte. Ich war erleichtert, dass sie freiwillig gegangen zu sein schien, aber es machte mir Sorgen, dass sie in eine Vampyr-Verschwörung hineingezogen wurde, von der sie nichts wusste. Sie war wehrlos. »Was ist mit den Drogen?«, fragte ich schließlich. »Nate hat sie genommen, und die anderen Vampyre haben darüber gesprochen und sie mit Menschen geteilt. Dealt Nate vielleicht auch?«

Stone zuckte die Achseln. »Vielleicht. Das Gesetz im Anders beschäftigt sich nicht wirklich mit Drogen, das überlassen wir dem Norm.«

»Willst du mir sagen, dass wenn ein Vampyr beim Dealen erwischt wird und die Menschenpolizei versucht, ihn festzunehmen, er einfach mitgehen würde?«

»Theoretisch ja. Schau mal, ich sage nicht, dass es ein perfektes System ist, aber die Verbindung hat eine Menge anderer Dinge, um die sie sich Sorgen machen muss. Eine Welt mit so vielen Kreaturen zu einer Koexistenz zu bringen ist nicht einfach, und es gibt die Verbindung erst seit etwa achtzig Jahren.« Stone wählte seine Worte mit Bedacht. »Davor herrschte Chaos. Vampyre und Drachen haben sich gegenseitig abgeschlachtet. Trolle lebten in isolierten Stämmen und töteten jeden Elf und Drachen, den sie sahen. Dryaden brachten jeden um, der ihre Bäume beschädigte. Es war ein chaotisches und brutales Reich. Man hätte nicht einfach durch die Straßen Liverpools laufen und einen Troll, einen Drachen und einen Elf sehen können, ohne dass es zu Blutvergießen gekommen wäre. Jetzt gibt es die Verbindung, und die Inspectors sind gefürchtet und werden respektiert. Alle heißen das Symposium und die Einheit gut, weil sie uns alle repräsentieren, jede Fraktion, egal wie klein, hat dort gleiches Stimmrecht. Wir regieren mit Mehrheitsbeschlüssen.«

»Ich dachte, die Drachen wären nicht Teil der Verbindung?«

»Das sind sie nicht, aber die Verbindung ist mächtig genug, dass sie einen Drachen zur Strecke bringen könnte, sollte er das Gesetz brechen. Das wissen sie, und sie fügen sich, aber sie wollen nicht Teil der Regierung sein. Das ist ihre Entscheidung, nicht unsere.«

Stone fuhr fort: »Deine Freundin, Seherin Harding, hatte großen Anteil am Aufbau des britischen Symposiums. Sie war noch sehr jung, hatte gerade ihre Ausbildung abgeschlossen, als sie einen terroristischen Anschlag auf das Symposium vorhersah. Sie kam mit einer Gruppe von Inspectors zur St. George's Hall und stoppte den Anschlag, bevor er richtig beginnen konnte. Nur drei Mitglieder des Symposiums verloren ihr Leben. Eine davon war die damalige ehrwürdige Seherin. Lady Harding wurde noch am gleichen Tag zu ihrer Nachfolgerin ernannt. Ihr Mut und ihr schnelles Handeln retteten Hunderte Leben. Sie ist jetzt die Sprecherin des Symposiums.«

Ich grinste. »Warst du deshalb so eingeschüchtert, als du ihr begegnet bist?«

»Ich war nicht *eingeschüchtert*, ich war überrascht. Sie ist Sprecherin Lady Harding. Man würde erwarten, dass sie in einem riesigen Anwesen lebt, nicht in einer Doppelhaushälfte in Beaconsfield.«

»Was hast du für ein Problem mit Beaconsfield?«, empörte ich mich.

Er grinste. »Gar keines. Es ist ganz putzig. Ich hätte nur nicht erwartet, dass sie ausgerechnet dort lebt, das ist alles.«

»Sie wollte nicht wegziehen und mich allein lassen«, scherzte ich.

»Ich weiß.«

Ich schaute auf die Uhr, es war drei. »Ich sollte mich mal besser um meinen Schönheitsschlaf kümmern. Wann gibt's Frühstück?«

»Es ist offen bis 9:30 Uhr, also treffen wir uns am besten um neun, damit wir uns fertig machen und um 9:45 Uhr aufbrechen können. Wir brauchen nur fünf Minuten zum Exchange Flags, aber ich will früher dort sein und ein Gefühl für den Ort bekommen.«

»Willst du dich über Nacht aufladen?«, fragte ich und zeigte auf den schlafenden Gato.

Stone dachte darüber nach. »Ja, ich schätze, das ist eine gute Idee. Ich mag es nicht, ohne AL zu sein, aber im Verbundhaus sind wir sicher. Und es wäre nicht schlecht, morgen voll aufgeladen zu sein.«

Ich weckte meinen mürrischen Hund, und er schickte uns beide ins Norm. Stone sagte Gute Nacht, seine Augen waren warm und freundlich, aber ich blieb wohlüberlegt auf Abstand. Wir brauchten keinen peinlichen Moment zwischen uns, in dem wir überlegten, ob wir einen Gutenachtkuss wollten. Ich winkte ihm stattdessen mit den Fingern, und er grinste. Er zog die Tür zwischen unseren Zimmern zu, schloss aber nicht ab.

Ich kletterte zu Gato aufs Bett und überlegte kurz, ob ich ihn ins Hundekörbchen schubsen sollte, verwarf den Gedanken aber gleich wieder. Er würde nur warten, bis ich schlief, und dann wieder ins Bett kommen. Ich knuddelte ihn, und er leckte mich ab. Ganz egal, was sonst in meinem Leben los war, Gato war mein Fels in der Brandung.

»Gute Nacht, Hund.« Ich kuschelte mich unter die Decken und schob alle Gedanken beiseite, und innerhalb weniger Minuten driftete ich auch schon weg.

12

OBWOHL ES SO SPÄT GEWORDEN war, war ich bereits um acht Uhr wach, um mit Gato Laufen zu gehen. Fünf Stunden Schlaf reichten nicht wirklich aus, aber die Bewegung an der frischen Luft machte mich munter. Danach duschte ich und zog mich an. Ich konnte zur Befragung eines Vampyr-Lords schlecht in Jeans und T-Shirt aufkreuzen, doch ich beschloss, mich nach dem Frühstück noch einmal umzuziehen, damit ich mir nicht die schöne Bluse versaute.

Es klopfte leise an der Tür, und Stone trat ein. »Guten Morgen«, begrüßte ich ihn.

»Guten Morgen, Jinx und Gato.«

Ich war bereits im Anders, also trabte Gato zu Stone und holte ihn ebenfalls. Wir nahmen den Hund mit in den Frühstücksraum, der größtenteils leer war. Scheinbar begannen die meisten Detectives und Inspectors schon früh mit ihrer Arbeit. Stone nickte den wenigen anwesenden Detectives zu, und sie wirkten ziemlich eingeschüchtert.

Stone und ich unterhielten uns beim Frühstücken leise, während Gato neben uns saß. Ich hatte ihm ebenfalls etwas Wurst und Bacon bestellt, und das machte ihn zu einem verdammt glücklichen Höllenhund. »Ist Lord Volderiss der Symposiums-Vertreter für die Vampyre?«, fragte ich.

Stone schüttelte den Kopf. »Das war er mal, aber vor zwei Jahren wurde er abgewählt. Lord Volderiss steht dem Klan in Liverpool und den umliegenden Distrikten Wirral und Merseyside vor. Der neue Vertreter für die Vampyre ist Lord Cathill, der den Klan in Manchester anführt. Du kannst dir die Rivalität zwischen den beiden vorstellen. Die Stimmen der Klans waren ziemlich gleichmäßig auf beide Kandidaten verteilt. Jedes County in den UK hat einen Klan, insgesamt sind es 89, und angeblich verteilten sich die Stimmen 44 zu 45. Lord Cathill hat noch zwei Jahre, um sicherzustellen, dass die nächste Wahl wieder für ihn ausgeht.«

»Man kann also wiedergewählt werden?«

»Die Amtszeit beträgt vier Jahre, kann aber uneingeschränkt oft verlängert werden. Volderiss hatte den Posten sechzehn Jahre lang inne, deshalb sorgte sein Sturz vom Thron für eine Menge Aufsehen in der Vampyr-Community. Liverpool ist das Herz der Gemeinschaft der Anderen, und unsere Regierung operiert von der St. George's Hall aus. Es verlangt Volderiss eine Menge ab, Cathill in seinem Territorium zu tolerieren, und es gibt starke Spannungen. Cathill hat es ihm zudem nicht leicht gemacht, indem er sich ganz offen respektlos verhalten hat. Inspector Ven musste sein ganzes rhetorisches Geschick aufbringen, um die Situation zu entschärfen.«

»Ihr seid also Krieger *und* Diplomaten?«

Stone zuckte die Achseln. »Wir sind, was wir sein müssen, um den Frieden zu wahren. Ich bin der Krampus, auf den man gerne mahnend verweist. Seid lieber brav, sonst kommt Inspector Stone und schlägt euch den Kopf ab.«

»Du siehst nicht alt genug aus für einen Krampus.«

»Danke. Ich bin achtunddreißig, aber Zeit in einem anderen Reich zu verbringen, verlangsamt den Alterungsprozess etwas. Ich habe jung angefangen, bin der Verbindung mit sechzehn beigetreten und wurde mit einundzwanzig zum Inspector ernannt.«

»Ich schätze mal, das ist eine Leistung für jemanden, der noch so jung ist?«

»Ja, es ist etwas ungewöhnlich«, meinte er bescheiden und goss mir eine weitere Tasse Tee ein.

»Danke. Also, wir müssen Volderiss befragen – aber keinen Zwang?«

»Wir dürfen Zwänge einsetzen, wenn es einen guten Grund dafür gibt, aber den haben wir im Moment nicht. Nate und Hes werden beide vermisst, aber ich glaube nicht, dass Volderiss etwas damit zu tun hat. Allerdings wurde Hes' Zimmer verwüstet, und möglicherweise weiß er, wonach gesucht wurde. Wir sind befugt, ihn zu befragen, haben aber keinen guten Grund, Zwang anzuwenden oder sein Gedächtnis zu löschen. Er ist der Lord des Liverpool-Klans, deshalb müssen wir vorsichtig sein und ihn dazu überreden, uns freiwillig Informationen zu geben. Er wird uns auf die Probe stellen. Stärke hat in der Vampyrkultur einen hohen Stellenwert.«

»Na toll«, meinte ich trocken. »Das reinste Blümchenpflücken im Park.« Ich musste an das letzte Mal denken, als ich in einem Park in der Nähe meines Zuhauses war, wo ein Vampyr gerade einen Menschen verletzt hatte. Ich war besser auf der Hut.

»Wir schaffen das«, sagte Stone selbstbewusst.

Ich war mir ziemlich sicher, dass *er* das schaffen konnte, wusste aber nicht so recht, inwiefern ich von Nutzen sein würde.

Wir frühstückten zu Ende und gingen zurück in unsere Zimmer, wo wir schwarze Anzüge und weiße Oberteile anzogen. Stone sagte mir, das sei praktisch die Uniform der Verbindung, wie beim FBI, und es machte sowohl im Anders als auch im Norm ausreichend was her.

Ich legte Gato Halsband und Leine um; er würde mit uns kommen. Seine Gegenwart könnte Volderiss' Interesse wecken und vielleicht das Eis brechen. Außerdem hatte ich ein besseres Gefühl, wenn er mir den Rücken freihielt, vor allem weil ich im Begriff war, in eine Vampyr-Festung zu marschieren. Die schwarzen Stacheln auf seinem Rücken würden sich in einem Kampf als nützlich erweisen.

Der Weg zum Exchange Flags war kurz und knapp. Es konnte jeden Moment zu regnen beginnen, und ich hatte keinen Schirm dabei. Ich trug vernünftige flache Schuhe, in denen ich einen Kriminellen jagen konnte – oder vor einem Vampyr fliehen. Nach meinem Lauf heute Morgen fühlte ich mich fitter. Heute wäre ich definitiv in der Lage, einem Vampyr in den Arsch zu treten. Und wenn nicht, hatte ihn noch mein kleines Schnappmesser. Und einen Höllenhund.

Als wir das Exchange Flags betraten, klappte mir leicht die Kinnlade runter, und ich packte Stone am Arm. »Was zum Teufel?«, rief ich und zeigte auf die beiden riesigen Vögel vor mir.

Stone sah sie an. »Oh, das sind nur Bertie und Bella«, erklärte er ruhig.

Gato war ähnlich entspannt, die riesigen Kreaturen brachten ihn nicht aus der Fassung. Die Vögel waren mindestens viereinhalb Meter groß und sahen aus, als wären sie aus Kupfer gegossen. Sie hatten sich gegenseitig den Rücken zugewandt und trillerten und gurrten fröhlich vor sich hin. Sie waren *Liver Birds*. Ein Liver Bird ist ein mythologischer Vogel, der einem Kormoran gleicht und das Symbol der Stadt Liverpool ist. Zumindest dachte ich bis jetzt, er sei ein Symbol, aber so, wie es aussah, existierte er wirklich. Ich beobachtete fasziniert, wie normale Menschen über den Platz gingen, und den Vögeln, die sie gar nicht sehen konnten, irgendeinem Sinn folgend auswichen.

»Das sind Liver Birds!«, rief ich laut.

Stone lächelte, mein Schock gefiel ihm sichtlich. »Es sind *die* Liver Birds. Sie haben auch ein paar Kinder – so um die hundert nach der letzten Zählung –, aber sie sind nicht ganz so statuenhaft.«

»Sie dürfen sich nicht ansehen, oder?«, sagte ich. »Sonst hört Liverpool auf zu existieren?«

»Zumindest glauben das die Leute.«

»Also wie ...?« Ich gestikulierte herum. »Äh, wie vermehren sie sich, wenn sie nicht in die gleiche Richtung schauen können?«

»Sie sind kreativ«, meinte Stone.

Ich wurde rot. Mein Blick klebte immer noch an den gigantischen Vögeln. Mir fiel auf, dass jeder, der im Anders an ihnen vorbeikam, respektvoll den Kopf senkte. »Wow«, sagte ich ehrfürchtig. »Die Liver Birds gibt es wirklich.«

»Du zuckst nicht mit der Wimper, wenn du jemandem begegnest, der lila ist, aber bei großen Vögeln kriegst du dich gar nicht mehr ein.«

»Bei Mrs. H musste ich schon zweimal hinsehen, aber das hier sind die *Liver Birds*! Und sie sind nicht groß, sie sind riesig. Beschützen sie wirklich die Stadt?«

Stones Lächeln verflog. »Das tun sie.« Er zog an meinem Arm. »Komm, sonst sind wir zu spät.« Trotz seines Mangels an Respekt achtete er darauf, den Kopf zu neigen, als wir Bella und Bertie passierten. Ich tat das Gleiche. Die Vögel unterhielten sich weiter, aber mir fiel auf, dass Bertie uns dabei im Blick hatte.

Wir betraten die Rezeption von GV Law. Die Angestellte dort hatte ein einfaches Dreieck auf der Stirn und zuckte nicht mit der Wimper, als sie Gato sah. So viel zu das Eis brechen. »Inspector Stone und Detective Sharp, wir haben einen Termin mit Lord Volderiss«, stellte Stone uns gelassen vor.

Ein bisschen aufregend war es schon, Detective Sharp genannt zu werden. Vor vielen, vielen Jahren träumte ich davon, Ermittlerin bei der Polizei zu werden, aber mir wurde gesagt, ich sei zu jung und solle erst einmal Lebenserfahrung sammeln. Stattdessen hatte ich meine eigene Firma gegründet und den Traum hinter mir gelassen. Ich hatte einfach festgestellt, dass ich es mochte, meine eigene Chefin zu sein.

Die Rezeptionistin war atemberaubend schön. Sie hatte asiatische Züge mit dunklen Augen und tiefschwarzem Haar, das ihr in natürlichen Locken über die Schultern fiel. Zweifellos eine Vampyrin. Sie forderte uns auf, Platz zu nehmen, doch Stone blieb stehen, und ich tat es ihm nach. Er lehnte mit dem Rücken zur Wand, sodass er die Ein- und Ausgänge im Blick behalten konnte. In seiner rechten Handfläche ruhte ein Feuerzeug, und ich schätzte, dass er teils Kampf- und teils Elementmagier war. Sein Gewicht ruhte auf den Fußballen, er war bereit für einen Angriff. Plötzlich war ich nervös.

Eine der Türen öffnete sich, und ein Vampyr kam heraus und machte Anstalten, an uns vorbeizugehen, doch als er in meine Nähe kam, schossen plötzlich seine Zähne heraus, und er sprang mich mit erschreckender Geschwindigkeit an.

Ich zog sofort mein Messer, und Gato sprang mit gefletschten Zähnen und aufgestellten Stacheln vor mich und knurrte wild. Unsere Reaktionen waren schnell, doch das war nichts im Vergleich zu Stone. Er zückte das Feuerzeug, und plötzlich wurde die kleine Flamme zu einem lodernden Schwert. Er köpfte den Vampyr, bevor Gato auch nur ein zweites Mal knurren konnte.

Ich ließ mir keine Reaktion anmerken. »Ruhig«, sagte ich zu Gato mit einer Lässigkeit, die ich definitiv nicht empfand. Ich klappte die Klinge wieder ein und steckte sie in meine Tasche. »Sitz«, rief ich, und er gehorchte und richtete den Blick auf die Tür. Möglicherweise hörte er etwas, das wir nicht wahrnehmen konnten. Seine Stacheln blieben aufgestellt.

Der Kopf des Vampyrs lag neben einem kleinen Tischchen, der Hals schwarz und kauterisiert. Es floss kein Blut. Ich schätzte, so war der Tatort wenigstens einfacher zu reinigen. Für einen Moment schimmerte sein Körper, und dann zerfiel er – Puff! – zu Asche.

Stone öffnete ein Fenster. Er blies in die Luft, vollführte eine Geste, und seine Atemluft verwandelte sich in einen kleinen, kontrollierten Tornado, der die Asche aufwirbelte und sie nach draußen trug. Dann ließ er das AL los, und der Wind verflog. Er schloss das Fenster und begab sich wieder auf seine Position an der Wand. Ich las keine Gefühlsregung auf seinem Gesicht.

Ich hätte Angst haben sollen, aber es war alles viel zu schnell gegangen. »Du hättest die Vampyre ihren eigenen Dreck wegmachen lassen sollen«, tadelte ich ihn. Der Hauch eines Lächelns schlich sich auf seine Lippen.

Die ganze Zeit über hatte die Rezeptionistin nicht aufgehört, ihre Nägel zu feilen. »Lord Volderiss wird Sie jetzt empfangen«, sagte sie kalt und zeigte auf eine der Türen.

»Danke«, sagte Stone höflich und ging mit Gato dicht hinter sich voraus.

Das Büro war hell und luftig und hatte Fenster nach drei Seiten. Es war riesig und beinahe leer, als wollte sein Besitzer sagen: »Hier, schaut mal, wie reich ich bin, ich habe all diesen Raum und nicht das Bedürfnis, ihn zu füllen.« Auf dem Boden lag ein großer Teppich, und ein paar Pflanzen standen zu beiden Seiten des Schreibtisches aus Mahagoni, vor dem zwei Stühle auf Besucher warteten.

Der Mann dahinter war etwas älter, aber immer noch unglaublich attraktiv. Sein dunkles Haar war von Silberfäden durchzogen, und seine Augen wiesen ein helles, durchdringendes Blau auf. Wir waren allein, was mir Hoffnung auf ein ehrliches Gespräch gab – obwohl der Mordversuch diese Zuversicht ein wenig dämpfte. Volderiss beachtete Gato gar nicht; vielleicht konnten wir das Eis ja mit dem toten Vampyr brechen.

»Danke, dass Sie sich um das kleine Ärgernis gekümmert haben, Inspector Stone«, meinte er ruhig. »Er hat letzte Woche jemanden im Norm angegriffen. Das erspart mir die Mühe eines Prozesses.« Mir lief es kalt den Rücken hinunter, während ich mich fragte, ob er der Vampyr bei mir im Park gewesen war, aber dann schob ich den Gedanken beiseite. Das wäre schon ein großer Zufall.

»Gern geschehen«, erwiderte Stone trocken. Er setzte sich Volderiss gegenüber. Seine Körpersprache war entspannt, als würde er jeden Tag Vampyr-Lords befragen.

»Was führt Sie zu mir, Inspector?«, fragte Volderiss mit einem scharfen, unfreundlichen Lächeln.

Als ich mich neben Stone setzte, sah er mich kurz an und schrieb mich dann ab. Sein Blick richtete sich wieder auf Stone. Das war mir ganz recht, ich würde einfach nur still als menschlicher Lügendetektor hier sitzen.

»Ihr Sohn, Nathaniel.«

Volderiss hob eine perfekt gezupfte Augenbraue. »Was hat er dieses Mal angestellt?«

»Er wird vermisst.«

Der Vampyr lächelte breiter. »Jemand verschwendet Ihre Zeit, Inspector. Er wird nicht vermisst.« Er glaubte, dass das die Wahrheit war.

»Er wurde Dienstag in den frühen Morgenstunden das letzte Mal gesehen, als er seinen Wagen belud. Er brach mit einem Norm-Mädchen auf, das ich finden soll.«

»Und wer beauftragt einen Inspector mit der Suche nach einer Norm?«

»Lord Samuel hat ein Interesse an ihrer sicheren Rückkehr«, antwortete Stone. Wilf! *Er* hatte Stone beauftragt oder zumindest ein paar Hebel in Bewegung gesetzt, die dazu geführt hatten, dass er den Fall übernahm.

Volderiss zog eine abfällige Schnute. »Dieser räudige Wolf verschwendet Ihre Zeit, fürchte ich. Nathaniel arbeitet für den Klan. Er hat nichts mit dem Verschwinden dieser Frau zu tun. Ich vermute sogar, dass sie gar nicht vermisst wird.« Auch das glaubte er.

Stone hielt Volderiss' Blick fest. »Drei Klan-Vampire haben bestätigt, dass sie bei ihm war. Aber Ihr Sohn steht nicht im Mittelpunkt meiner Ermittlungen. Das Zimmer der Menschenfrau wurde professionell durchsucht. Wissen Sie vielleicht, wonach gesucht worden sein könnte?«

»Nein«, sagte Volderiss. *Lüge.*

Wie dumm von uns. Stone und ich hätten ein Zeichen vereinbaren sollen. Na gut, dann musste ich ihn eben direkt darauf ansprechen.

»Das ist eine Lüge«, sagte ich entschlossen. »Sie wissen, wonach gesucht wurde.«

Volderiss sah mich etwas interessierter an. »Ah, eine Empathin.« Er sagte es, als würde meine Anwesenheit hier jetzt Sinn ergeben. »Es ist lange her, seit der letzte Wahrheitsfinder dieses Reich betreten hat.«

»Wir wissen von den Blutspendemobilen, und wir haben kein Interesse daran«, versicherte ich ihm.

Lord Volderiss lächelte angespannt. »Und warum auch? Ich habe meine Anwälte die Sache prüfen lassen. Wir tun nichts Verbotenes, indem wir den Kaviar des Blutes beschaffen und verkaufen. Die Aktion ist einfallsreich und völlig legal.« Er war stolz darauf.

»Zweihundert Mäuse für einen Fallschirmsprung zu bezahlen, nur um ein Gläschen Blut zu bekommen, erscheint mir recht extrem«, meinte ich.

»Nicht, wenn man dieses Gläschen für fast eintausend Pfund verkaufen kann. Wie gesagt, der Kaviar des Blutes. Oder vielleicht auch der Champagner.« Er zuckte die Achseln. »Vampyre bezahlen gerne den Höchstpreis, um ein wenig ihres alten Lebens zu schmecken.«

»War das Nates Idee?«, fragte ich.

»Sein Projekt«, erklärte Volderiss stolz. »Und es ist ein großer Erfolg. Jedes Semester findet er ein neues Menschenmädchen, das dann seine – wie nennt man das? – Alibi-Freundin ist. Auf diese Weise wirkt er etwas menschlicher. Norms empfinden ihn mit einer Partnerin als weniger bedrohlich. Ich nehme mal an, dass eure Menschenfrau seine aktuelle ist.« Er zuckte die Achseln. »Mehr kann ich Ihnen nicht sagen.«

»Sie könnten uns sagen, worum es sich bei dem Objekt handelt, das Nate bei sich hat und für das er gejagt wird«, gab ich zurück.

Volderiss lehnte sich zurück und musterte mich aufmerksam. »Wer bist du, Wahrheitsfinderin?«, fragte er.

»Ich bin ein Detective der Verbindung«, erwiderte ich ruhig. »Beantworten Sie meine Frage.«

»Du kommst mir bekannt vor.«

Als Vampyr lebte er schon eine Weile, und es bestand eine gute Chance, dass er einem oder beiden meiner Eltern über den Weg gelaufen war. *Bleib unauffällig.* »Beantworten. Sie. Meine. Frage«, sagte ich noch einmal. Ich legte keinen Zwang hinein, obwohl ich nichts lieber getan hätte.

Volderiss lächelte breiter. Er wirkte gleichgültig und sah mich an, wie eine Spinne eine Fliege ansehen würde, die sie gleich zum Mittagessen verspeisen wollte. Als er sich schließlich zu einer Antwort herabließ, wusste ich, dass er sich mir gegenüber nachsichtig zeigen wollte. »Mein Sohn hatte einen Elfendolch in seinem Besitz. Er ist unbezahlbar, und es ist bekannt, dass er ihn hin und wieder bei sich trägt. Ich schätze mal, die Diebe dachten, er würde ihn bei seiner … Freundin aufbewahren.« Alles wahr.

»Und wer, denken Sie, sind diese Diebe?«

»Sicherlich suchen Sie doch nach Fakten und nicht nach Vermutungen, Detective.« Er wich meiner Frage aus.

Ich versuchte es mit Schmeichelei. »Vermutungen von Ihnen sind wie die Fakten eines geringeren Mannes.«

Volderiss lachte. »Oh, Sie sind amüsant. Lassen Sie uns bald wieder spielen.« Er wurde wieder ernst. »Cathill. Ich vermute, Cathill steckt dahinter. Er wollte mir den Dolch abkaufen, und ich lehnte ab. Ich weiß nicht, warum er ihn will, aber ich sagte ihm, er stehe nicht zum Verkauf. Wenn es ihm so wichtig ist, kann er ja bei den Elfen einen neuen in Auftrag geben, aber meinen bekommt er nicht. Er wurde mir anvertraut, und ich beabsichtige, ihn zu behalten.« Er beugte sich vor und drückte auf einen Buzzer auf dem Tisch. Zwei muskulöse Vampyre betraten den Raum. »Die Herren werden Sie jetzt hinausbegleiten.« Die Befragung war beendet.

Stone blieb sitzen. Die Befragung war nicht beendet, bevor er sie nicht für beendet erklärt hatte. »Sind Sie sicher, dass es Ihrem Sohn gut geht? Konnten Sie seit Dienstag mit ihm sprechen? Vielleicht hat Cathill ihn ja konfrontiert«, überlegte er.

Volderiss seufzte leise. »Ich habe Mittwochmorgen mit ihm telefoniert. Er ist beim Fallschirmspringen im Lake District. Zweifellos werden Sie ihn und seine Freundin dort finden. Lord Samuel sieht Verschwörungen, wo keine sind. Schönen Tag noch, Inspector. Detective.«

Stone erhob sich und trat unter dem Vorwand, einen Blick aus dem Fenster werfen zu wollen, dicht an Volderiss heran. »Ich möchte, dass Sie mir schwören, Stillschweigen über die Fähigkeiten meiner Partnerin zu bewahren«, verlangte er. Seine Miene war hart und unnachgiebig, keine Spur von dem lebenslustigen Stone, den ich kennengelernt hatte. Der Krampus war hier.

Volderiss hob eine elegante Augenbraue. »Und warum sollte ich dem zustimmen?«

»Weil ich Sie sonst köpfe«, meinte Stone leichthin.

Die muskulösen Vampyre regten sich, und plötzlich hatten sie ihre Zähne gebleckt. Die Anspannung im Raum stieg um mehrere Grade, aber Stone war dichter bei Volderiss als die Leibwächter. Plötzlich lachte Volderiss und gab den Wachen mit einem Wink zu verstehen, dass sie sich zurückziehen konnten, was sie dann auch taten. »Ich schwöre es. Es bedeutet mir nichts.«

Er wandte sich mir zu. »Aber ich werde herausfinden, wer genau Sie sind.« Mein Mund wurde trocken. Seine Zähne wuchsen, und er biss sich ins Handgelenk. Blut quoll heraus. »Ich schwöre, dass ich keiner Seele, weder lebend noch tot, von den Kräften dieser Frau erzählen werde.« Er nickte mir zu.

»Davon bin ich Zeuge«, besiegelte Stone den Schwur und verließ ohne einen Blick zurück das Büro.

Ich sah Volderiss noch einmal an und wünschte, ich hätte es nicht getan. Er hielt einen Kelch unter sein blutendes Handgelenk. Als unsere Blicke sich begegneten, prostete er mir spöttisch zu und nahm einen Schluck. Mir drehte es den Magen um. Das war mir eindeutig zu kannibalistisch. Ich folgte Stone mit den muskulösen Wachen im Schlepptau aus dem Raum.

13

WIR VERLIESSEN DAS EXCHANGE FLAGS schweigend. Zu meinem großen Bedauern waren Bertie und Bella davongeflogen, ich hatte sie wirklich noch einmal sehen wollen. Nur zu gern hätte ich ihre Kupferflügel angefasst, um herauszufinden, wie sie sich anfühlten. Ich blickte in den Himmel, konnte jedoch nichts entdecken. Das war vermutlich gut so, die Liver Birds anzufassen, wäre wahrscheinlich doch zu aufdringlich gewesen – und ihre Schnäbel sahen aus wie Mordwaffen.

Stone, der mich immer noch nicht ansah, zückte sein Handy. Er gab eine Nummer ein und sagte: »Hast du Zeit für ein Treffen? Ich muss dich um einen Gefallen bitten.«

Die Person am anderen Ende musste zugestimmt haben, denn Stone legte auf und drehte sich zu mir um. »Wir treffen uns im Moose Café mit Inspector Ven.«

»Der Inspector, der den Krieg zwischen den Klans verhindert hat?«

»Genau der.« Er zögerte. »Müssen wir über das Köpfen sprechen?«

Ich blinzelte. »Nicht wirklich. Ich meine, ich sollte mich wohl bedanken, oder? Danke, dass du mich gerettet hast.«

»Du überraschst mich immer wieder, Jinx.«

»Was soll ich sagen, ich bin ein Quell der Freude«, gab ich zurück.

Er nickte. »Das bist du definitiv.«

»Ähm ... der Schwur?«

»Wie bereits gesagt, früher wurden Wahrheitsfinder als Sklaven gehalten. Das war zwar noch vor der Verbindung, aber es ist besser, wenn die Leute nichts von deinen Fähigkeiten wissen.«

Ich nickte, aber etwas Unsicherheit blieb, obwohl ich wusste, dass er mich nur beschützen wollte.

Wir brauchten fünf Minuten bis zum Moose Café. »Hier gibt es großartige Pancakes«, rief ich begeistert. »Oh, und einmalige Milchshakes.«

»Du hattest vor kaum mehr als einer Stunde ein großes Frühstück«, merkte Stone an.

»Und? Worauf willst du hinaus?«

Er schüttelte den Kopf. Ich wies Gato an, vor dem Café auf uns zu warten. Im Inneren ging es geschäftig zu, das Café ist bekannt für seinen Brunch. Es hat eine amerikanisch-kanadische Ausrichtung, deshalb gibt es dort lauter gute Sachen wie Pancakes, Bagles und Waffeln.

Stone führte uns hinauf in ein Zwischengeschoss. Der einzige Gast hier oben war afrokaribischer Abstammung, um die fünfunddreißig und stabil gebaut. Er hatte drei Dreiecke. Als wir auf ihn zukamen, blickte er auf und strahlte Stone an. »Zach! Schön, dich zu sehen, Mann!« Er erhob sich und schüttelte Stones Hand.

»Ajay!«, begrüßte Stone ihn ähnlich herzlich und zog ihn zu einer Umarmung an sich, statt seine Hand zu ergreifen. Ajay? Den Namen hatte Emory erwähnt.

»Das ist Jinx.« Stone trat einen Schritt zurück.

»Es ist mir eine Ehre, Sie kennenzulernen«, sagte ich, legte die rechte Hand ans Herz und verbeugte mich leicht, wie ich es gestern von Roscoe gelernt hatte.

»Die Ehre liegt ganz bei mir«, antwortete Ajay freundlich und verbeugte sich ebenfalls. »Bitte setzt euch.«

»Wir haben erst gegessen«, entschuldigte Stone sich.

Ich schnaubte. »Sprich nur für dich. Ich möchte definitiv einen Oreo-Milchshake. Und vielleicht Apfel-Pancakes mit hausgemachtem Salzkaramell. Ja, definitiv Pancakes.«

Stone wirkte verblüfft. »Du kennst die Speisekarte auswendig?«

»Ich habe hier viele Kater auskuriert«, erwiderte ich nostalgisch.

Ajay grinste. »Ich bin ein Fan des Mighty Moose.« Er gab einer Bedienung in der Nähe ein Zeichen und gab unsere Bestellung auf. Dann sagte er: »Was gibt's? Ich soll dir einen Gefallen tun?«

»Ich brauche eine Audienz mit Lord Cathill. Heute noch.«

Ajay blinzelte. »Sicher doch – und den Mond und die Sterne noch dazu, wo wir schon mal dabei sind?«

»Es ist wichtig. Wir sind auf der Suche nach einem Mädchen aus dem Norm. Sie ist unwissentlich in die Angelegenheiten des Volderiss-Klans hineingezogen worden. Jemand ist in ihre Wohnung eingebrochen und hat ihre Sachen durchwühlt. Jetzt wird sie vermisst.«

»Und Volderiss hat mit dem Finger auf Cathill gezeigt«, stellte Ajay nüchtern fest. »Natürlich. Wenn es Regen gibt, ist das Cathills Schuld.«

»Wie es aussieht, könnte das Mädchen sich auch einfach mit Nathaniel Volderiss im Lake District aufhalten, aber Lady Harding meinte, sie schwebe in Gefahr und dass sie sich zwischen den Reichen befinde. Irgendetwas anderes geht vor sich. Cathill weiß vielleicht, worum es sich handelt.«

Ajay hob sardonisch die Augenbraue. »Und was dann? Wirst du ihn ganz lieb fragen, ob er etwas damit zu tun hat?«

Stone nickte. »Ja. Jinx ist eine Wahrheitsfinderin.«

»Du hast gerade erst gesagt, ich soll es niemandem verraten!«, begehrte ich auf.

Stone zuckte die Achseln. »Du kannst Ajay vertrauen.«

Wahrheit.

Ajay sah mich mit ganz neuem Interesse an. »Das gibt es dieser Tage nicht oft.«

»Ich hatte es schon immer.«

Er blinzelte. »Selbst im Norm?«

Ups. Ich sah Stone an. »Du kannst Ajay vertrauen«, versicherte er mir noch einmal. »Er ist der mit den gekochten Fußbällen.«

Ich grinste. »Und, wie viele waren es?«

Ajay stöhnte. »Einer! Ich habe einen Fußball gekocht, und das hält man mir jetzt seit zwanzig Jahren vor.«

»Stone meinte, du seist erst spät eingeführt worden?«

Ajay nickte. »Ja. Mein Dad war ein Magier, meine Mum eine Norm. Mein Vater beschloss, dass es zu kompliziert wäre, es vor meiner Mutter zu verbergen, solange ich noch so klein war, also hat er mich nicht ins Anders mitgenommen, bis ich sechzehn war.«

Ich blinzelte. Das war nicht spät. Fünfundzwanzig war spät! »Wolltest du schon immer ein Inspector werden?«

»Ja, von Anfang an«, bestätigte er. »Dad war enttäuscht, weil er Mitglied der Heilergilde war und wollte, dass ich in seine Fußstapfen trete. Ich denke, er hat sich mittlerweile weitgehend damit abgefunden. Meine Mum ist ebenfalls

Ärztin, also erwarteten sie auch von mir, dass ich Mediziner werde. Aber es begeistert mich einfach nicht, Hautschichten wieder miteinander verschmelzen zu lassen. Auseinanderreißen macht mehr Spaß.«

Ich lachte. »Sind alle Inspectors so blutrünstig wie ihr beide?«

Ajay zuckte die Achseln. »Man kann nicht rückwärtsgehen, wenn man vorwärts will. Ein Gesetzeshüter im Anders zu sein ist hart. Ein Fehler, und man ist ein toter Mann. Handle schnell, denk später darüber nach.«

Ich dachte an den Vampyr, der mich angegriffen hatte, und nickte. »Klar.«

Ajays Blick wurde intensiver. »Also kannst du im Norm wahrheitsfinden?« Ich nickte. »Kannst du im Norm auch jemanden mit einem Zwang belegen?« Ich nickte noch einmal. Er pfiff leise. »Nimm dich in Acht, Anders, Jinx ist im Anmarsch. Ich kann gar nicht erwarten, zu sehen, was du vollbringen wirst. Jetzt verstehe ich, warum Stone mit dir arbeitet. Sonst ist er ein Einzelgänger.«

»Ich überlege, mein Rudel zu erweitern«, sagte Stone, ohne mich anzusehen.

Ich spürte, wie sich ein riesiges Lächeln auf meinem Gesicht ausbreitete. Und dann kam die Bedienung mit unserem Essen und den Getränken. Ich dankte ihr glücklich und nahm einen großen Schluck von meinem Milchshake. Ich schob ihn zu Stone hinüber. »Probier mal. Es ist wirklich toll.«

Er nahm einen kleinen Schluck und verzog das Gesicht. »Das ist reiner Zucker.«

»Ich weiß! Ist das nicht toll?«

Stone schüttelte den Kopf. »Du müsstest eigentlich fettleibig sein.«

Ich streckte ihm die Zunge raus.

Ajay holte sein Handy heraus und tippte eine Nachricht, ehe er sich über seine Mighty Moose Hashbrowns auf Vollkornbrot mit Spiegelei und Bacon hermachte. Lecker. Meine Pancakes waren großartig, aber ich war trotzdem etwas neidisch. Wir aßen, während Stone an seinem schwarzen Kaffee nippte.

Als ich fertig war, ging Stone kurz auf die Toilette, und ich nutzte den Moment allein mit Ajay. »Ich weiß, dass Stone dir vertraut, aber ich kenne dich nicht. Schwörst du mir, dass du es für dich behältst, dass ich eine Wahrheitsfinderin bin?«

Ajay nickte. »Ich bin auf Stones Seite, wenn er dir vertraut, vertraue ich dir. Ich schwöre es. So soll es sein.« *Wahrheit.*

Ich blinzelte. »Du schlitzt dir jetzt nicht irgendeine Ader auf und vergießt enorme Mengen Blut?«

Ajay grinste. »Magierschwüre sind ein bisschen weniger dramatisch, aber genauso bindend.«

Ich nickte und schlürfte genüsslich an meinem Milchshake, als Stone an den Tisch zurückkehrte. Kaum hatte er sich gesetzt, piepte Ajays Handy. Er las die Nachricht und verzog das Gesicht. »Wir müssen los.« Er zog seine Geldbörse aus der Tasche und warf ein paar Scheine auf den Tisch.

Während wir zum Ausgang eilten, sagte er: »Lord Cathill wird euch gleich empfangen. Sein Wagen sollte jeden Moment die Dale Street herunterkommen. Ihr habt zwei Minuten.«

Meine Instinkte schrien mich an, und ich hatte gelernt, auf sie zu hören. Ich schlüpfte aus meinem schwarzen Blazer, öffnete ein paar der Knöpfe an meiner Bluse und schüttelte mein Haar aus. Ich fand einen Lippenstift in meiner Tasche und trug ihn hastig auf.

Als wir aus dem Café kamen, stand Gato schon dort und begrüßte mich. »Bring mich ins Norm«, befahl ich ihm. Ich beugte mich tief hinunter, und er berührte mit dem Kopf meine Stirn. Bäm. Jetzt sah ich aus, als würde ich aus dem Norm stammen, oder Cathill würde wenigstens nicht die zwei Dreiecke sehen und wissen, dass ich für die Verbindung arbeitete. Und er würde nie auf die Idee kommen, dass ich aus dem Norm den Wahrheitsgehalt seiner Aussagen prüfte. Ich hoffte, dass er mich unterschätzen würde.

Gato schnüffelte an Ajay herum. »Das ist Ajay«, erklärte ich ihm.

Ich reichte Ajay meinen Blazer und drehte mich zu Stone um. »Ich werde mich als Antiquitätenhändlerin ausgeben, die es auf Volderiss' Elfendolch abgesehen hat. Wenn wir nur zwei Minuten haben, müssen wir gleich zum Punkt kommen. Du tust so, als wärst du meine Security.«

Stone nickte einfach nur; er wusste, wie man einem Plan folgte.

Ajay grinste mich an. »Du hast einen Höllenhund als Gefährten.« Er nickte in Gatos Richtung. »Überrascht mich nicht.«

»Das ist Gato«, stellte ich ihn vor.

»Du siehst aus wie eine riesige Katze«, meinte Ajay. Gato knurrte dumpf. »Hund!«, rief Ajay und hob die Hände. »Ein riesiger, extrem männlicher Hund.« Gato wedelte mit dem Schwanz.

Ajay schüttelte den Kopf. »Lasst den Hund bei mir. Er passt eh nicht ins Auto.« Er dachte darüber nach, dann fügte er hinzu: »Nun, vielleicht passt er ins Auto, aber ich bin mir nicht sicher, ob Cathill ihn dort haben will. Hier ist es – und da ist sein Wagen.«

»Gato, du bleibst bei Ajay. Ich bin gleich wieder da.« Ajay ging, gefolgt von Gato, bevor der Wagen am Straßenrand hielt.

Es war ein nagelneuer Mercedes Benz Maybach S650 Pullman. Ich stieß einen Pfiff aus. »Oh wow, schau dir mal diese Schönheit an.«

Stone öffnete die hintere Tür des Wagens und stieg hinein. Der Mann im Inneren trug Jeans und ein lässiges Shirt. Er sah ein wenig wie Heath Ledger aus, hatte aber etwas längeres Haar wie ein Surfer. Auf seiner Stirn entdeckte ich drei Dreiecke mit einem Kreis darum. Es war wirklich schwer, sich diesen Typen als großen, bösen Vampyr vorzustellen – er war verdammt heiß!

Der Maybach verfügte über zwei gegenüberliegende Sitzreihen im hinteren Teil des Wagens. Ich setzte mich gegenüber von Cathill neben Stone und zog die Tür zu. Kaum saßen wir, fuhr das Auto auch schon an.

»Hallo, meine Schöne«, begrüßte Cathill mich, ohne Stone auch nur eines Blickes zu würdigen. »Wie heißt du?«

Ich wollte sagen »Mein Name ist ›Du kannst mich mal!‹«, dann aber pfiff ich meine bissigen Instinkte zurück und entschied mich für Freundlichkeit. »Ich bin Jinx«, sagte ich mit Wärme in der Stimme.

Er strahlte. »Ich bin mir sicher, dass du mir nichts als Glück bringen wirst.«

Ich erwiderte das Lächeln. »Meinen Freunden schon«, stimmte ich zu. »Aber nicht meinen Feinden.« Ups, da war mir doch glatt was rausgerutscht.

»Dann werde ich mich bemühen, Ersteres zu sein.« *Lüge.*

Verdammt noch mal, wir hatten uns gerade erst kennengelernt, und er wollte schon mein Feind sein? Hieß das, dass er wusste, wer ich war? Und wenn ja, wie? Und er sah auch noch so unglaublich gut aus. Mist verdammter, warum waren die gut aussehenden Typen immer schwul, vergeben oder mordlustige Vampyre? Okay, Zeit, die Samthandschuhe abzulegen. »Ich bin auf der Suche nach zwei Dingen. Eines davon ist meine Freundin Hester Sorrell. Haben Sie von ihr gehört?«

»Nein, tut mir leid, Liebes.« *Lüge.* Cathill war ein Schmierlappen durch und durch.

Ich musste mich bemühen, mein Lächeln aufrechtzuerhalten. »Sie ist mit Nathaniel Volderiss befreundet, und ich bin mir sicher, dass Sie ihn kennen.«

Cathills Lächeln verflog. »Ich kenne ihn. Frecher kleiner Wadenbeißer.«

»Haben Sie ihn irgendwann in den letzten zwei Tagen gesehen?«

»Nein«, antwortete er knapp. *Lüge.*

Oh Cathill, du steckst bis zur Nasenspitze in der Sache drin, dachte ich. Wenn ich nur gewusst hätte, was *die Sache* war.

»Nate – äh – Nathaniel, meine ich«, ich bemühte mich redlich, das ahnungslose Blondchen zu geben, »sagte, er habe einen unglaublich wertvollen Dolch in seinem Besitz, den er mir verkaufen würde. Er ist elfisch, und es ist ziemlich schwierig, an einen davon ranzukommen. Ich muss mich einfach nur mit ihm in Verbindung setzen. Einer der Vampyre, mit denen ich gesprochen habe, meinte, er habe Sie neulich mit Nate sprechen sehen. Er hat Ihnen den Dolch nicht verkauft, oder?«

»Ich weiß nichts von einem Dolch«, versicherte er mir. *Lüge.*

Ich zog eine Schute. »Sie haben ihn wirklich nicht? Ich würde Ihnen das Stück auf jeden Fall abkaufen, ich habe auch schon einen Interessenten.«

»Nein«, sagte er bestimmt. »Ich habe den Dolch nicht.« Das war seine erste wahrheitsgemäße Aussage.

»Ach Mist. Und Sie wissen auch nicht, wo ich Nate oder Hester finden kann?«

»Nein«, wiederholte er. *Lüge.*

Cathill klopfte ans Dach des Wagens, der sofort rechts ranfuhr. »Tut mir leid«, behauptete er. »Ich habe noch einen Anruf zu tätigen.« Sieh einer an, noch mal die Wahrheit. Er wandte sich an Stone. »Und was haben Sie mit der Sache zu schaffen, Inspector Stone?«

»Ich bin lediglich als Security für Miss Jinx hier.« *Lüge.*

Cathills Blick war immer noch misstrauisch. »Einen schönen Tag noch, Inspector Stone. Jinx.«

Ich winkte ihm mit dem kleinen Finger. »Es war so nett, Sie kennenzulernen«, log ich mit einem Lächeln auf dem Gesicht.

»Gleichfalls.« *Lüge.*

Stone und ich stiegen aus dem Wagen und sahen zu, wie er in Richtung St. George's Hall davonfuhr. Man hatte uns an den St. John's Gardens herausgelassen. »Okay«, sagte ich zu Stone. »Er ist eine richtige Lügennase.«

14

STONE RIEF AJAY AN, DER sich mit uns in den Gärten treffen wollte. »Lass uns reden, bevor er kommt«, schlug Stone vor.

»Ich dachte, du vertraust ihm«, antwortete ich überrascht und auch ein klein wenig beunruhigt.

»Ich würde ihm mein Leben anvertrauen, aber je weniger Personen in diese Ermittlungen involviert sind, desto besser. Ich will Ajay nicht in eine unangenehme Lage bringen. Cathill hat Polizisten, Inspectors und Politiker auf dem Gehaltszettel. Behalten wir es erst einmal nur für uns.«

Ich zuckte die Achseln. »Er ist dein Freund, also machst du die Ansagen. Cathill hat gelogen, als er behauptete, Hester nicht zu kennen. Er log, als er sagte, er wisse nicht, wo Hes und Nate seien und dass er sie in den letzten beiden Tagen nicht gesehen habe. Dass er nichts von dem Dolch weiß, entsprach ebenfalls nicht der Wahrheit. Ehrlich war er nur, als er sagte, dass er den Dolch nicht habe. Aber das Beste kommt erst: Weißt du noch, wie ich sagte, dass die Person, die Hesters Zimmer durchsucht hat, unglaublich wütend war? Genau so hat Cathill sich angefühlt. Ich habe nur Ansätze davon wahrgenommen, weil es im Norm viel schwieriger ist, aber ich habe noch nie eine solche Wut gespürt. Was für einen Grund hat er, so zornig zu sein? Er ist das Oberhaupt eines Vampyr-Klans und der Vampyr-Vertreter im Symposium!«

Stone kniff die Augen zusammen. »Möglicherweise hat er mit etwas herumgespielt, von dem er besser die Finger gelassen hätte.«

»Was meinst du damit?«, fragte ich.

Ich konnte sehen, dass Stone mit sich debattierte, ob er mir eine Antwort geben sollte. »Daemonen«, sagte er schließlich. »Möglicherweise hat er einen Daemon beschworen. Wenn sie erst einmal gerufen wurden, teilen sie sich den Körper mit ihrem Beschwörer, bis entweder er sie oder sie ihn rauskickt. Bis dahin sind beide in einem ewigen Kampf um ihr Leben gefangen.«

»Warum würde jemand einen Daemon beschwören, wenn das das mögliche Schicksal ist?«

»Verzweifelte Leute neigen zu verzweifelten Taten. Cathill hat die Wahl gerade so gewonnen, und das Ergebnis war eine Überraschung. Vielleicht hat ein Daemon ihm geholfen. Am Tag der Wahl konnten viele sich nicht erklären, warum sie für ihn gestimmt hatten. Auf Volderiss' Forderung hin prüften wir den Vorgang auf Manipulation, doch es gab keine Hinweise darauf, dass Wähler mit einem Zwang belegt oder Erinnerungen gelöscht wurden. Aber Daemonen können in den Geist anderer Wesen eindringen und wieder verschwinden, ohne Spuren zu hinterlassen. Man beschwört sie nur selten, weil der Preis zu hoch ist.«

»Der Körper?«

Stone nickte. »Und die Seele.«

Ich schluckte. »Ist Cathill noch in diesem Körper?«

Stone zuckte die Achseln. »Das weiß ich nicht. Wenn ich

richtigliege, dauert dieser Zustand schon zwei Jahre an, und wer kann nach der Zeit noch sagen, wo der Daemon beginnt und Cathill aufhört?«

Ich sah Ajay und Gato auf uns zukommen und winkte ihnen freundlich zu. Gato raste mir entgegen, leckte mich ab und sprang an mir hoch. Er drückte die Nase an meinen Kopf, und zack: Der Himmel war lila und das Gras türkis. Ich hatte es fast schon vermisst. Ich schätzte, langsam gewöhnte ich mich an das Leben im Anders. »Gute Tarnung«, lobte ich Gato. Er setzte sich und wedelte mit dem Schwanz. »Danke, Süßer.«

Ajay schloss sich uns an. »Ich hoffe, ihr habt bekommen, wonach ihr gesucht habt.«

Ich zuckte die Achseln. »Schwer zu sagen, was wir bekommen haben, aber es hat geholfen. Danke.«

Er winkte ab. »Kein Problem. Es tut mir leid, aber ich muss jetzt weg. Es gab einen Vorfall auf der Bold Street. Ich muss etwas aufräumen.«

»Brauchst du Hilfe?«, bot Stone an.

»Nein, ihr habt eine Spur, der ihr folgen solltet, bevor sie kalt wird.« Ajay lächelte mich an. »Ich bin mir sicher, wir sehen uns wieder, Jinx.«

»Das hoffe ich doch«, sagte ich herzlich. »Danke, dass du auf Gato aufgepasst hast.«

»Ich bin mir relativ sicher, dass er auf mich aufgepasst hat!«

»Eine deiner Kreaturen hat mich angesprochen«, sagte Stone zu Ajay. »Der Prime. Sagte, er habe Neuigkeiten für dich.«

Ajay nickte. »Danke, ich melde mich bei ihm.«

Stone zögerte einen Moment lang. »Gibt es irgendwelche Gerüchte bezüglich Trollen? Letzte Nacht habe ich mindestens elf davon gesehen, und alle auf der Church Street.« Die Church Street ist eine der Hauptarterien, die sich durch das Herz Liverpools ziehen. Was auch immer diese Trolle trieben, sie bemühten sich nicht sehr um Diskretion.

Ajay hob eine Augenbraue. »Das ist seltsam. Normalerweise sieht man ein oder zwei hier und da, aber nicht so viele. Mir ist nichts dazu bekannt, aber ich höre mich mal um. Ich setze Elvira darauf an.«

Bei dem Namen verspannten sich Stones Züge, aber er widersprach nicht. Ajay winkte uns zum Abschied und verfiel in einen leichten Laufschritt. Einen Moment später war er verschwunden – und damit meine ich, dass ich blinzelte und er weg war, schnell wie Superman. »Wow«, sagte ich zu Stone. »Wo ist er hin?«

Stone mied meinen Blick, und ich sah, wie er den Kiefer anspannte. Ajays Show, oder was immer es war, hatte ihm nicht gefallen. Er gab mir keine Antwort. »Lass uns zurück ins Verbundhaus gehen«, schlug er stattdessen vor.

Hmm. Okay, also wollte er es mir nicht sagen. Das war in Ordnung. Ich war Privatermittlerin, früher oder später würde ich die Wahrheit herausfinden. Aber ich schätzte es, dass er nicht versucht hatte, mich zu belügen. »Du kannst auch einfach sagen, dass du nicht darüber reden darfst oder willst«, meinte ich angespannt.

»Ich kann es dir nicht sagen«, antwortete er leise. »Tut mir leid.«

Ich stupste ihn sanft an. »Kein Problem. Wir haben alle Geheimnisse, und manchmal sind es nicht unsere eigenen.«

Stone lächelte dankbar. »Ja, so etwas in der Art.«

Wir kehrten ins Verbundhaus und nach oben in mein Zimmer zurück. »So, wie ich es sehe«, meinte ich, »bleiben uns jetzt noch zwei Richtungen für unsere Ermittlungen. Wir könnten mit den Elfen sprechen, um herauszufinden, was so besonders an diesem Dolch ist, und das könnte uns zu demjenigen führen, der hinter Nate und Hes her ist. Oder wir fahren zu dem Sprungplatz bei den Lakes und versuchen, die beiden selbst aufzuspüren.«

»Das sehe ich auch so. Lass uns Letzteres machen und den beiden folgen.«

Das war mir auch lieber. Es war kurz vor zwölf. Ich nahm mein Handy und rief bei dem Sprungplatz an. Niemand ging ran. Die meisten Sprungplätze sind unter der Woche geschlossen und öffnen erst Freitagnachmittag oder -abend. Wir würden kaum mehr als zwei Stunden bis zum Skydive North West brauchen. Ich rief ihre Webseite auf, fand dort aber keine Öffnungszeiten für Freitag, also blieb uns nichts übrig, als auf gut Glück loszufahren. Im schlimmsten Fall würden wir einige Stunden warten müssen, bis wir jemanden antrafen, aber Vermisstenfälle sind ein Wettlauf gegen die Zeit. Je mehr davon verging, desto geringer standen unsere Chancen, Hester lebend zu finden.

Wir packten unsere Taschen und brachen auf. Auf dem Weg zu Stones Wagen kam uns im Parkhaus eine Frau in einem schwarzen Kostüm und einem weißen Shirt, das aussah wie aufgemalt, auf lächerlich hohen Absätzen entgegen. Sie hatte einen mediterranen Hautton, das schwarze Haar hochgesteckt und die Augen gekonnt mit Kajal umrandet. Sie war schön und trug drei Dreiecke auf der Stirn. Das Anders würde mir noch Minderwertigkeitskomplexe bescheren, wenn ich noch mehr Wesen wie sie sah. Ihre Nase hatte einen winzigen Höcker, also war ich mir ziemlich sicher, dass es sich bei ihr nicht um eine Vampyrin handelte.

Höcker oder nicht, ich hatte mich nie mehr wie eine graue Maus gefühlt.

»Zach«, begrüßte sie Stone herzlich. Sie warf mir einen kurzen abschätzenden Blick mit geschürzten Lippen zu. »Eine neue Partnerin? Ich dachte, du darfst niemanden mehr trainieren?«

»Es war *meine* Entscheidung, ohne Partner zu arbeiten, und jetzt ist es meine Entscheidung, es wieder zu tun.«

»Mit ihr?«, sagte sie voller Abscheu. »Weil sie dich ihren Höllenhund benutzen lässt?«

»Nein«, antwortete Stone knapp. *Wahrheit*, zum Glück. Kurz hatte ich befürchtet, etwas Hässliches herausfinden zu müssen.

Er ging um sie herum und schloss das Auto auf, verstaute unser Gepäck auf der Rückbank und öffnete den Kofferraum für Gato. Gato ließ einen schrecklichen Furz fahren. »Besser raus als rein«, scherzte ich.

»Besser draußen vor dem Auto als im Auto«, korrigierte Stone mich.

Ich folgte seinem Beispiel, ignorierte die spanische Prinzessin und stieg auf der Beifahrerseite ein. Stone startete den Motor, und ich tippte die Adresse des Sprungplatzes in das GPS. Als wir aus dem geheimen Parkhaus rollten, sah uns Kajalauge hinterher. »Also«, sagte ich munter. »Ex?«

»So was in der Art«, gab Stone zu.

Ich wartete gute fünf Minuten, bis er mir einen Blick zuwarf und nachgab. »Meine Familie wollte, dass ich Elvira heirate. Ich habe mich geweigert. Das kam bei meiner Familie nicht so gut an. Und bei Elvira auch nicht.«

»So was wie eine arrangierte Ehe?«

»Ja, so was wie eine arrangierte Ehe.«

»Mann, das ist echt uncool. Wir befinden uns im einundzwanzigsten Jahrhundert. Wer macht so was?«

»Im Anders ist es ziemlich üblich. Wenn man möglichst gute Chancen auf Anders-Kinder haben will, braucht man zwei passende Elternteile. Seher helfen, die besten Verbindungen zu bestimmen.«

»Und was ist mit Liebe?« Schon als ich sie stellte, wusste ich, dass die Frage naiv war. Aber meine Eltern hatten sich geliebt, das war ein fester Bestandteil meiner Kindheit gewesen, und ich hatte immer eine Liebe wie ihre finden wollen.

»Angeblich hätte ich irgendwann schon angefangen, sie zu lieben«, erklärte Stone trocken.

»Möglich ist es.«

»Nein, das ist es nicht.« Er streckte die Hand nach dem Knopf für das Radio aus, woraus ich schloss, dass er nicht mehr reden wollte. Ich konnte es ihm nicht verdenken – und ich fragte mich, ob er sich bewusst war, dass seine letzte Aussage eine Lüge gewesen war.

Ich beschloss, die Fahrt zu nutzen, um einige Dinge zu erledigen. Ich beantwortete diverse Mails meiner Klienten. Da war eine Anfrage, bei der es schnell gehen musste, die ich mit der Erklärung ablehnte, dass ich für einen Fall unterwegs war, ehe ich ihnen die Kontaktdaten einer anderen Detektei gab, mit der ich ein gutes Verhältnis pflegte.

Ich machte die Musik etwas leiser und rief die Sorrells an. Ich war mir nicht sicher, wie viel ich ihnen sagen konnte, ohne das Anders zu erwähnen, aber ich hätte mir keine Sorgen machen brauchen, denn Jackson ging ran und informierte mich, dass er eine Nachricht entgegennehmen würde. Ich erklärte ihm, dass Hester am frühen Dienstagmorgen mit einem »Freund« gesehen worden war und wir uns auf dem

Weg zu ihrem letzten bekannten Aufenthaltsort befanden. Ich würde wieder anrufen, sobald ich mehr wisse. Ich legte auf und warf Stone einen Seitenblick zu. »Willst du darüber reden?«, fragte ich. »Du brütest vor dich hin.«

Er öffnete den Mund und wollte widersprechen, doch dann klappte er ihn hörbar wieder zu. Ich schätze, mit einer Wahrheitsfinderin unterwegs zu sein, kann manchmal echt nerven. Dann seufzte er. »Elvira sollte eigentlich in Schottland arbeiten, deshalb hat es mich überrascht, sie hier in Liverpool zu sehen. Ich frage mich, ob mein Vater es arrangiert haben könnte, dass ich ihr hier über den Weg laufe. Am Ende hat er das mit der Hochzeit doch noch nicht aufgegeben.«

»Das ist sicher nicht, was du hören willst, aber wenigstens ist dein Vater am Leben und sorgt sich genug um dich, dass er sich in dein Liebesleben einmischt. Glück im Unglück und so.«

»Tut mir leid«, meinte Stone knapp.

»Das muss dir nicht leidtun. Nur weil meine Eltern tot sind, heißt das nicht, dass du dich nicht über deine aufregen kannst. Ich will damit nur sagen, dass es schlimmere Probleme gibt. Sag einfach weiter Nein. Irgendwann wird dein Vater es verstehen.«

»Das würde man meinen«, stimmte Stone trocken zu.

»Wie lange ist es her?«

»Zweiundzwanzig Jahre.«

»Zweiundzwanzig Jahre? Heilige Scheiße. Okay, das ändert die Dinge. Du musst deinem Vater sagen, dass er sich aus deinem Liebesleben verpissen soll.«

Stone lachte bellend. »Ich kann es gar nicht erwarten, dass ihr beiden euch begegnet. Er wird keine Ahnung haben, wie er auf dich reagieren soll.«

»Bei den meisten ist es grenzenlose Liebe.«

»Du kannst gut mit Leuten«, stimmte Stone zu. »Warum gibt es dann so wenige in deinem Leben, warum ist dein Rudel so klein?«

Das war eine gewichtige Frage. »Ich wusste immer, dass ich anders bin. Niemand sonst merkte, wenn die Leute logen oder die Wahrheit sagten. Sobald ich sprechen konnte, schärften meine Eltern mir ein, dass ich niemandem von dieser Seite von mir erzählen dürfe. Während ich aufwuchs, wurde mir eingetrichtert, ich solle niemandem vertrauen, und diese Botschaft wurde dadurch verstärkt, dass ich andere Menschen so oft lügen hörte. Mir gegenüber, über mich, für mich. Menschen lügen ständig, und das geht nicht spurlos an einem vorbei. Je weniger Menschen man liebt, desto seltener wird man verletzt, weil sie einen doch irgendwann belügen. Jetzt weiß ich, dass meine Eltern Inspectors waren – dass sie *anders* waren –, und mir wird klar, wie vorsichtig sie mit ihren Worten in meiner Gegenwart waren. Sie haben mich nicht angelogen, aber sie haben der Wahrheit ein verdammt hübsches Mäntelchen verpasst. Ich wusste immer, dass sie etwas vor mir verbargen.«

Ich räusperte mich. So ehrlich hatte ich gar nicht werden wollen. »Wie dem auch sei, es ist einfacher, sich mit weniger Menschen zu umgeben. Du, Gato und Lucy, das reicht mir.«

Stone streckte die Hand aus, verschränkte seine Finger mit meinen und ließ unsere verbundenen Hände auf dem Schaltknüppel ruhen. Erst dann wurde mir klar, dass ich ihm gerade gestanden hatte, dass er Teil meines kleinen Rudels war. Wenn meine Hand frei gewesen wäre, hätte ich sie gegen meine Stirn geklatscht. So viel dazu, die Coole zu spielen, Jinx.

15

LAUT NAVI WAREN WIR FAST da. Um uns herum reihte sich Feld an Feld, und in der Ferne ragten stolz die Berge auf, die für mich den Lake District ausmachten. Ich hatte sie alle mit meinen Eltern bestiegen.

Obwohl ich nur ein- oder zweimal am Skydive North West gesprungen war, hatte ich nie vergessen, wie schön die Landschaft hier aus der Luft war. Selbst verglichen mit Portugal und Spanien waren die Lakes immer noch eine der malerischsten Gegenden, die ich je gesehen hatte.

Stone bremste ab und bog nach rechts auf eine Straße mit so vielen Schlaglöchern ein, dass er, um ihnen auszuweichen, praktisch Slalom fahren musste. Ich atmete erleichtert auf, als wir um die Ecke fuhren und uns eine Reihe von Autos erwartete. Am Sprungplatz war etwas los. Am Skydive North West herrschten oft ganz eigene Wetterbedingungen, die sich von denen der umliegenden Gebiete unterschieden, doch ausnahmsweise kamen wir in den Genuss milden Oktoberwetters mit einem wolkenlosen, blauen Himmel und lediglich einer leichten Brise. Optimales Sprungwetter. Eine alte Leidenschaft pochte in mir.

Stone parkte und ließ meine Hand los.

»Ich schätze, wir sollten so tun, als wären wir wegen eines

Sprungs hier, dann können wir uns unauffällig etwas umsehen«, schlug ich vor. Ich vermisste den Körperkontakt zu ihm schon jetzt.

Stone grinste. »Zwei Dumme, ein Gedanke. Ich hatte die gleiche Idee.«

»Cool«, strahlte ich. Ich würde Springen gehen! Ich hüpfte aus dem Wagen und öffnete Gato den Kofferraum, damit er sich strecken konnte. Dann schnappte ich mir Jeans und ein T-Shirt aus meiner Reisetasche. Ich würde definitiv nicht in einem Kostüm Fallschirm springen. »Ich ziehe mich mal eben auf der Toilette um.«

»Wir sehen uns dann bei der Anmeldung.« Stone reichte mir die Autoschlüssel.

Ich brauchte nicht lang. Die Toiletten waren sauber, aber schlicht, und ich wollte nicht mehr Zeit als nötig dort verbringen. Ich warf mein Kostüm in den Wagen und schloss ab.

Als ich zur Anmeldung kam, fand ich dort Stone mit einer Frau vor, an die ich mich vage vom letzten Mal erinnerte. Als ich hereinkam, blickte sie auf. »Dich kenne ich. Bist du hier schon mal gesprungen?« Sie wirkte warm und freundlich, schien in ihren Fünfzigern zu sein und hatte grau meliertes Haar. Lachfalten zogen sich durch ihr Gesicht, und ich war mir sicher, dass ihr Name mit S begann. Susan möglicherweise?

»Ja, ich bin Jinx. Ich war schon mal hier, aber es ist eine ganze Weile her, seit ich das letzte Mal die Knie im Wind hatte.«

»Ist deine Sprunglizenz noch gültig?«

Ich schüttelte den Kopf. »Nein. Du wirst mich registrieren müssen.«

Sie zog einige Formulare heraus. »Kein Problem. Ich bin

Sarah und betreibe diesen Sprungplatz, mit Fragen könnt ihr jederzeit zu mir kommen. Unser Chefausbilder Chris steht dort drüben und hat eine Kappe auf und bunte Hosen an. Willst du Gurtzeug leihen?«

Ich nickte. »Ich bin früher einen 160er gesprungen, aber nach der Pause ist 180 vermutlich besser. Außerdem habe ich zugenommen, also hat sich meine Wingload vermutlich auch verändert.«

Sie musterte mich kurz abschätzend. »160 sollte okay sein, aber du hast recht, nach der langen Zeit sind 180 vermutlich besser. Wie lange ist der letzte Sprung her?«

»Vier Jahre.«

Sie zuckte die Achseln. »Dann geben wir dir einen Auffrischungskurs, aber es ist wie Fahrradfahren, man verlernt es nicht.«

»Schauen. Greifen. Ziehen. Nein, das vergisst man nicht.«

Sie zeigte mir einen Daumen nach oben. »Wie viele Sprünge hast du auf dem Konto?«

»Zweihunderteinundzwanzig.«

Wir machten den Papierkram fertig. »Kann ich auch einen Sprungoverall leihen? Bevorzugt einen mit Booties?«, fragte ich.

»Kein Problem. Trag einfach deinen Namen ein, dann sorgen wir für den Rest. Und wegen dem Auffrischungskurs sprichst du Chris an.«

»Ich bin hier, weil ich in einem Club in Liverpool Nate Volderiss kennengelernt habe. Er hat mich dazu inspiriert, wieder mit dem Springen anzufangen.«

Sie lächelte. »Nate ist so ein leidenschaftlicher Springer. Wir haben wirklich Glück, Verbindungen zu einer so aktiven Universität wie Liverpool zu haben. Die Fallschirmspringer-

Community ist ständig am wachsen, und ich bin froh, dass du Nate getroffen hast.«

»Ist er zufällig da?«, fragte ich. »Er meinte, er wolle kommen.«

»Ich habe ihn nicht gesehen, aber es würde mich nicht überraschen. Bei gutem Wetter ist er meistens hier, obwohl die Studenten freitags manchmal etwas später, nach ihren Vorlesungen kommen. Ich bin sicher, dass du ihn morgen hier antriffst, wenn du noch eine Weile bleibst.« Alles die Wahrheit. Sie hatte ihn nicht gesehen. Ich spürte leichte Sorge um ihn und Hes in mir aufkeimen. Wenn sie nicht hier waren, wo waren sie dann?

»Hat er nicht einen Wohnwagen hier stehen?«, erkundigte sich Stone. »Ich schiebe ihm eine Nachricht unter der Tür durch.«

Sarah nickte. »Ja, das hat er. Nach Jinx' Sprung kann dir jemand den Weg zeigen, wenn du willst, obwohl wir dich natürlich nicht reinlassen können.«

Wir verließen das Büro, und ich setzte meinen Namen auf die Anmeldetafel. Die alte Vorfreude durchzuckte mich. Der Flieger stand auf dem Rollfeld, und die Springer überquerten den Platz. Ich sah neidisch zu, wie sie in die PAC kletterten. Es war ein erstklassiges auf Fallschirmsprünge spezialisiertes Flugzeug, das bei meinem letzten Besuch hier eine Neuanschaffung gewesen war. Es konnte problemlos eine Höhe von bis zu viereinhalb Kilometern erreichen.

Der Flieger startete, und ich sah zu, wie er durch die Luft kreiste und an Höhe gewann. Dreißig Sekunden später verließen die ersten Springer die Maschine. Eine Minute oder zwei fielen sie durch die Luft, ehe ihre Fallschirme sich öffneten. Mann, es war so cool.

Stone beobachtete mich. »Besser als Sex?«, fragte er neugierig.

Ich spürte, wie ich rot wurde. »Nicht ganz.« Ich dachte noch einmal über seine Worte nicht. »Nah dran, aber nicht ganz.«

Stone lachte. »Was ein Glück.«

Der Chefausbilder, Chris, rief mich zu sich. Er war streng und duldete keine Faxen, was ich zu schätzen wusste. Er ging das Notfallprozedere mit mir durch, wir sprachen über meinen Absprung und machten dann noch ein paar Trockenübungen. Ich war selbstsicher und freudig erregt, obwohl da auch etwas Nervosität war.

Ich schlüpfte in meinen geliehenen Overall, überprüfte den Sitz der Booties und legte dann die Rig an.

Ich zurrte die Bein- und Brustgurte fest, und Chris warf noch einmal auf alles einen prüfenden Blick. Er erklärte mir, dass mein Automatischer Sicherheitsöffner ein CYPRES sei und sich in einer Höhe von fünfhundert Metern aktivieren würde. Er wies mich an, den Fallschirm bei tausend Meter zu öffnen, weil mein letzter Sprung schon eine Weile her war, und gab mir einen Höhenmesser, den ich sicher befestigte und prüfte: Er stand auf null. Dann setzte ich noch meine Brille und meinen Helm auf, und er reichte mir ein Kappmesser für den Fall, dass es zu einem Line-over kam. Ich befestigte es an meinem Brustgurt. Als ich voll und ganz ausgerüstet war, überprüfte Chris mich noch einmal. Als er mir auf den Rücken klopfte, wusste ich, es konnte losgehen.

Während ich mich den anderen Springern anschloss, betrieb ich etwas Small Talk über Hes und Nate. Niemand kannte Hes, aber jeder kannte Nate; er war mit allen gut befreundet und hatte eine Leidenschaft fürs Fallschirmspringen und Charity, die er gerne miteinander verband. Einige von ihnen sprachen über ihn, als wäre er ein Halbgott. Ich fragte mich, was sie sagen würden, wenn sie wüssten, was ich wusste.

Ich fragte mich, was für ein Mann – oder Vampyr – Nate wirklich war. Ich war davon ausgegangen, dass er unmoralisch sein musste, weil er Menschen als Nahrungsquelle benutzte, aber alle hatten so freundliche Dinge über ihn zu sagen. Niemand log, sie mochten ihn wirklich. Vielleicht war da ja mehr, als es nach außen hin schien. Für Hes hoffte ich es.

Die PAC landete, und das fröhliche Geplauder verstummte, als wir uns auf den Weg zum Rollfeld machten. Ich winkte Gato und Stone noch einmal zu. Gato hatte mit den Sprungplatz-Hunden herumgetollt, aber er begann zu bellen, als er sah, wie ich wegging. Es war sein »Etwas-stimmt-nicht«-Bellen. Ich schätzte, dass er nicht wollte, dass Mama aus einem Flugzeug sprang. Ich hatte ihn mir zugelegt, nachdem ich mit dem Springen aufgehört hatte, deshalb kannte er das hier nicht. Ich winkte, um ihn zu beruhigen, kletterte in den Flieger und setzte mich.

Die Maschine hatte ein tolles Soundsystem, und Rockmusik dröhnte uns entgegen, als wir uns das Rollfeld entlang in Bewegung setzten. »Alles okay?«, fragte der Sprungmaster mich. Ich saß ganz vorne, würde also als Erste springen.

Ich strahlte. »Alles super!«

Er stieß mit der Faust gegen meine. »Genieß es!«

Der Flieger stieg auf, und das kleine Licht über der Tür färbte sich von Rot zu Grün. Als der Sprungmaster die Tür aufzog, kam uns die kalte Luft in viereinhalb Kilometer Höhe entgegen. In meinem Magen rumorten Aufregung und Nervosität. Ich saß in der Tür, das Kinn oben, die Beine baumeldnd, und dann tat ich, was gegen jegliche menschliche Intuition spricht: Ich stieß mich ab und sprang aus einem funktionierenden Flugzeug.

Der Wind raubte mir den Atem, als ich zu fallen begann. Ich drückte den Rücken durch, schob die Hüfte nach vorne und das Kinn nach oben und wartete, bis ich stabil in der Luft lag. Es dauerte ein paar Sekunden – was im freien Fall eine Ewigkeit ist.

Ich prüfte meinen Höhenmesser: 4400 Meter. Okay, Zeit, die Basics durchzugehen. Ich ließ die rechte Schulter fallen drehte mich langsam nach rechts und prüfte noch einmal den Höhenmesser. Nachdem ich eine komplette Drehung absolviert hatte, ließ ich die linke Schulter sacken und drehte mich nach links und überprüfte dann den Höhenmesser noch einmal. Jetzt fühlte ich mich sicher genug, um es mit ein paar Überschlägen zu probieren. Ich zog die Knie energisch an die Brust, machte einen Rückwärtssalto, drückte den Rücken durch und lag wieder stabil. Erneut checkte ich den Höhenmesser. Ich befand mich jetzt 2100 Meter über der Erde. Ich entschied mich für noch etwas Tracking, ehe ich den Schirm früh öffnen und den Sinkflug genießen würde.

Ich streckte Arme und Beine aus und bewegte mich über den Himmel, weg vom Sprungplatz. Ich würde wegen des günstigen Winds mit dem Fallschirm einfach wieder zurückfliegen können. In 1200 Meter Höhe winkte ich für den Fall, dass sich jemand in meiner Nähe befand, griff mit dem rechten Arm nach hinten und aktivierte den Schirm. Ich wartete auf den üblichen Ruck, wenn der freie Fall plötzlich gebremst wird, doch nichts passierte. Ich schaute nach oben. Mein Hauptschirm segelte mit durchtrennten Leinen davon. *Scheiße.* Jemand hatte meine Ausrüstung sabotiert.

Ich konnte mir kaum vorstellen, dass jemand sich die Mühe machte, den Hauptschirm zu manipulieren, die Reserve aber unangetastet ließ, trotzdem ging ich die ganze Notfallroutine durch. Schauen, greifen, ziehen.

Ich zog an dem Griff, der den Reserveschirm öffnen würde. Nichts. Kein Fallschirm. Ich war mir nicht sicher, was genau nicht stimmte. Es bestand die Chance, dass in fünfhundert Metern Höhe mein Öffnungsautomat triggern würde, aber darauf konnte ich mich nicht verlassen. Bis hierhin hatte der Saboteur einen gründlichen Job gemacht. Wenn er auch noch den Öffnungsautomaten deaktiviert hatte, dann war ich auf mich allein gestellt.

Ich überprüfte den Höhenmesser – tausend Meter. Mir blieb noch Zeit. Es handelte sich um einen küstennahen Springplatz, also drehte ich mich und trackte Richtung Meer.

Ich trackte und trackte, ohne noch einmal auf den Höhenmesser zu schauen, weil es jetzt auf jede Sekunde ankam. Die Welt raste verdammt schnell auf mich zu. Jeder Nerv in meinem Körper schrie mich an, noch einmal den Reserveschirm zu aktivieren, aber ich trackte einfach weiter. Ich musste mich jetzt in dreihundert Metern Höhe befinden, und mein Öffnungsautomat hatte immer noch nicht reagiert.

Ich machte einfach weiter. Ich war über dem Wasser, und wenn es mehr als dreieinhalb Meter tief war, bestand die Chance, dass ich überlebte. Aber ich hatte noch ein Ass im Ärmel. Hier waren zwei Elemente, mit denen ich arbeiten konnte: Luft und Wasser. Ich betete, dass ich ein Talent für eines von beiden hatte, sonst würde ich auf die Wasseroberfläche knallen, als wäre es Beton. Ich stürzte mit hundertneunzig Stundenkilometern, einer tödlichen Geschwindigkeit.

Ich formte meine Absicht. Ich wollte, dass die Luft sich verdichtete und verfestigte. Ich stieß den Atem aus. »Verdichten!«, befahl ich ihr energisch.

Die Luft um mich herum gehorchte. Mein Sturz war zu schnell, als dass es meinen Fall gänzlich hätte bremsen können, aber es verlangsamte ihn entschieden. Als ich schließlich auf der Wasseroberfläche aufprallte, hatte ich noch die Geschwindigkeit eines normalen Sprungs in einen Swimmingpool. Kurz konnte ich aufatmen, dass ich noch am Leben war.

Die nächste Herausforderung war das Gewicht der Ausrüstung auf meinem Rücken, als ich auf die Küste zuschwamm. Sie saugte sich voll Wasser und wurde schwerer und schwerer. Ich würde sie abnehmen müssen. Ich atmete tief ein und ließ mich unter die Wasseroberfläche sinken. Ich fummelte ungeschickt an den Beingurten herum. Meine Finger waren kalt und die Gurte glitschig vom Wasser.

Das Messer! Ich griff nach dem Kappmesser und durchtrennte Brust- und Beingurte. Als ich die Ausrüstung los war, schwamm ich an die Oberfläche. Ich schnappte erleichtert nach Luft und gönnte mir einen weiteren Moment, in dem ich einfach nur froh war, noch am Leben zu sein. Aber das war alles, was ich mir erlaubte, denn noch war ich nicht über den Berg. Ich schwamm weiter auf die Küste zu. Ich musste mich bewegen, sonst würde ich vor Kälte erstarren. Ein schwarzer Range Rover jagte über den Strand auf mich zu.

Neben mir ploppte etwas aus dem Wasser. Ich drehte mich danach um. Es war eine männliche Meerjungfrau. War ja klar.

Hätte ich noch Energie gehabt, schockiert zu sein, dann wäre ich es gewesen. Seine Haut war so blass, dass sie beinahe durchscheinend wirkte, und sein Haar fast so lang wie meines, aber in einem dunklen, intensiven Grün. Ab der Hüfte zierten ihn leuchtend blaue Schuppen, die zu seiner Augenfarbe passten. Er hatte breite Schultern und schmale Hüften und Muskeln, die selbst Muskeln zu haben schienen.

»Hey«, begrüßte ich ihn.

Der Meermann lächelte. »Hey. Bist du okay? Das war eine ziemlich dramatische Landung.«

»Ich lege gerne einen großen Auftritt hin«, scherzte ich.

Das Adrenalin war dabei, mich zu verlassen, und der Schock holte mich ein. »Kannst du mir ans Ufer helfen? Ich werde langsam müde.« Ich hatte keine Ahnung, ob Meermänner freundlich oder feindlich gesinnt waren, aber ich konnte jetzt wirklich eine helfende Hand – oder Flosse – gebrauchen.

»Klar«, sagte er. »Ich bin Jack Fairglass.«

»Ist mir eine Ehre, dich kennenzulernen, Jack. Ich bin Jinx.«

»Mir ist es auch eine Ehre, Jinx. Leg dich auf den Rücken.«

Ich drehte mich und er schlang vorsichtig einen Arm um meinen Kopf und begann, mich mit einem klassischen Rettungsschwimmermanöver durch das Wasser zu ziehen. Ich entspannte mich, während wir schnell durch die Wellen pflügten. Nach einer Minute, die ewig zu dauern schien, wurde er langsamer. »Du solltest jetzt stehen können, Jinx.«

Ich streckte die Beine aus und fühlte Sand unter den Füßen. Ich war noch nie glücklicher gewesen. »Also«, sagte ich. »Was treibst du so in der Irischen See?«

Er grinste. »Du bist echt nicht kleinzukriegen, was?«

»Das war eindeutig mein bislang aufregendster Fallschirmsprung, aber ich habe darauf gehofft, dass ich Luft oder Wasser würde manipulieren können, um aus der Sache rauszukommen.«

Er warf mir einen verwunderten Blick zu. »Du wusstest nicht, ob du Luft oder Wasser nutzen kannst?«

»Nein, aber es schien mir ein guter Zeitpunkt, es rauszufinden. Ich bin neu im Anders.«

»Wie neu?«, wollte Jack wissen.

Ich dachte nach. »So um die dreißig Stunden, schätze ich.«

Er warf den Kopf in den Nacken und lachte. »Süße, du bist echt eine Nummer. Okay, nur damit du es weißt, offiziell gibt es keine Meermenschen.« Er sah Stone über den Strand auf uns zukommen. »Ich gehe mal besser. Die Kavallerie ist da. War schön, dich kennenzulernen, Jinx.«

»Danke, dass du mich gerettet hast, Jack, auch wenn es dich offiziell gar nicht gibt.«

Er winkte ab. »Du hattest dich schon selbst gerettet, ich habe dich nur ein kleines Stück mitgenommen. Es war mir eine Ehre, Jinx. Pass auf dich auf.«

»Du auch«, rief ich, als er sich entfernte. Er winkte mir noch einmal freundlich zu, ehe er ins Meer abtauchte und verschwand.

Ich begann, an Land zu waten. Der Range Rover kam in meiner Nähe zum Stehen, und Stone sprang heraus. Gato jagte hinterher. »Hallo ihr«, rief ich. »Ich bin ein bisschen nass.«

Ich sah Erleichterung in Stones Gesicht. »Du hättest sagen sollen, dass du Lust auf Schwimmen hast.«

»Willst du auch? Das Wasser ist gar nicht so übel.« Ich log nicht, das Meer war relativ warm, obwohl die Luft beißend kalt war. Es war mild für Oktober, aber es war trotzdem zu kalt, um tropfnass zu sein.

Gato rannte ins Wasser, um mich zu begrüßen und tadelnd zu bellen. »Das nächste Mal höre ich auf dich, wenn du mir sagst, dass etwas nicht stimmt«, versprach ich und streichelte ihn. Er schnaubte, leckte mich aber trotzdem ab. Ich schätzte, er hatte mir schon vergeben. Wir kamen gemeinsam aus dem Wasser. Stone hatte ein Handtuch aus seiner Sporttasche geholt, in das er mich jetzt einwickelte und mich dabei dicht an sich zog, um seine Wärme mit mir zu teilen.

»Das war ein bisschen furchterregend«, sagte ich schließlich.

»Ich werde eine Woche lang Albträume haben.«

Ich blieb in seinen Armen und genoss das Gefühl von Sicherheit. »Du bist gut im Umarmen«, murmelte ich in seiner Halsbeuge.

Er schloss die Arme enger um mich. »Steht in meinem Lebenslauf unter ›Sonstige Qualifikationen‹.« Mein Detektor meldete das als Lüge, und ich musste lächeln. Wäre lustig, wenn das wirklich eines seiner Talente wäre.

Ich lächelte immer noch in seine Halsbeuge, als mir plötzlich klar wurde, dass jeder am Sprungplatz meinen Fall gesehen haben musste. Chris würde meinen Fortschritt durch ein Fernglas beobachtet haben. Ich verzog das Gesicht. »Du wirst wohl ein paar Erinnerungen löschen müssen. Wir sagen einfach, ich hatte einen Line-over. Das passiert schon mal.«

Stone nickte. Er rieb über meinen Rücken und versuchte, mich zu wärmen. »Ich bin okay«, versicherte ich ihm.

Er ließ nicht los. »Jemand hat versucht, dich umzubringen«, stellte er nüchtern fest.

»Ja. Wir machen wohl etwas richtig.«

16

ICH KRAMTE FRISCHE KLEIDUNG AUS meiner Reisetasche und zweckentfremdete die Autotür als Umkleide-Sichtschutz, während Stone demonstrativ in die andere Richtung schaute. »Fertig!«, rief ich.

Ich erwähnte Jack nicht, da er gesagt hatte, dass es Meermenschen offiziell gar nicht gab, und ich nicht irre klingen wollte. Außerdem hatte Jack mir geholfen, und ich wollte sein Vertrauen nicht missbrauchen und ihn und seine Art einfach so outen. Ich vertraute Stone voll und ganz, aber manche Geheimnisse sollte man für sich behalten. Stone hatte definitiv auch seine eigenen, und ich hatte mein ganzes Leben damit verbracht, die meinen zu wahren.

»Kannst du die Erinnerungen einer ganzen Gruppe löschen, oder musst du einen nach dem anderen machen?«

»Ich kann eine Massenlöschung vornehmen. Gut, dass wir uns gestern Abend noch aufgeladen haben.«

Nachdem ich auch Gato abgetrocknet hatte, stiegen wir in Stones Wagen und kehrten zum Sprungplatz zurück. Als wir ausstiegen, eilten alle auf mich zu. Als Stone mich mit einer Hand packte und die andere hob, erstarrten alle wie Statuen. Ich spürte seine Macht um mich herumpeitschen, aber sie berührte mich nicht.

»Löschen«, rief Stone. Nur eine Person war nicht erstarrt: ein Mann. Er sah, dass ich ihn entdeckt hatte und setzte zur Flucht an. Licht blitzte auf, alle konnten sich wieder bewegen, und Stone nahm die Verfolgung auf. Ich beschloss, dass es besser war, wenn ich blieb und mich den Fragen stellte.

»Alles okay?«, wollte Chris wissen, der sich die Augen rieb und etwas benommen wirkte.

Ich nickte. »Ich hatte einen Line-over und musste den Hauptschirm abtrennen. Und ich schätze, dann habe ich irgendwie die Orientierung verloren und bin ins Meer gerauscht.«

»Passiert schon mal«, tröstete mich Sarah. »Wie fühlst du dich?«

»Gut, aber ich habe das Gurtzeug verloren. Tut mir leid.«

Sie zuckte die Achseln. »Dafür gibt es Versicherungen.« Sie legte einen Arm um mich. »War das deine erste Fehlöffnung?«

Ich nickte. »Jep.«

»Du weißt, was das bedeutet, ja?«

Ich lächelte zerknirscht. »Eine Bierstrafe.« Ein Kasten sollte ausreichen, aber zwei würden unseren Ermittlungen vielleicht ganz dienlich sein. Alkohol senkt die Hemmungen, was recht praktisch ist, wenn man Leute verhört – sorry, *befragt*.

»Lust auf einen Hop 'n' pop?«

»Ja, ich muss zurück in den Sattel.«

Die Menge jubelte. Während Stone dem Verdächtigen hinterherjagte, bereitete ich mich auf einen weiteren Sprung vor. Diverse Springer schlossen sich an, sodass wir einen weiteren Flug für mich starten konnten, und mir wurde klar, wie sehr ich das Gemeinschaftsgefühl dieses Sports vermisst hatte. Die Sonne war gerade am Untergehen, und es wurde zunehmend dämmrig. Zeit, in den Sonnenuntergang zu segeln.

Ich sah zu, wie meine Schirme gepackt wurden. Gato stand neben mir und schien sich zu freuen, dass ich noch einmal sprang. Keine Sabotage dieses Mal. Stone tauchte wieder auf. »Du springst noch mal?«, rief er ungläubig. »Du wärst fast gestorben!«

»Diesmal habe ich beim Packen zugesehen und weiß, dass es sicher ist. Gato ist auch glücklich. Ich mache nur einen kurzen Hop 'n' pop.«

Stone rieb sich mit der Hand über die Augen. Ich sah ihm an, dass er mich für verrückt hielt. »Ein Hop 'n' pop?«

»Ich springe aus 1500 Meter Höhe statt 4500, aktiviere sofort nach dem Verlassen des Fliegers den Schirm und genieße den Flug. Ich muss einfach wieder die Knie in den Wind halten, damit mein letzter Sprung kein Albtraum ist.«

Er schüttelte den Kopf. »Ich glaube nicht, dass ich dabei zusehen kann.«

Ich folgte den anderen und stieg mit dem gleichen Sprungmaster wie vorhin in den Flieger. »Bist du okay?«, fragte er.

»Ich bin nicht so freudig erregt wie beim ersten Mal, aber ich bin stabil.«

Er nickte. »Versuch, diesmal nicht ins Meer zu springen.«

»Danke«, meinte ich trocken. »Ich werde dran denken.«

Der Sprungmaster grinste frech und zog die Tür zu. Die Motoren des Flugzeugs dröhnten. Als wir stabil auf 1500 Meter flogen, öffnete er die Tür und stieß mit der Faust gegen meine. »Hau rein«, riet er mir.

Dieses Mal war ich selbstbewusster und sprang mit dem Kopf voraus. Ich genoss den Fall, machte einen Überschlag, dann drückte ich den Rücken durch und stabilisierte wieder. Ich warf einen Blick auf den Höhenmesser: 1200 Meter. Einige Sekunden später gab ich ein Zeichen und zog den Auslösegriff.

Dieses Mal öffnete sich der Schirm über mir, groß, rechteckig und wunderschön. Ich warf einen prüfenden Blick nach oben. Alle Zellen hatten sich geöffnet, der Rutscher war unten, alle Leinen dort, wo sie sein sollten. Ich konnte den Rest des Flugs genießen. Ich zog die Steuerschlaufen nach unten und begann zu navigieren. Der Ausblick war atemberaubend, selbst im schwächer werdenden Licht.

Ich flog auf den Sprungplatz zu und zog an der rechten Schlaufe, sodass ich in einer Spirale zu Boden glitt. Normalerweise genoss ich die Schirmfahrt, doch Stone machte sich Sorgen um mich, also sah ich zu, dass ich schnell nach unten kam. Nach einer leichtfüßigen Landung drehte ich mich um, holte den Fallschirm ein, raffte ihn zusammen und warf ihn mir über die Schulter. Unter tobendem Applaus kam ich zurück in den Hangar. Der Sprung war vom Anfang bis zum Ende wie aus dem Lehrbuch gewesen.

Nachdem ich das Gurtzeug abgenommen hatte, gesellte ich mich zu Stone, der am Hangar lehnte. »Okay?«, fragte ich.

»Du bist irre«, sagte er.

»Gleich und gleich gesellt sich gern«, gab ich zurück und streckte ihm die Zunge raus.

Er schüttelte den Kopf und legte einen Arm um meine Schultern. Als wir uns etwas von den anderen entfernt hatten, fragte ich leise: »Was ist mit dem Flüchtigen?«

»Die gute Nachricht ist, dass ich deinen Saboteur gefunden habe. Die schlechte Nachricht lautet, dass er getötet wurde, bevor ich relevante Informationen aus ihm rauskriegen konnte.«

Ich blinzelte. »Meine Güte, das ist ziemlich extrem.«

»Ich war es nicht«, beeilte Stone sich zu sagen. »Er hat zugegeben, deine Ausrüstung manipuliert zu haben, aber er meinte, dass es von seiner Herrin als Test gedacht war. Sie hat nicht erwartet, dass du wirklich sterben würdest. Bevor ich noch mehr fragen konnte, wurde er rot im Gesicht und hörte auf zu atmen. Er hat sich an den Hals gefasst, aber etwas hat seine Luftröhre zugedrückt.« Stone spannte frustriert den Kiefer an. »Ich konnte die Bindung nicht rechtzeitig lösen. Er starb.«

»Ist nicht deine Schuld«, versicherte ich ihm.

Stone fuhr sich mit der Hand durch das dunkle Haar. »Ich hätte eine Rune über ihm zeichnen sollen, aber es war einfach zu schnell vorbei. Ich dachte, es wäre einfach nur ein Band aus Luft um seine Kehle, das ich lösen könnte.«

»Du bist kein Gott. Du kannst nicht jeden retten.«

»Ja«, stimmte er zu, aber ich sah ihm an, dass es ihn nicht losließ.

»Was hast du mit der Leiche gemacht?«

»Nichts. Als er starb, schimmerte sein Körper und verschwand.«

Ich blinzelte. »Und wurde zu Asche? Wie Vampyre?«

Stone schüttelte den Kopf. »Keine Asche. Er ist einfach verschwunden.«

»War er wirklich tot?«

»Ja.«

»Ist das normal?«

»Mir ist es neu«, gab er zu, »aber das Anders ist besonders.«

»Das stimmt allerdings«, nickte ich. »Nun, was passiert ist, ist passiert. Wir müssen Bier kaufen. Die Studenten aus Liverpool werden bald eintreffen, und wenn alle betrunken sind, brechen wir in Nates Caravan ein.«

Wir fuhren mit Gato zu einem Supermarkt in der Nähe. Er war klein, hatte aber ausreichend Alkohol auf Lager. Sie wussten, was Fallschirmspringer brauchten. Im Packbereich stand ein Spruch an der Wand: *Mein Alkohol-Club hat ein Fallschirmproblem.*

Wir kauften Sandwiches und Chips zum Abendessen. Am Sprungplatz gab es ein Café, aber das hatte freitags zu, also mussten wir uns selbst versorgen. Wir wussten noch nicht, wo wir schlafen würden – es gab schlichte Unterkünfte am Sprungplatz, aber nach meiner Erfahrung waren die immer klein und feucht mit Reihen von Stockbetten, wo sich oft liebestolle Studenten eine winzige Matratze teilten.

In fünfzehn Minuten Entfernung gab es ein Premier Inn mit Vierundzwanzig-Stunden-Rezeption, auf das meine Wahl fiel, und im Notfall war da immer noch Stones Auto. Wir hatten Auswahl, also beschlossen wir, es einfach auf uns zukommen zu lassen.

Wie geplant hatte ich statt einem zwei Kästen Bier gekauft, die ein paar Zungen lockern sollten. Um die Sache etwas zu beschleunigen, hatte ich auch noch eine Kiste Weißwein besorgt. Lady Sorrell würde bezahlen, also konnte ich über die Stränge schlagen.

Während Stone und ich im Auto zu Abend aßen, gingen wir unsere Strategie durch. Wir würden uns wieder aufteilen, Lügen, Flirten – was immer wir tun mussten, um Antworten zu bekommen. Wenn Nate nicht hier war, wollten wir wissen, wo er sein könnte. Und hatte irgendwer von den Studenten

Hes getroffen? Ich wollte auch der Sache mit den Drogen noch etwas nachgehen.

Hes und Nate hatten beide welche genommen – hatte das etwas mit ihrem Verschwinden zu tun? Und verkaufte Nate welche an die Studenten oder die Vampyre? War vielleicht ein Deal schiefgelaufen? Ich glaubte nicht, dass die Drogen der Schlüssel waren, aber wir mussten allen Spuren nachgehen.

Stone und ich fuhren zurück zum Sprungplatz und trugen unsere Alkoholgaben unter Jubelrufen in den Parkschuppen. Die Studenten waren da. »Freibier!«, brüllte jemand, und die Schnorrer kamen aus ihren Löchern gekrochen. Ich war die Frau der Stunde. Alle hatten von meinem kleinen Unfall gehört. Je länger der Abend andauerte, desto mehr war ich es leid, die geschönte Version der Ereignisse zu erzählen. Ich musste eine gute Menge gutmütiger Frotzeleien über mich ergehen lassen, weil ich mich vom Meer hatte anziehen lassen. Mein Stolz verlangte, dass ich ihnen erzählte, was wirklich passiert war, aber das konnte ich nicht tun. Stattdessen ließ ich den Spott mit so viel Würde, wie ich aufbringen konnte, über mich ergehen, was absolut keine war.

Alle wurden zunehmend betrunken. Die Studenten waren zu Trinkspielen übergegangen, die Stammbesucher saßen zusammen und plauderten. Die Mitarbeiter und ihre Partner gesellten sich zu den Studenten. Ich fand heraus, dass einige von ihnen Hes getroffen hatten, aber niemand schien enger mit ihr befreundet zu sein. Viele der Mädchen von der Uni waren eifersüchtig auf sie, wegen Nate, aber nichts wies darauf hin, dass diese Gefühle zu extremen Taten geführt hatten.

Es gab einige Raucher, und ein paar von ihnen kifften. Ich flirtete, lächelte, kicherte und setzte manchmal sogar Zwang ein, um an Antworten zu kommen. Nate hätte eigentlich im Minibus von der Uni sein sollen, aber nach einer Stunde Warten hatten sie beschlossen, dass er wohl nicht mehr auftauchen würde, und waren ohne ihn losgefahren. Niemand nahm es ihm übel. Nate war ein lockerer Typ, er musste es schlicht verplant haben. Wenn man mich so versetzt hätte, dann wäre ich sauer gewesen, aber hier gab es viele Sympathien für Nate.

Die meisten waren Studenten im zweiten oder dritten Jahr, und Nate war schon von Anfang an in der Szene. Er war im zweiten Jahr, machte aber bereits seinen dritten Abschluss. Ich schätzte, er brauchte einen Vorwand, um an der Uni zu bleiben, und mehrere Abschlüsse ermöglichten ihm das.

Nate kiffte, aber er dealte nicht. Einer der Jungs verkaufte Nate und seinen Freunden hin und wieder etwas. Er war ein kleiner Fisch, einfach nur ein Student mit einem kleinen Nebenverdienst.

Ich begegnete Stones Blick auf der anderen Seite des Raums und gab ihm zu verstehen, dass wir rausgehen sollten. Sarah hatte mir gesagt, wo ich Nates Wohnmobil finden würde, und es war Zeit, es sich genauer anzusehen. Ich hoffte, dass es Nates und Hes' Liebesnest war, und sie dort miteinander zugange waren, aber ich wusste, dass die Chancen dafür nicht gut standen. Nach dem Gespräch mit Cathill hatte ich eine Vermutung, wo Hes und Nate waren, ich war mir nur nicht sicher, ob sie noch lebten.

Stone folgte mir hinaus, und Gato schloss sich uns lautlos an. Ich war vorbereitet. Wie immer hatte ich meine zuverlässige Gürteltasche mit den Dietrichen dabei. Ich hätte mir die Mühe nicht zu machen brauchen – der Caravan war nicht verschlossen. Oh, oh. Ich zog ein Paar Einmalhandschuhe aus der Tasche und reichte Stone auch eines. Stone ging voraus und öffnete die Tür. Gato knurrte laut ...

Es war ein Tatort. Der Caravan war verwüstet: Man hatte ihn gründlich durchsucht und mutwillig zerstört. Und das Schlimmste war, dass ich das Echo reiner Freude darin widerhallen spürte. Was auch immer – wen auch immer – die Eindringlinge gesucht hatten, sie waren fündig geworden.

17

NICHT NUR WAR DER CARAVAN verwüstet, Gato fand auch Blut. Widerstrebend tätigte Stone einen Anruf, und kurz darauf war ein Polizeibeamter bei uns. Er hatte zwei Dreiecke auf der Stirn, was bedeutete, dass er ein Crossover war und im Norm bei der Polizei arbeitete, um für reibungslose Übergänge zwischen den Reichen zu sorgen. »Detective Daniels.« Er hatte einen breiten Lancashire-Akzent.

»Inspector Stone, Detective Sharp. Wir sind auf der Suche nach einem vermissten Norm-Mädchen und einem Vampyr. Wir haben Blut gefunden. Ich muss wissen, ob es das des Mädchens oder einfach nur das Abendessen ist.«

Ich verzog ein wenig das Gesicht. Stone hatte mir erklärt, dass viele Vampyre Rinder- oder Schweineblut tranken. Wenn es sich bei dem Blut im Caravan um menschliches handelte, konnte die Polizei feststellen, ob es frisch war, denn Spenderblut war in der Regel älter. Handelte es sich um frisches Menschenblut, dann standen die Chancen deutlich schlechter für Hes.

Daniels nahm mit einem Wattestäbchen etwas von den Rückständen auf und steckte es in ein kleines Reagenzglas mit einer durchsichtigen Flüssigkeit. Als das Stäbchen die Flüssigkeit berührte, leuchtete es weiß auf. Magie. Daniels verzog das Gesicht. »Frisches Menschenblut, weniger als zwei Tage alt, sehr unwahrscheinlich, dass es sich um eine Konserve handelt.«

»Sichern Sie den Tatort diskret«, wies Stone ihn an. »Alles Weitere überlassen wir Ihnen.«

Der Polizist nickte und gab uns zu verstehen, dass wir gehen sollten. Noch während unseres Aufbruchs meldete er den Vorfall.

Stone rieb sich die Augen. »Es ist halb eins, wir können zurück ins Verbundhaus fahren oder es mit dem Premier Inn versuchen.«

»So oder so müssen wir schlafen und uns aufladen«, sagte ich. »Wir haben heute beide eine Menge Energie verbraucht. Ich bin für das Premier Inn. Wir können uns früh den Wecker stellen und gleich aufbrechen. Ich bin zu müde, um heute noch weite Strecken zu fahren, und ich denke, dir geht es nicht anders.«

»Mir würde ein Energydrink reichen, aber ja, die Erinnerungen einer ganzen Gruppe zu löschen, hat mich ziemlich Kraft gekostet. Sehen wir zu, dass wir etwas Schlaf bekommen. Wir sind Nate und Hes ohnehin schon zwei Tage hinterher, da machen ein paar Stunden keinen großen Unterschied, und morgen sind wir aufmerksamer.«

Wir verabschiedeten uns noch von den Leuten im Parkschuppen. Mit dem Wissen, dass sie morgen von dem Verbrechen auf ihrem Sprungplatz hören würden, wollte ich nicht einfach verschwinden. Am Ende würde man uns noch damit in Verbindung bringen.

Als wir am Hotel ankamen, trafen wir auf die erste Hürde: Es gab nur noch ein Zimmer. »Spielt keine Rolle«, seufzte ich erschöpft. »Ich bin fertig. Wir nehmen es.«

Wenigstens gab es ein Doppelbett, aber das Zimmer war winzig, und es gab kaum genug Platz für Gato. Aber immer noch besser als die Massenunterkunft am Sprungplatz.

Wir zogen uns um und putzten Zähne. Gato brachte uns ins Norm, und wir fielen ins Bett. Sehnsüchtig blickte Gato zu uns herauf. »Nein«, bestimmte ich. »Heute schläft der Hund auf dem Boden.« Er schnaufte, ließ sich dann jedoch nieder und sah mich vorwurfsvoll an, damit ich auch ja wusste, dass er sein Bett für gänzlich inadäquat befand. Ich tätschelte ihm den Kopf. »Schlaf gut, Süßer.«

Wenn ich nicht so müde gewesen wäre, hätte ich die Situation vielleicht als peinlich empfunden, aber zum Glück war ich völlig erschöpft. Ich hatte in der Nacht zuvor nicht viel Schlaf bekommen, und das Adrenalin meiner Nahtoderfahrung und die AL-Aktion hatten mir alle Kräfte geraubt. Ich schloss die Augen. »Gute Nacht, Stone«, flüsterte ich.

»Wenn eine Frau mit mir im Bett liegt, kann sie mich eigentlich Zach nennen.«

Ich lachte. »Gute Nacht, Stone«, wiederholte ich.

Er atmete laut aus, möglicherweise seufzte er auch. »Gute Nacht, Jinx. Schlaf gut.«

Ich meditiere immer vor dem Schlafengehen, also leerte ich meinen Geist und stellte mir einen wunderschönen Strand vor. Das Rauschen des Ozeans spülte über mich hinweg, während die Wellen an den Strand rollten. Und dann war ich weg, als hätte jemand den Lichtschalter ausgeknipst.

Als mein Alarm uns weckte, waren wir ineinander verschlungen wie Brezeln. Kurz waren wir beide peinlich berührt, dann lösten wir uns voneinander und vereinbarten stumm, einfach nicht darüber zu sprechen. Ich versuchte, nicht daran zu denken, wie warm sich seine Arme um mich herum angefühlt hatten oder wie verdammt gut er roch.

Wir zogen uns an, und dann waren wir auch schon im Anders und brachen um sieben Uhr auf. Stone hatte eine Nachricht an Ajay geschrieben, der ein Meeting mit Volderiss um 9:30 Uhr arrangierte. Es war einfacher, einen Termin bei einem ehemaligen Symposium-Vertreter zu bekommen als bei einem aktuellen.

Ajay schrieb uns zurück, dass er Kontakt mit Emory aufgenommen habe, der ihn über einen besorgniserregenden Anstieg der Trollpopulation in der Stadt informiert hatte. Es waren gute hundert, und da Drachen und Trolle sich nicht besonders vertrugen, machte das Emory nervös. Stone hoffte, dass der Drache übertrieb. Zwölf Trolle waren ungewöhnlich. Hundert waren eine nie da gewesene Anzahl.

Wir versorgten uns am McDonald's-Drive-through mit Frühstück und parkten am Verbundhaus. Ich war insgeheim froh, dass weder Elvira noch die Sirene hier waren. Als wir bei dem Exchange Flags ankamen, war Bertie, der Vogel, dort und wachte über die Stadt. Bella war nirgendwo zu sehen. Stone und ich nickten ihm grüßend zu, und er gurrte zur Antwort. Wir gingen weiter zu GV Law.

»Ich hoffe, du musst nicht wieder Vampyre köpfen«, meinte ich leichthin.

»Vermutlich nicht. Ajay meinte, dass Volderiss einem Treffen sehr schnell zugestimmt hat – vermutlich hat er inzwischen auch gemerkt, dass Nate vermisst wird. Vampyre sind eine seltsame Gemeinschaft, aber ihre ›Kinder‹ sind ihnen sehr wichtig. Das Verdikt bestimmt, dass sie nur dann neue Vampyre schaffen dürfen, wenn jemand von ihnen stirbt – es ist so eine Art Populationskontrolle. Der frisch verwandelte Vampyr wird dann einem Klan und einer Familie zugeteilt. Nate allerdings ist Volderiss' biologischer Sohn, der geboren wurde, als sie beide noch Menschen waren. Sie wurden in der Zeit vor dem Verdikt angegriffen und verwandelt. Es gibt nichts, was Gabriel Volderiss nicht tun würde, um Nates sichere Rückkehr zu garantieren.«

Ich verstaute mein neu gewonnenes Vampyr-Wissen im Anders-Ordner in meinem Gehirn, gleich neben *Meermenschen gibt es wirklich, aber sie tun so, als gäbe es sie nicht* und *Drachen mögen keine Trolle.*

»Wie gehen wir die Sache an?«, fragte ich.

»Vorsichtig. Ich will nicht, dass es zu einem Klan-Krieg zwischen Cathill und Volderiss kommt; das würde für alle böse enden. Jeder Krieg verursacht erhebliche Kollateralschäden, deshalb müssen wir Volderiss dazu bringen, dass er akzeptiert, dass wir uns darum kümmern.«

Ich biss mir auf die Lippe. »Keine leichte Aufgabe.«

Stone seufzte. »Ja.«

»Normale Vermisstenfälle sind wirklich viel einfacher. Sonst finde ich die gesuchte Person, die dann nicht will, dass ihre Familie von ihr erfährt. Dann melde ich mich bei der Familie und berichte, dass es der Person gut geht, sie aber keinen Kontakt mehr will. Oder ich finde eine Leiche. Ich hatte tatsächlich noch keine echte Entführung.«

»Eine neue Erfahrung«, meinte Stone nüchtern. »Was für ein Glück für dich.«

»Ich kann den Umgang mit Kidnappern jetzt in meinen Lebenslauf schreiben«, scherzte ich.

»Glück im Unglück«, erwiderte er trocken.

»Sollen wir uns auf ein Signal einigen, damit ich dir mitteilen kann, wenn jemand lügt?«

Stone schüttelte den Kopf. »Vampyre haben geschärfte Sinne. Selbst wenn wir nur ein winziges Signal vereinbaren, ist es wahrscheinlich, dass es ihnen auffällt. Ich beginne mit der Befragung, und du schaltest dich ein, wenn du noch weiter in eine bestimmte Richtung gehen möchtest. Wir unterhalten uns dann hinterher. Volderiss weiß von deinen Fähigkeiten, pass also auf, wie du deine Fragen stellst und wie er darauf antwortet. Er hat ein paar Jahrhunderte Übung darin, die Wahrheit zu frisieren.«

Wir betraten den Hauptsitz von GV Law und begrüßten dieselbe Rezeptionistin wie beim letzten Mal. Sie kaute gerade an ihren Fingernägeln, hörte jedoch damit auf und straffte den Rücken, als sie uns sah. »Sie können direkt reingehen«, teilte sie uns mit. Dieses Mal war sie nicht so cool.

Volderiss war nicht allein, er saß hinter seinem Mahagonischreibtisch, mit je einem Vampyr links und rechts von ihm. Der eine war der Brünette aus dem Zanzibar, der andere Lord Cathill. Die Atmosphäre war angespannt. Der Brünette war zusammengekauert und wiegte sich leicht vor und zurück. Jede Faser seines Körpers verriet uns, dass er Schmerzen hatte.

Als ich Cathill das letzte Mal begegnet war, war ich im Norm gewesen, und jetzt wurde mir klar, wie sehr mich das vor ihm geschützt hatte. Ich hatte seinen Zorn zuvor schon gespürt, doch jetzt fühlte ich Bosheit in dichten, erstickenden Wellen von ihm ausstrahlen. Ich musste mich daran erinnern, zu atmen.

Volderiss starrte uns finster an. »Sie haben um dieses Meeting gebeten. Lassen Sie uns anfangen.«

»Lord Volderiss, wir haben den Caravan Ihres Sohnes im Lake District aufgesucht«, teilte Stone ihm mit. »Er war verlassen und verwüstet wie Miss Sorrells Wohnung. Es befand sich Blut am Tatort. Ich glaube, dass Ihr Sohn und seine Freundin gegen ihren Willen festgehalten werden.«

Volderiss sah mich an. »Wie ich Ihnen schon letztes Mal sagte, weiß ich nichts darüber.« *Lüge.*

Er kannte meine Fähigkeiten. Er wollte, dass wir wussten, dass er log, sonst hätte er seine Antwort vorsichtiger formuliert.

Er versuchte, uns zu helfen. Wir mussten ihm die richtigen Fragen stellen.

»Hat Nate seit Mittwoch mit Ihnen Kontakt aufgenommen?«, wollte Stone wissen.

»Ja, wir haben gestern geredet.« *Wahrheit.* Nun, das war doch positiv, wenn Nate noch am Leben war, war Hes es hoffentlich auch.

»Hat er seine Freundin, Hester Sorrell, erwähnt?«

»Ja«, bestätigte Volderiss. »Er sagte, sie sei bei ihm.« *Wahrheit.*

»Und Sie glauben nicht, dass sie gegen ihren Willen festgehalten werden?«, wollte Stone wissen.

»Nein«, fauchte Volderiss ungeduldig. *Lüge.* Er war ein guter Schauspieler, ohne meinen inneren Lügendetektor hätte ich ihm geglaubt.

Cathill hatte sich vor dem Schreibtisch zurückgelehnt und grinste selbstbewusst. Der Gestank seiner Bosheit war so intensiv, dass ich es kaum im selben Raum mit ihm aushielt. Sein ganzes Wesen war von Wut und Niedertracht erfüllt. Zweifellos erpresste er Volderiss. Es war ganz einfach: Volderiss sollte uns mit leeren Händen wegschicken, andernfalls würde er Nate töten. Aber Volderiss wusste von meinen Fähigkeiten und vertraute darauf, dass Stone und ich in der

Lage sein würden, etwas zu unternehmen, während er sich nach außen hin Cathills Forderungen fügte.

»Ich bin froh, dass es Nate gut geht«, sagte ich. »Aber ich mache mir mehr Gedanken um seinen Dolch. Er wurde nicht am Tatort gefunden. Haben Sie ihn?«

»Ja«, gestand Volderiss. »Er befindet sich wieder in unserem Besitz.« *Wahrheit.*

»Kann ich ihn kaufen?«, fragte ich.

»Nein«, antwortete er bestimmt. *Wahrheit.*

»Kann ich ihn sehen?«, fragte ich hoffnungsvoll.

Volderiss' Lächeln war flach und unfreundlich. »Nein«, wiederholte er. »Er befindet sich vorerst in unserer Waffenkammer.«

»Wie lange wird er dort sein?«, fragte ich. »Vielleicht macht mein Auftraggeber ja ein Angebot, das Sie nicht ablehnen können.«

»Er wird noch bis morgen dort sein.« *Lüge.* »Danach, wer weiß das schon? Es gibt keinen Preis, den ich akzeptieren würde, er ist von größerem Wert für mich als irgendeine Summe Geld.« *Wahrheit.*

»Dann möchte ich gerne meinen eigenen Dolch in Auftrag geben. Wo haben Sie Ihren her?« Ich sah Anerkennung in Volderiss' Augen aufblitzen. Ich stellte die richtigen Fragen.

»Sie können nicht erwarten, dass ich den Ursprung jedes Stücks in meinem Besitz kenne. Ich glaube, Harfen hat ihn gefertigt. Sie nannten ihn ›Glimmer‹ oder so etwas.« *Wahrheit.* »Es ist kein wichtiger Dolch. Ich habe keine Ahnung, warum Sie so daran interessiert sind.« *Lüge.*

Ich zuckte die Achseln. »Stone wurde engagiert, das Mädchen zu finden, ich für den Dolch.« Ich begegnete Cathills Blick. »Ich nehme an, wir haben den gleichen Auftraggeber.«

»Ich habe keine Auftraggeber«, blaffte Cathill abfällig und richtete sich auf.

»Nun, dann nennen wir sie Gönnerin«, schoss ich ins Blaue hinein.

»Schlampe würde besser passen«, murmelte Cathill.

Ich unterdrückte ein Gefühl des Triumphs. Wer auch immer meinen Fallschirm manipuliert hatte, kontrollierte auch Cathill. Ein winziger, kleinlicher Teil von mir hoffte, es war Elvira.

»Wenn das dann alles ist …«, meinte Volderiss. »Ich bin ein beschäftigter Mann. Cathill und ich haben einiges zu besprechen.« *Wahrheit.* Verdammt, wir mussten diese Unterhaltung mithören.

Ich sah den Braunhaarigen an, Nates Kumpel. Er verkrampfte immer wieder die Hände und hatte die Zähne zusammengebissen, als würde er sonst vor Schmerzen schreien. »Was ist mit ihm?«, fragte ich und zeigte auf ihn.

»Bestrafung«, sagte Volderiss schlicht.

Ich ging auf den Schreibtisch zu und bückte mich neben Volderiss, scheinbar, um mir den Brünetten genauer anzusehen. In Wirklichkeit klebte ich vor Volderiss' Augen und hinter Cathills Rücken eine kleine, runde Wanze unter die Tischplatte. »Was hat er angestellt?«, fragte ich sensationslüstern. »Hat er einen Menschen verletzt?«

»Er hat seinen Klan verraten«, gab Volderiss hart zurück.

»Warum ist er dann noch nicht Asche?«, fragte ich munter.

»Der Tod ist schnell, das hier ist es nicht. Außerdem ist er mir vielleicht noch von Nutzen.«

Ich nickte, als ob es völlig normal wäre, seine Untergebenen mal eben zu foltern. Das war es nicht, aber der Braunhaarige war ein Bauernopfer. Hes musste um jeden Preis gefunden werden. Ich kehrte zu Stone zurück. »Wenn Sie Ihre Meinung ändern und mir Glimmer doch verkaufen wollen, wissen Sie, wo sie mich finden.«

Gabriel Volderiss sah mich an. »Das tue ich, Jinx. Das tue ich.« *Wahrheit.*

Oh, oh.

18

ICH EILTE MIT STONE IM Schlepptau hinaus. Cathill winkte uns spöttisch mit den Fingern hinterher. Ich zerrte mein Handy und die Kopfhörer aus der Tasche und aktivierte die App, mit der die Wanze verbunden war. Wir rannten um die Ecke und lehnten uns gegen ein Gebäude, ehe wir die In-Ears unter uns aufteilten.

»Raus!«, fauchte Volderiss.

Wir hörten, wie eine Tür sich öffnete und schloss. War es der Braunhaarige oder Cathill, der gegangen war? Ich hoffte Ersterer.

»Nun«, sagte Volderiss. »Das war nett, aber ich begreife immer noch nicht, warum du wolltest, dass wir uns mit ihnen treffen.«

»Weil sie misstrauisch geworden wären, wenn du dich geweigert hättest«, antwortete Cathill. »Du musst nach außen hin mit der Verbindung kooperieren. Bald wird sie zerstört sein, aber im Moment ist sie noch eine Gefahr, vor der wir uns hüten müssen.«

»Ich dachte, deine Herrin wäre ach so mächtig?«

Cathill schnaubte belustigt. »Sie ist nicht meine Herrin!« *Lüge.* »Wir sind ein Team.« *Lüge.* »Der heutige Abend ist lediglich der erste Schritt unseres Plans. Gemeinsam werden wir die Verbindung und die Einheit zerschlagen, und das Anders wird wieder frei sein.«

»Das Verdikt war vorteilhaft für uns«, merkte Volderiss an. »Nie waren wir wohlhabender. Wir können uns frei bewegen und sein, wer wir sind, statt uns aus Angst vor Vampyr-Jägern in den Schatten zu verbergen.«

»Wohlhabend?«, rief Cathill abfällig. »Was ist schon Reichtum, wenn wir keine neuen Vampyre erschaffen können, wann immer wir wollen? Wenn wir nicht direkt aus der Quelle trinken dürfen? Blutkonserven sind eine Beleidigung gegen alles, wofür wir einst standen.«

Einen Moment lang sprach niemand ein Wort. »Früher hast du nicht so gedacht«, meinte Volderiss. »Du warst einer der entschiedensten Unterstützer des Verdikts. Du warst das Chaos leid. Beinahe wären wir mal einer Meinung gewesen«, erinnerte er ihn trocken.

»Die Zeiten ändern sich.«

Kurz herrschte Stille, bis Volderiss sie durchbrach. »Ich bestimme den Ort der Übergabe.«

»Du bestimmst gar nichts, Gabriel. Heute um Mitternacht. St. Luke's – die zerbombte Kirche. Bring Glimmer mit, und wir geben dir deinen Sohn untot zurück.« *Lüge.*

»In der Kirche wird es vor Inspectors nur so wimmeln. Du weißt, was dort ist«, zischte Volderiss.

Cathill lachte. »Wir kümmern uns schon um die Inspectors. Du bringst uns einfach Glimmer.«

»Und was passiert mit dem Mädchen aus dem Norm?«

»Das ist nicht dein Problem. Bring den Dolch um Mitternacht, sonst ist dein Sohn Asche.«

Wir hörten, wie die Tür sich einmal mehr öffnete und schloss, dann sagte Volderiss: »Ich hoffe, das hilft Ihnen, Jinx.

Die Übergabe ist heute Nacht. Sie können warten und Cathill verhaften, sobald ich meinen Sohn sicher wiederhabe. Wenn Sie sich einmischen, bringe ich jeden um, der sich mir in den Weg stellt.« *Wahrheit*. Kurz entstand eine Pause, dann hörte ich einen hohen, klagenden Ton. Meine App blinkte. Volderiss hatte die Wanze zerstört.

Ich gab Stone ein Zeichen, mir sein Handy zu geben, googelte GV Law und rief die Nummer an. Ich bat, direkt zu Lord Volderiss durchgestellt zu werden. »Wir haben nichts mehr zu besprechen«, hörte ich seine scharfe Stimme sagen.

»Sie beabsichtigen, Ihren Sohn zu töten. Cathill hat gelogen, als er behauptete, er würde ihn untot an Sie zurückgeben.«

Kurz Stille. »Sie können Ihre Fähigkeiten über elektrische Geräte einsetzen?«, fragte Volderiss.

»Ja«, gab ich ungeduldig zurück. »Was werden Sie wegen Ihres Sohnes unternehmen?«

»Ich werde ihn retten. Guten Tag, Jinx.« Er legte auf. Wir waren fertig miteinander.

Ich nahm eine Bewegung die Straße hinunter wahr, und kurz glaubte ich, mich selbst zu sehen, ehe mir klar wurde, dass es nur mein Spiegelbild in der Scheibe eines Bushäuschens war. Meine Güte, ich war echt schreckhaft heute.

»Wir müssen zurück zum Verbundhaus«, drängte Stone. Ich nickte, und wir machten uns mit zügigen Schritten auf den Rückweg zum Hard Day's Night. Stone schwieg, er hatte die Stirn in Falten gelegt und sammelte seine Gedanken.

»Bist du okay?«, fragte ich.

Er nickte und zwang sich zu einem Lächeln. »Du kannst deine Empathie über das Telefon einsetzen?«, fragte er ganz offensichtlich beeindruckt.

»Nicht im Norm, aber scheinbar im Anders. Das ist ziemlich praktisch, oder?«

»Also kannst du Menschen auch aus der Ferne befragen. Hätten wir das gewusst, hätten wir nicht bis zu den Lakes fahren müssen.«

»Wir mussten Nates Caravan sehen und die Leute erst mal zum Reden bringen. Wenn wir einfach so angerufen hätten, hätte man uns sofort abgeblockt. Wie dem auch sei, wir müssen mit diesem Harfen sprechen. Volderiss hat uns ein paar Brotkrümel gelegt.«

»Er will uns an Bord«, überlegte Stone, »aber nicht im Weg. Leo Harfen ist ein Elf. Seinen Namen zu erwähnen, könnte ein Ablenkungsmanöver sein, damit wir eine falsche Spur verfolgen, anstatt uns auf das Treffen heute Nacht vorzubereiten.«

»Vielleicht, aber das glaube ich nicht. Volderiss hat sich solche Mühe gegeben, beiläufig zu wirken. Es ist wichtig.«

Stone musterte mich. »Okay, folg deinen Instinkten. Ich werde Ajay anrufen und ihn auf den aktuellen Stand bringen, außerdem alarmiere ich alle Inspectors und Detectives in einem Drei-Stunden-Radius. Für heute Abend brauchen wir Verstärkung. Volderiss glaubt vielleicht, dass er diese Show lenkt, aber es ist jetzt unsere. Ich werde das hier meinen Vorgesetzten berichten müssen.«

Ich konnte sehen, dass Stone mit etwas kämpfte, das er mir vorenthielt. Manchmal ist es richtig scheiße, eine Empathin zu sein. »Sieh dich vor«, warnte ich dringlich. »Wir wissen nicht, wer hinter der Sache steckt oder bis in welche Ränge es reicht. Überleg dir gut, wem du vertraust.«

Er nickte. »Ich werde es dem Symposium melden müssen. Das sind eine Menge Leute, aber es lässt sich nicht vermeiden.

Ich brauche die Genehmigung des Symposiums, dass ich diese Bedrohung mit allen, auch tödlichen, Mitteln beenden darf.«

Ich schüttelte den Kopf. »Stone, Cathill ist im Symposium. Möglicherweise sind auch andere Mitglieder Teil dieses Komplotts.« Meine Instinkte schrien mich förmlich an. »Du musst das für dich behalten.«

Stone nickte widerstrebend. Ich vermute, der Gedanke, dass man dem Symposium nicht voll trauen konnte, gefiel ihm nicht. »Dann werde ich es dem Magiervertreter melden. Wir brauchen ein Quorum von fünf Mitgliedern, um eine Operation wie diese und die Geheimhaltung vor dem Rest des Symposiums zu genehmigen. Es gefällt mir zwar nicht, aber du hast recht – wir können nicht davon ausgehen, dass Cathill der Einzige ist, der mit drinsteckt. Jinx, wir werden uns aufteilen müssen. Du nimmst meinen Wagen. Geh zu Leo Harfen und triff mich dann wieder im Verbundhaus.« Er schrieb die Adresse des Elfen auf. Mein Ziel lag in Caldy. Wirral bedeutete, sie hatten Geld.

Stone warf mir seine Schlüssel und seine Marke in der Lederhülle zu. »Zeig das an der Zollstation vor, dann lassen sie dich sofort durch. Achte darauf, dass du auf der Schnellspur bist.« Als Gato und ich uns auf den Weg ins Parkhaus machten, rief er: »Jinx!« Ich drehte mich zu ihm um. Er zögerte. »Pass auf dich auf.«

»Du auch«, antwortete ich und lächelte aufmunternd. Stone verschwand nach einem weiteren zögerlichen Blick über die Schulter. Ich wusste, was in ihm vorging. In den letzten zwei Tagen hatten wir aneinandergeklebt, und es fühlte sich auch für mich komisch an, uns zu trennen. Aber Stone hatte noch mehr Verantwortlichkeiten als nur Nate und Hes.

Ich schloss Stones Range Rover auf und wollte gerade den

Kofferraum für Gato öffnen, als er ein tiefes, warnendes Grollen ausstieß. Als ich mich umdrehte, stand Elvira vor mir. »Hängst du immer in Parkhäusern rum?«, fragte ich scherzhaft.

Sie reagierte nicht darauf und musterte mich stattdessen. »Warum arbeitet Stone mit dir zusammen?«, verlangte sie zu wissen.

»Frag ihn doch selbst«, schlug ich vor.

Heute fiel Elvira das Haar offen über die Schultern. Ich musterte sie. »Sind die Wimpern echt?«, fragte ich.

Sie lächelte überheblich. »Ja, alles an meinem Körper ist echt.« *Wahrheit.* Verdammt. Sie hatte eine gute Figur, war schlanker als ich mit größeren Brüsten. Und dann waren noch nicht mal die Wimpern unecht? Sie war schön und wusste es.

»Wo kommt dein Teint her?«, fragte ich neugierig.

»Ich habe italienische Wurzeln«, antwortete sie stolz.

»Du bist sehr schön.«

Sie blinzelte und lächelte dann schief. »Du machst es mir wirklich nicht leicht, dich zu hassen.«

»Du brauchst mich nicht hassen«, versicherte ich ihr. »Stone und ich arbeiten nur an einem Fall.«

Sie schüttelte den Kopf. »Du bist Privatermittlerin, wie kannst du da nur so blind sein? Alle reden darüber, dass der übermächtige Stone sein Herz an eine zweitklassige Privatdetektivin verloren hat.« *Entzückend.*

»Wir sind nur Freunde«, sagte ich ruhig. *Lüge.* Ich hasste, dass mein innerer Lügendetektor auch auf mich selbst reagierte. Aber das musste sie ja nicht wissen.

»Stone soll einmal mein Ehemann werden. Wir sind einander versprochen.« *Wahrheit.*

Ich spürte einen Stich der Eifersucht. »Davon weiß ich nichts. Wir haben uns nicht einmal geküsst. Er kann machen, was er will.«

Sie lachte. »Er ist ein Stone, er wird niemals machen können, was er will. Er wird immer tun, was sein Vater verlangt. Eines Tages wird er erkennen, dass er sein ganzes Leben lang auf der Flucht war, und dann bin ich bereit. Ich bin schon mein ganzes Leben lang bereit. Ich habe mich sogar der Verbindung angeschlossen und bin nur für ihn Inspector geworden. Wir sind füreinander bestimmt. Die Seher haben es prophezeit.«

»Ach, Liebes«, sagte ich mit ehrlichem Mitgefühl. »Man sollte sein Leben nicht nach einem Mann ausrichten, sondern nach sich selbst.«

Ich schloss den Kofferraum hinter Gato, setzte mich hinters Steuer und stellte Sitz und Seitenspiegel ein, ehe ich die Adresse ins Navigationssystem eingab. »Ich muss jetzt los«, sagte ich. »Alles Gute.« Ich meinte es ernst. Ich fing eine ganze Reihe von Gefühlen ein, die meisten davon waren Verzweiflung. Sie wollte Stone. Ich wusste nicht, ob sie ihn liebte, aber sie liebte definitiv seinen Status. Ich hoffe, dass sie sich als das Mastermind hinter dieser ganzen Sache entpuppen würde, aber mein stets verlässliches Bauchgefühl sagte Nein.

Ich startete den Motor und fuhr aus der Parkgarage. Elvira sah mir hinterher. Sie mochte mich nicht besonders, und ich konnte es ihr nicht verübeln. Ich konnte sie auch nicht gut leiden.

Stone und mich verband eindeutig etwas. Seit unserem ersten Treffen war da ein Funke – buchstäblich –, und die Chemie zwischen uns ließ mein Herz rasen. Wir kannten uns erst seit wenigen Tagen, aber ich vertraute ihm, und ich mochte ihn. Und ich hätte tot sein müssen, um ihn nicht sexy zu finden. Da war dieser Moment, als wir im Alma de Cuba tanzten und ich dachte, er würde mich gleich küssen, doch dann rempelte uns jemand an, und der Moment war vorbei. Und das war vermutlich gut so. Wir konnten jetzt keine Ablenkung gebrauchen.

In mir tobten widerstreitende Gefühle. Ich fuhr an den Rand und aktivierte das Bluetooth meines Handys, ehe ich den Wagen wieder auf die Straße lenkte und Lucy anrief.

»Hey, Jess!«, flötete sie. »Wie geht's dir?«

»Ganz gut. Du weißt doch, dass ich gerade in Liverpool nach einer vermissten Person suche?«

»Ja.«

»Also, ich arbeite dabei mit einem anderen Ermittler zusammen.«

»Ist er heiß?«, fragte Lucy.

»Unglaublich heiß. Er ist älter als ich, so um die fünfunddreißig oder so. Er hat diese spezielle Ausstrahlung. Er ist so selbstbewusst, weißt du?«

»Jess ist verliebt«, sang Lucy.

»Ich mag ihn wirklich, Lucy.«

»Und wo ist das Problem? Mag er dich denn auch?«

Ich dachte an den Beinahekuss. »Ich glaube schon.«

»Noch einmal: Wo ist das Problem? Ran an den Mann! Du hattest schon ewig keine Beziehung mehr.«

Ich rollte mit den Augen. »Ich kenne meine Beziehungshistorie, Lucy.«

»Welche Historie?«, wollte sie wissen. »Du hattest fünf One-Night-Stands.«

»Einer ist ein ganzes Wochenende geblieben«, verteidigte

ich mich. »Aber ihn mag ich wirklich. Vielleicht sollten wir einfach nur Freunde sein.«

»Ich hätte nie gedacht, dass ich das mal zu dir sagen würde«, murmelte Lucy, »aber du hast genug Freunde.«

Ich lachte. »Ich kann nicht glauben, dass du das gesagt hast!«

»Egal. Du willst nicht in die Friendzone, Jess. Ich weiß, dass der Tod deiner Eltern dich ziemlich mitgenommen hat, aber du kannst nicht dein ganzes Leben lang allein bleiben. Das würden sie nicht wollen.«

Es war schwer zu sagen, was meine Eltern für mich wollen würden. Sie hatten das Anders vor mir verborgen, und jetzt steckte ich ganz tief drin. Aber ich musste ständig daran denken. Ich fragte mich, ob es einen Grund gab, warum sie wollten, dass ich im Norm blieb. Der vernünftige Teil von mir dachte, ich sollte vielleicht alle Verbindungen zum Anders kappen, wieder im Norm leben und keinen Blick zurückwerfen. Aber der größere Teil von mir wollte sich ganz hineinwerfen. Das hier war meine Welt: Ich konnte allein mit meinen Gedanken einen Ball zum Rotieren bringen, ich konnte mich davor bewahren, in den Tod zu stürzen, ich konnte Stone daten.

»Danke, Lucy, das hat echt geholfen.«

»Wirklich?« Sie seufzte. »Fragst du den Typen, ob er mit dir ausgeht?«

Im Prinzip hatte ich das schon. »Nein. Aber ich werde nicht ablehnen, falls er mich fragt.«

Sie klatschte in die Hände. »Damit gebe ich mich zufrieden. Ich muss jetzt los. Pass auf dich auf, Süße.«

»Bye, Lucy, ich hab dich lieb.«

»Ich dich auch, Jess.«

Als wir auflegten, verließ ich gerade den Kingsway Tunnel. Ich hoffte, dass alles klappen würde. An der Schranke wedelte ich mit Stones Ausweis herum, es piepte und die Schranke hob sich. Ich konnte durch.

Mir blieben noch zehn Minuten für einen weiteren Anruf, also wählte ich Wilfs Nummer. Ich würde uns nicht als Freunde bezeichnen – obwohl er das anders sah –, aber wir hatten jemanden gemeinsam: Hes. Ich wollte, dass sie sicher nach Hause kam, und würde alles daransetzen, dass ich Lady Sorrell keine Leiche zurückbrachte.

»Hallo?«

»Wilf?«

»Jinx! Wie wundervoll, deine Stimme zu hören. Hast du unsere Hester gefunden?«

»Beinahe, aber die Sache ist komplizierter, als ich befürchtet hatte. Ich weiß, dass du Stone engagiert hast, Wilf. Ich bin auch *anders*.«

Er schwieg kurz. »Er hat dich mit ins Rosie's genommen ...«

»Ich war verborgen, also wusste ich es nicht. Ich bin eine Magierin.«

»Ich wusste es!«, rief er. *Wahrheit*.

Ich lachte ein wenig, weil er so begeistert wirkte. »Manchmal schreit mein Bauchgefühl mich förmlich an, und ich habe gelernt, darauf zu hören. Hester steckt in Schwierigkeiten. Stone sammelt die Inspectors, aber ich denke, wir könnten Verstärkung gebrauchen. Es gibt eine Verschwörung, die das Ende des Verdikts herbeiführen und die Einheit, die Verbindung und all das zerstören will, und sie wollen Hester dafür benutzen. Wenn sie Erfolg haben, kommt Hester da nicht lebend raus. Sie hat eine Beziehung mit

Nathaniel Volderiss, und sein Vater kommt, um ihn zu retten, aber niemand ist da, um Hes zu retten.«

»Ich komme für Hes.« Wilfs Stimme war entschlossener und stärker als zuvor – wie der Wilf, der vor einigen Tagen mit seinem Sohn gesprochen hatte, nicht der zum Flirten aufgelegte Lebemann, den er mir gegenüber normalerweise gab.

»Sie verdient es, gerettet zu werden«, sagte ich leise. »Sie ist nicht weniger wert, nur weil sie eine Norm ist.«

»Wir sind auf dem Weg«, erklärte Wilf entschlossen.

»Wir?«, fragte ich.

»Mein Rudel.«

»Heute um Mitternacht. Liverpool, bei der ausgebombten Kirche. Und bring Roscoe mit, falls du kannst.« Der Feuerelementar konnte nützlich für uns sein.

»Ich werde ihn fragen«, antwortete Wilf, »aber er schuldet mir keinen Gefallen.«

»Sag ihm, dass ich nach ihm gefragt habe. Er sagte, er wäre für mich da, wenn ich Hilfe bräuchte. Ich weiß nicht, ob das zählt, aber einen Versuch ist es wert. Bis dann, Wilf.« Ich legte auf und war mir sicher, das Richtige getan zu haben.

19

ICH FUHR ZU DER ADRESSE, die Stone mir gegeben hatte. Es handelte sich um ein atemberaubendes edwardianisches Herrenhaus inmitten von mehreren Hektar Wald mit einer cremefarbenen Fassade und einem schiefergrauen Dach. Es verfügte sicher über sechs oder sieben Schlafzimmer, und es gab diverse Nebengebäude, wo sich vermutlich ein Pool oder ein Fitnessbereich befanden.

Als ich noch klein war, wollte ich ein Haus genau wie das hier haben. Ich parkte in der breiten gekiesten Auffahrt und ließ Gato aus dem Wagen. Es gab ein paar verloren wirkende Büsche in der Mitte des kreisrunden Hofs. Gato sah mich an und pinkelte dann dagegen, als wären sie sein Territorium. »Gato!«, schimpfte ich. Ich hoffte, es gab hier keine anderen Hunde, die das als Provokation auffassen würden. Er sah mich mit heraushängender Zunge an. Es tat ihm nicht leid.

Ich wartete, bis er fertig und wieder bei mir war, ehe ich energisch an die weiße Haustür klopfte. Einen Moment später öffnete eine Elfe in einem blauen Sommerkleid, das so gar nicht zu den herbstlichen Temperaturen passte. Ihr goldenes Haar fiel ihr wild um die Schultern, und spitze Ohren ragten daraus hervor. Ich zeigte ihr Stones Marke. »Darf ich reinkommen? Ich hätte einige Fragen.«

Die Elfe sah sich die ID an. »Kommen Sie rein, Inspector?«

»Nennen Sie mich Jinx«, bot ich ihr stattdessen an.

Sie nickte und ließ mich hinein. Gato bellte sie zur Begrüßung an, und sie lächelte freundlich. »Hallo, mein Junge.« Sie streichelte ihn übertrieben herzlich. Seltsam.

Ich räusperte mich. »Ich muss mit jemandem über Dolche sprechen. Vor allem über einen bestimmten: Glimmer.«

Sie geriet ins Stocken und sah mich mit großen Augen an. »Da müssen Sie mit meinem Vater, Leo, sprechen«, sagte sie. »Hier lang.« Sie führte mich durch das riesige Herrenhaus zum Arbeitszimmer ihres Vaters. Darin befanden sich ein lodernder Kamin, ein großer Eichenschreibtisch und zwei cremefarbene Sofas, die sich gegenüberstanden.

Der Elf hinter dem Schreibtisch wirkte alt. Er hatte langes graues Haar, aus dem zwei spitze Ohren ragten. Ich hatte gedacht, Elfen wären unsterblich wie Vampyre, aber scheinbar nicht. Gato sprang zu ihm, erntete ein schwaches Lächeln und wurde gestreichelt. Vielleicht kamen Elfen und Höllenhunde einfach nur besonders gut miteinander aus.

Er begegnete meinem Blick mit scharfen Augen. Er mochte alt sein, aber er war nicht senil. »Was führt Sie zu mir, Jessica Sharp?«

Das war ja mal gruslig. Ich schluckte. »Woher kennen Sie meinen Namen?«

»Möglicherweise sind wir uns schon einmal begegnet, in dieser Zeit oder einer anderen.«

Okay, vielleicht war er ja doch etwas senil. »Ich bin Ihnen noch nie begegnet«, sagte ich entschlossen.

»Dann war es eine andere Zeit.« Er erhob sich von seinem Schreibtisch. »Erin, bring uns bitte Tee.« Er setzte sich auf eines der Sofas und gab mir zu verstehen, dasselbe zu tun. »Sie kommen mit einer finsteren Warnung«, fuhr er ernst fort.

»Sind Sie ein Seher?«, fragte ich.

Leo schüttelte den Kopf. »Nicht im klassischen Sinne. Aber Ihre Eltern kamen immer mit Warnungen, und ich erkenne dieselbe Anspannung in Ihnen.«

»Sie kannten meine Eltern?« Ich wusste, ich sollte mich nicht vom eigentlichen Thema ablenken lassen, aber ich musste über ihre Erfahrungen im Anders Bescheid wissen.

»Bis sie verschwunden sind. Seither habe ich sie nicht mehr gesehen.«

»Sie sind tot«, informierte ich ihn ruhig und wartete auf seine Reaktion.

Sein Gesicht blieb emotionslos. »Sie befinden sich nicht in dieser Zeitebene«, stimmte er zu.

Erin kam und stellte wortlos Tee und Kekse auf den Tisch. Wir mochten vielleicht *anders* sein, aber wir waren immer noch Briten, und Tee und Kekse sind ein Muss. Ich goss mir eine Tasse ein, gab Milch dazu, ehe ich eine weitere für Leo füllte und das Kännchen weiterreichte. »Sie sind ziemlich auf die Zeit fixiert«, stellte ich fest, während ich an meinem Tee nippte.

»Sind wir das nicht alle?«, gab er zurück. »Sie schreitet voran, und wir werden älter und vergehen und sterben. Zeit ist alles, was wir haben, und es ist nie genug. Es sei denn, man hat Zugang zum Irgendwann.«

»Irgendwann?«

»Eines der drei Reiche. Das Norm, das Anders und das Irgendwann.«

Ich war froh, dass ich gerade saß. Stone hatte drei Dreiecke; alle Inspectors hatten das. Sie waren vom Irgendwann gezeichnet. Ich hätte es sehen müssen. Ich verspürte eine Flut irrationalen Zorns auf Stone, weil er es mir verheimlicht hatte. »Und das Irgendwann ist die Zeit?«, fragte ich.

»Ja und nein. Das Irgendwann erlaubt uns *Zugang* zur Zeit, sodass wir sie formen und uns etwas davon borgen können.«

Stone hatte mir gesagt, er sei achtunddreißig, doch er sah nur aus wie dreißig und hatte behauptet, es sei die Zeit in den verschiedenen Reichen, die das erlaube. Ich hatte angenommen, er meinte das Anders, doch er hatte das Irgendwann gemeint. Der kleine Mistkerl. Er hatte mich getäuscht und geschickt darauf geachtet, dass er nicht direkt log. Der Verrat versetzte mir einen Stich.

»Es ist streng verboten, mit nicht autorisierten Personen über das Irgendwann zu sprechen«, erklärte Leo.

»Können Sie Gedanken lesen?«, wollte ich wissen.

Leo lächelte. »Ich habe viele Jahrhunderte lang gelebt und das Leben in all seinen Facetten studiert. Sie sind jung und ungestüm. Ich kann Ihnen die Gedanken vom Gesicht ablesen, als wären sie dort aufgemalt.«

Wie nett. Da hielt ich mich für eine toughe Privatermittlerin, und er sagte mir, ich sei ein Kind, dem alles ins Gesicht geschrieben steht. Ich runzelte die Stirn. »Warum erzählen Sie mir vom Irgendwann? Brechen Sie damit nicht das Verdikt?«

Leo winkte ab. »Wir haben schon einmal über das Irgendwann gesprochen, wir beide. Als Sie zu mir kamen, wussten Sie bereits davon, also breche ich keine Regel. Das Verdikt wurde nicht verletzt.«

Ich hatte keine Erinnerung an diese Unterhaltung, also

wartete in meiner Zukunft wohl eine Zeitreise auf mich – oder in meiner Vergangenheit?

Leo fuhr fort: »Die Inspectors benutzen das Irgendwann, um sich übernatürlich schnell fortzubewegen. Sie strecken nur die Hand aus, und die kleinste Berührung reicht aus, um die Zeit um sie herum zu verlangsamen. Das erlaubt ihnen, sich so schnell zu bewegen, dass nicht einmal Vampyre oder Werwölfe mithalten können. Es ist ihre spezielle Superkraft.«

Ich ließ das auf mich wirken. Ich erinnerte mich daran, wie sowohl Stone als auch Ajay sich schneller bewegt hatten, als ich wahrnehmen konnte. Ich hatte es für eine Art von Magie gehalten, und in gewisser Weise stimmte das auch. Sie griffen auf ein weiteres Reich zu. »Wie erhalte ich Zugriff auf das Irgendwann?«, wollte ich wissen.

»Man stürzt sich nicht einfach so ins Irgendwann. Wenn man nicht vorsichtig ist, kann man seine ganze Existenz dabei auflösen.« Er sah mich streng an.

Ich nickte, um ihm zu verstehen zu geben, dass die Warnung angekommen war. Es war nicht so, als plante ich, zurück ins achtzehnte Jahrhundert zu springen oder so.

»Man braucht ein Portal, genau wie bei den anderen beiden Welten. Es sei denn, man hat eine Bindung mit einem Höllenhund. Inspectors haben ein Artefakt dafür, und der Zugang ist begrenzt. Sie können kurz die Zeit verlangsamen, aber das war es auch schon. Sie können das Irgendwann durch das Portal nicht betreten. Nur ein einstimmiges Votum des Symposiums autorisiert zur Verwendung eines Portals. Und es gibt im Vereinigten Königreich auch nur ein einziges Portal, in St. Luke's, der ausgebombten Kirche in Liverpool.«

Ach du Scheiße. Kein Wunder, dass Stone sofort die ganze

Kavallerie rufen wollte. Hier ging es definitiv um sehr viel mehr als Nate und Hes. Ich verzog das Gesicht und rieb mir über die Augen. »Was würde passierten, wenn jemand das Portal in der zerbombten Kirche zerstörte?«

Leo nahm einen Schluck von seinem Tee. »Das könnte unseren Zugang zum Irgendwann für immer vernichten.« Er sagte es entspannt, als würden wir über das Wetter reden.

Das wurde alles eine Nummer zu groß für mich. Ich war nur eine Privatermittlerin. Ich lenkte das Thema zurück zu Hes und Nate. »Erzählen Sie mir von dem Dolch, Glimmer.«

»Ah.« Er seufzte. »Nichts bereue ich mehr. In meiner Jugend war ich sehr ungestüm. Ich sah das Anders und wie gut es war. Mir taten die Menschen im Norm leid, die nie mit Magie in Berührung kommen und in einer Welt leben müssen, in der das Gras grün und der Himmel blau waren. Ich suchte nach einem Weg, Miniportale zu schaffen, über die Menschen aus dem Norm ins Anders gelangen konnten. Es hat jedoch nicht funktioniert, und dann kam ich auf die Idee, Blut sei die Lösung. Normblut und Andersblut sind grundverschieden. Das hatten mir die Vampyre gesagt. Magierblut ist eine Droge für sie, wie Heroin im Norm. Es weckt eine tierische, eine bestialische Seite in ihnen. Es schmeckt viel besser als Normblut, beraubt sie jedoch ihres klaren Verstandes und führt zu einer extremen Abhängigkeit. Außerdem ist es das perfekte Heilmittel für ihre tödlichen Wunden. Es ist extrem schwer, von Magierblut loszukommen und wieder zu Normblut zurückzukehren. Unter Vampyren gilt es als brutale Strafe, Magierblut verabreicht zu bekommen und dann an den Entzugserscheinungen zu leiden. Da sie unsterbliche Wesen sind, durchleben sie extreme Schmerzen.«

Ich dachte an den braunhaarigen Vampyr in Volderiss' Büro und vermutete, dass es das war, was sie ihm angetan hatten. Ich beschloss, Volderiss möglichst nie gegen mich aufzubringen.

»Ich schuf Glimmer lediglich als Experiment. In der Theorie nahm er das Blut von jemandem aus dem Anders in sich auf und erhielt ihn trotz der Wunde am Leben. Wenn man den Dolch dann in das Herz von jemandem aus dem Norm stieß, gelangte das Anders-Blut in ihren Kreislauf. Damit endete ihr Norm-Leben, und ihr Anders-Dasein begann. Es war ein riesiger Fehler, so etwas auch nur zu denken, ganz zu schweigen davon, die Klinge wirklich zu schmieden, aber wie ich schon sagte: Ich war jung und dumm. Ich wollte beweisen, dass es möglich war. Ich schuf die Klinge, erfüllte sie mit Magie und verbarg sie in meinem Safe, wo sie fünfhundert Jahre lang lag, ehe sie mir geraubt wurde. Ein Magier, Gregory Faltease, nahm sie an sich und setzte sie ein. Er fand heraus, dass einer von drei Anders-Spendern und einer von zehn Norms dabei starben. Er tötete Wesen aus dem Anders, um neue aus dem Norm zu schaffen, und das ergab für mich einfach keinen Sinn. Faltease war ein Fanatiker. Er wollte die ganze Welt verwandeln, egal, wie viele Leben es kostete. Er wollte die Waffe vervielfältigen und schickte sie in unterschiedliche Teile der Erde. Man konnte ihn aufhalten, bevor sein Treiben zu viele Opfer forderte, aber für die Verwandelten war es eine schreckliche Erfahrung. Er hatte es vor allem auf Teenager abgesehen, und viele schlossen sich, sobald sie volljährig waren, der Verbindung an, um sicherzustellen, dass so etwas nie wieder passieren würde und nicht noch mehr Menschen die Entscheidung über ihr eigenes Leben genommen werden konnte.«

Er seufzte. »Ich bereue meine Rolle in dieser ganzen unerfreulichen Angelegenheit. Das Symposium hat den Dolch an sich genommen, aber egal, wie sehr wir es auch versuchten, er ließ sich nicht zerstören. Sie gaben ihn den Vampyren, die darüber wachen sollten. Sie waren besonders geeignet, seinen ... Verlockungen zu widerstehen.«

Ich sah ihn ausdruckslos an. »Sie geben ihn heute Abend aus der Hand. Volderiss wird erpresst – sie haben seinen Sohn.«

Leo schüttelte bekümmert den Kopf. »Das darf nicht passieren. Sie dürfen nicht zulassen, dass Glimmer zum Einsatz kommt, Jessica Sharp, egal, was es auch kosten mag.« Er betonte meinen Namen.

Ich stieß den Atem aus. Klar, ich würde mal eben eine unbekannte Übeltäterin daran hindern, Wesen aus dem Anders zu töten und Menschen gegen ihren Willen zu verwandeln. Gar kein Problem. Ich sehnte mich nach den Tagen, als meine einzige Sorge untreue Ehepartner waren.

Ich verabschiedete mich von Leo und ging hinaus. Als die Tür hinter mir ins Schloss fiel, schaute ich auf die Uhr. Elf Uhr vormittags. Ich debattierte einen Moment mit mir selbst, aber im Grunde hatte ich meine Entscheidung bereits getroffen. Leo sagte, wir hätten die Unterhaltung über das Irgendwann bereits gehabt, also würde ich durch die Zeit zurück in die Vergangenheit reisen und diese Unterhaltung mit ihm führen müssen. »Es geht nichts über die Gegenwart«, sagte ich zu Gato. »Außer vielleicht Vergangenheit und Zukunft. Ich muss in die Vergangenheit reisen und Leo zum ersten Mal treffen, damit ich ihm sagen kann, dass ich vom Irgendwann weiß. Kannst du das?«

Vielleicht hatte ich sie nicht mehr alle, weil ich einen

Hund entscheiden ließ, wo meine Zeitreise hingehen sollte, aber Gato war ein Höllenhund, eine magische Kreatur. In dieser Sache vertraute ich seinen Instinkten mehr als meinen.

Er bellte, sprang an mir hoch und drückte die Nase gegen meine Stirn. Ich schaute auf die Uhr. 11:01 Uhr. Hm. Also hatte es nicht funktioniert. Dann schaute ich mich um …

Das triste Gestrüpp war jetzt grün mit leuchtend bunten Blüten. Die Sonne brannte auf uns herunter. Ich schlüpfte aus meiner Jacke. Ich hatte keine Ahnung, in welcher Zeit wir uns befanden, aber es war eindeutig Sommer. »Danke, Süßer«, sagte ich zu Gato und war froh, ihn immer noch bei mir zu sehen. Er wedelte mit dem Schwanz.

Ich wühlte in meiner Tasche nach Stones Ausweis, aber er war weg. Wenigstens hatte ich immer noch meine Kleidung an. Ich klopfte einmal mehr an die weiße Tür, und Erin öffnete. Ich lächelte. »Hi, ich würde gerne Leo Harfen sehen. Er erwartet mich nicht. Nun, zumindest nicht in dieser Zeit.«

Erin seufzte. »Kommen Sie rein. Sie können sich den anderen anschließen.«

Andere? Ich hatte auf eine schnelle, unauffällige Unterhaltung mit Leo gehofft, rein und gleich wieder raus. »Vielleicht ist das jetzt ein schlechter Zeitpunkt«, meinte ich, als sie die Tür zu Leos Büro öffnete. Und dann erstarrte ich, hörte auf zu reden, tat einfach rein gar nichts mehr. Leo sah sehr viel jünger aus, und mit ihm im Raum befand sich ein ebenfalls sehr jugendliches Ehepaar Sharp. Meine Eltern.

Mir blieb das Herz stehen, und ich konnte nicht atmen. Tränen stiegen mir in die Augen. Mein Dad sah mich mitfühlend an. »Ihr erstes Mal im Irgendwann?«, fragte er und wies auf das dritte Dreieck, von dem ich mir sicher war, dass es jetzt auf meiner Stirn prangte.

Ich nickte dumpf und zwang mich, den Raum zu betreten. Gato gab mir Sicherheit, indem er sich an mich drückte. Erin entschuldigte sich und schloss die Tür hinter mir.

»Möchten Sie etwas trinken?« Mum goss mir ein Glas Wasser ein.

Ich nickte stumm, während meine Augen sich einmal mehr mit Tränen füllten. Ihre Stimme zu hören, nach sieben langen Jahren ... war Himmel und Hölle zugleich. Ich nahm das Glas entgegen, trank und schluckte verzweifelt gegen den Kloß in meiner Kehle an.

Meine Eltern wirkten jung – sie waren in meinem Alter. Ich setzte mich auf die Couch und starrte Leo finster an.

»Sie hätten mich warnen können!«

Er sah mich gelassen an. »Verzeihung, aber ich kenne Sie nicht.«

Ich biss die Zähne zusammen. »Nun, in der Zukunft tun Sie das, und da haben Sie mich in die Vergangenheit geschickt. Und hier sitze ich nun bei einem Kaffeekränzchen mit meinen Eltern.«

George grinste. »Ich wusste, du kommst mir bekannt vor.« Er wandte sich an Mary. »Ich hab es dir gesagt. Ich frage so lange, bis du Ja sagst.«

Sie lächelte ihn mit unverhohlener Zuneigung an. »Frag mich noch einmal.«

»Willst du mich heiraten?«, fragte George, als wäre er sich einer positiven Antwort sicher.

Mum lachte. »Noch nicht, George, noch nicht.«

Er stöhnte. »Du schaffst mich.«

Mum sah mich nachdrücklich an. »Für alles gibt es eine Zeit.«

»Sieht so aus«, meinte ich mürrisch. »Nicht, dass ich etwas

darüber wüsste, nachdem ihr mir verdammt noch mal nichts über das Anders oder das Irgendwann erzählt habt. Warum überhaupt?«

George zuckte die Achseln. »Vor allem, weil du uns gerade gesagt hast, dass wir es nicht tun sollen.« Der Grund, warum sie mein ganzes Leben lang nichts gesagt hatten, war ich. Es war eine selbsterfüllende Prophezeiung, und ich hatte sie verursacht, weil ich im Irgendwann herumspielen musste.

»Ach du Scheiße«, fluchte ich und vergrub den Kopf in den Händen.

Mum setzte sich zu mir und legte den Arm um mich. »Ist schon okay. Alles findet sich, wie es soll. Das Irgendwann hat seine eigenen Regeln, es lässt sich nicht missbrauchen.«

Ich zwang mich, meine Mission wieder in den Fokus zu rücken. Das musste ich, um nicht den Verstand zu verlieren. Das hier war einfach zu viel. Ich war wegen Leo hier. Ich drehte mich zu ihm um und konnte nicht anders, als ihn finster anzustarren. »Leo, mein Name ist Jessica Sharp, auch bekannt als Jinx. Ich bin die Tochter von George und Mary Sharp. Ich bin eine Empathin und Magierin. Sie haben mich hierhergeschickt, damit ich Ihnen sagen kann, dass ich vom Irgendwann weiß.«

»Unverkennbar.« Er lächelte und zeigte auf meine Mutter und mich nebeneinander.

Ich ging nicht darauf ein und fuhr fort: »Jemand beabsichtigt, Glimmer einzusetzen. Die Vampyre werden ihn einer unbekannten Person übergeben.«

Meine Mum neben mir richtete sich auf. »Du darfst nicht zulassen, dass sie das verdammte Ding benutzen. Das musst du um jeden Preis verhindern.«

Ich zog einen Schmollmund. »Das hat *er* das letzte Mal auch gesagt.« Ich zeigte auf Leo. »Deshalb bin ich jetzt hier im Irgendwann und rede mit euch.« Ich konnte etwas Wehmut in der letzten Aussage nicht vermeiden.

Mum strich mir übers Haar. »Wir sind nicht mehr am Leben, oder?«, fragte sie ruhig. »Wie alt warst du?«

Meine Augen füllten sich erneut mit Tränen, und ich schluckte hart. »Achtzehn. Eine Woche nach meinem achtzehnten Geburtstag. Ich dachte, ich würde euch nie wieder sehen, euch nie mehr in die Arme nehmen können, nie mehr einen Ratschlag bekommen …« Ich brach ab. Das war ganz schön hart. Und noch schlimmer war, dass ich aus eigenem Antrieb wieder zurückmusste. »Ich will nicht zurück«, flüsterte ich mit gebrochener Stimme. »Lasst mich bei euch bleiben.«

Mum zog mich in ihre Arme, und Dad umarmte uns beide. »Du kannst alles tun, was du dir in den Kopf setzt«, sagte meine Mum leise, wie sie es so oft während unserer gemeinsamen Zeit getan hatte. »Aber nicht das hier. Du bist noch nicht geboren. Du kannst nicht in dieser Zeit bleiben.«

Ich nickte an ihrer Schulter. Ich wusste, dass sie recht hatte, aber für den Moment blieb ich einfach dort und genoss das lang vergessene Gefühl ihrer Arme um mich. »Ich will mich nicht verabschieden«, sagte ich leise.

Mum drückte mich. »Es ist niemals ein Abschied, Liebes. Wir werden immer bei dir sein.«

Dad nickte. »Wir werden dich immer lieben.«

»Ihr habt mich noch nicht mal auf die Welt gebracht!«, wandte ich ein.

»Dann haben wir etwas, worauf wir uns freuen können«,

grinste Dad. »Ich bin schon jetzt stolz auf dich, und ich kenne dich erst seit fünf Minuten.«

Ich rieb mir wütend die Augen. Verdammt, ich wollte nicht, dass meine Eltern mich für eine Heulsuse hielten. »Hey, Gato«, rief ich. »Komm, dann stelle ich dich meinen Eltern vor.« Gato hüpfte begeistert auf uns zu und begann, meinen Dad abzulecken.

»Hallo, Isaac!«, begrüßte er Gato herzlich. Er hielt inne und schaute ihn aufmerksam an. »Na, wer ist ein braver Junge? Hast du gut auf unsere Jess aufgepasst?« Gato wedelte mit dem Schwanz. »Braver Hund«, sagte Mum und tätschelte ihn.

»Was?«, rief ich verblüfft. »Ihr kennt Gato?«

Mum seufzte. »Mist. Schätze, du kanntest ihn nicht, während du groß wurdest.«

»Wir müssen ihn weggeschickt haben. Deutsche Doggen leben so um die neun Jahre. Ich schätze mal, seine Langlebigkeit wäre im Norm nur schwer zu erklären gewesen«, überlegte Dad.

Ich rubbelte Gatos Seite. »Tut mir leid, Großer, ich wollte nicht, dass du wegmusst.« Er wedelte einfach weiter. Schätze mal, er nahm es mir nicht übel.

»Ich passe in der Zwischenzeit auf ihn auf«, bot Leo an. »Es ist immer ganz praktisch, einen netten Höllenhund bei sich zu haben. Wenn Jinx bereit ist, schicke ich Gato zurück.«

Ich seufzte. »Okay, jetzt verstehe ich. Sie und Gato waren so seltsam vertraut miteinander, als ich Sie in meiner Zeit besucht habe. Ich habe ihn jetzt seit fast zwei Jahren, seit dem dritten Dezember.«

Leo nickte. »Sehr gut. Ich mag einen guten Plan.« Dieser Leo wirkte etwas mehr bei Sinnen als der in der Zukunft.

Die Zeit und das Alter waren nicht nachsichtig mit ihm gewesen.

»Also, wie sieht der Plan für den Dolch aus?«, fragte ich.

»Lass nicht zu, dass er zum Einsatz kommt«, warnte Dad. »Er darf nicht erwachen.«

Ich schaute ihn ernst an. »Dad, das ist ein fürchterlicher Plan.«

Er lachte. »Manchmal ist der einfache Weg der beste, Dummerchen.«

Mum schlug nach ihm. »Nenn deine Tochter nicht Dummerchen, sie ist eindeutig sehr, sehr schlau.«

Ich grinste. »Danke, Mum.«

Gato bellte, es war sein drängendes Bellen. »Zeit, zu gehen?«, fragte ich. Er bellte noch einmal.

»Es ist nie ratsam, zu lange im Irgendwann zu bleiben«, meinte Dad.

»Aber es war gerade mal eine Minute«, beschwerte ich mich. »Ich habe euch für immer verloren und ewig von diesem Moment geträumt, und jetzt soll ich einfach gehen?« Ich schüttelte den Kopf. »Das ist nicht fair.«

Dad lächelte bedauernd. »Das Leben ist nur selten fair, fürchte ich.«

»All die Dinge, die ich euch noch sagen wollte, wenn ich euch nur einmal wiedersehen könnte … aber ihr kennt mich nicht mal.« Ich wischte mir noch mal über die Augen. Sie kannten mich nicht, und sie wussten nicht, wer ihr Mörder war. Das hier war nicht, wie mit Geistern zu kommunizieren. Sie waren schließlich noch am Leben, nur einfach gute zwanzig Jahre vor meiner Zeit.

Gato bellte noch einmal. »Ja, okay«, sagte ich gereizt. »Das ist nicht einfach für mich.« Ich umarmte meine Eltern ein letztes Mal. »Ich liebe euch beide so sehr«, sagte ich mit erstickter Stimme an der Schulter meiner Mutter. »Danke für alles. Ich werde euch nie vergessen.«

Mum wischte mir eine Träne von der Wange. »Es tut mir leid, dass wir dich allein gelassen haben, Liebes.« *Wahrheit.*

Gato bellte drängend. Es war höchste Zeit, zu gehen. Scheinbar hatte das Irgendwann seine eigenen Regeln, und Gato kannte sie. Ich nickte durch meine Tränen. »Ich auch. Ich liebe euch beide.«

Gato drückte die Nase an meine Stirn, und – zack – meine Eltern waren verschwunden.

Ich nahm einen tiefen, zittrigen Atemzug und schaute mit tränenverschleiertem Blick auf die Uhr. 11:01. Ich konnte später noch heulen, sagte ich mir. Ich schaute mich um. Noch immer war ich in Leos Büro, aber Leo war wieder alt. »Schon zurück?«, meinte er.

»Ich bin gerade erst gegangen«, sagte ich, die Stimme belegt mit unvergossenen Tränen.

»Ah«, sagte er mitfühlend. »Mir fehlen sie auch, Liebes. Aber nicht vergessen, sie sind nur eine Welt weit weg.«

20

ICH SAH LEO AN. ER MOCHTE etwas verwirrt sein, aber er schien sich auszukennen, also beschloss ich, ihn etwas auszuquetschen. »Was wissen Sie über Daemonen?«

Er hob eine elegant geschwungene Augenbraue. »In etwa so viel wie jeder andere, schätze ich. Sie sind Kreaturen aus dem Anders, die durch boshafte und hasserfüllte Taten geschaffen werden. Sie sind wie Schatten, die durch die Welt streifen und dabei zunehmend ein Bewusstsein entwickeln. Da sie im Anders geboren wurden, sind sie, sobald sie einen Körper haben, außerordentlich geschickt in der Handhabung der Magie dieses Reiches. Sie streifen umher, immer auf der Suche nach wütenden und skrupellosen Wesen, die einen bindenden Pakt mit ihnen eingehen und sich ihnen im Austausch gegen enorme Macht als Wirt zur Verfügung stellen. Daraufhin stecken Daemon und Wirt in einem verbissenen Willenskampf fest, der damit endet, dass eine Partei aufgibt und aus dem Körper gestoßen wird. In der letzten Zeit sind sie vermehrt als Agenten des Chaos aufgetreten. Sie versuchen, das Verdikt zu brechen, um das Zeitalter des Chaos zurückzuholen. Als es die Verbindung noch nicht gab, liefen die Dinge besser für sie, deshalb sehnen sie sich dahin zurück.«

Das war in etwa so viel, wie auch ich über Daemonen wusste. »Cathill beherbergt einen Daemon«, erklärte ich ihm. »Ich spüre ihn. Er strahlt so viel Hass aus, dass es mir fast die Kehle zuschnürt. Kann ich Cathill irgendwie helfen, ihn aus seinem Körper zu drängen?«

Leo schüttelte den Kopf. »Das könnte möglich sein, aber ich habe noch nie davon gehört. Außerdem will Cathill den Daemon vielleicht gar nicht loswerden. Als Vampyr verfügt er über enorme Körperkraft, Schnelligkeit und Regeneration, die ihn nahezu unsterblich macht – aber er hat kein AL. Er ist kein Elementar. Vampyre sind sowohl stark als auch schwach. Sie haben die Geschwindigkeit und die Stärke, aber kaum eigene Magie. Die Bindung an den Daemon verleiht Cathill mächtige Zerstörungsmagie. Sei auf der Hut.«

Das war ich bereits voll und ganz. »Gibt es sonst noch etwas, das Sie mir sagen sollten? Über meine Eltern, meinen Hund, den Dolch?«

Leo legte nachdenklich den Kopf schräg. »Ich glaube nicht«, meinte er. »Aber möglicherweise vergesse ich auch etwas Wichtiges.«

»Das ist nicht sehr beruhigend«, meinte ich ausdruckslos.

»Schätze nicht.«

»Nun denn, Leo. Ich gehe dann mal.«

»Auf Wiedersehen, Jinx, wir sehen uns bald wieder.« Er sagte es voller Überzeugung, aber ich antwortete nicht. Egal, wie ich es auch drehte und wendete, irgendwie war ich sauer auf ihn. Er spielte Gott mit meinem Leben, und es gefiel mir nicht, herumgeschoben zu werden wie eine Schachfigur.

Ich zog die massive Tür zu. Erin wartete draußen. »Konnte er dir helfen?«, wollte sie wissen. »An manchen Tagen ist er mehr ... da ... als an anderen.« Sie wies auf das dritte Dreieck auf meiner Stirn. »Er war zu lange im Irgendwann unterwegs, und jetzt weiß er oft nicht mehr, in welcher Zeit er sich befindet. Lass dir das eine Warnung sein«, sagte sie scharf. »Und du«, wandte sie sich an Gato. »Lass sie ja nicht zu oft dorthin. Die Vergangenheit kann süchtig machen, aber es verwirrt die, die mit ihnen in der Gegenwart leben. Leo hat meine Mutter oft besucht, und es war schwer für sie, so oft zwei von ihm um sich zu haben. Der lineare Verlauf der Zeit hat einen guten Grund.«

Ich schluckte hart und nickte. Die Zeit war nichts, womit man fahrlässig herumspielen sollte.

»Deinen Eltern wird es auch so gehen«, meinte Erin bestimmt. »Sie werden sich nach Kräften bemühen, deinem Kinder-Ich gute Eltern zu sein. Es ist zu viel verlangt, dich auch noch als Erwachsene großzuziehen.«

Ich nickte noch einmal. Ich hatte verstanden, wirklich, aber das hieß nicht, dass es mich nicht dorthin zurückzog. Aber ich würde es wirklich nur tun, wenn es ganz dringend nötig und unausweichlich war, schwor ich mir. Ich wollte nicht wie Leo enden, ganz egal, wie groß die Sehnsucht war – und sie war wirklich enorm.

Jetzt, da ich in Ruhe darüber nachdenken konnte, ärgerte ich mich, dass ich meine Eltern nicht mehr nach ihrer Zeit im Anders gefragt hatte, über ihre Arbeit als Inspectors und all die Dinge, die ich nicht über sie wusste. Der Moment war vorbei, aber es würde andere Momente geben.

Gato und ich schwangen unsere Hintern zurück in den Wagen. Ich aktivierte das Bluetooth und rief Stone von unterwegs an.

»Stone«, meldete er sich, und beim Klang seiner Stimme kam etwas in mir zur Ruhe. Die Welt stand Kopf, aber er war bis hierhin meine Orientierung gewesen, und er würde mich auch sicher durch diese neuen Entwicklungen führen. Es tat etwas weh, dass er mir das Irgendwann verschwiegen hatte, aber wir alle haben unsere Geheimnisse, und bei manchen steht es uns nicht zu, sie zu teilen. Ich vertraute ihm immer noch.

»Hey, ich bin's. Ich habe neue Informationen.«

»Geht es dir gut?« Ich hörte echte Besorgnis in seiner Stimme, was mich überraschte und auch ein wenig berührte. Ich hatte keine Ahnung, warum er sich solche Sorgen machte; ich war schon groß, ich konnte allein die Elfen besuchen. Natürlich war ich auch im Irgendwann gewesen, aber das wusste er nicht.

»Mir geht es gut. Ich habe mit Leo Harfen gesprochen. Er hatte etwas Schwierigkeiten mit der Zeit.«

Langes Schweigen. »Was meinst du damit?«

»Er hat zu viel Zeit im Irgendwann verbracht«, erklärte ich ohne Umschweife.

»Ich wusste, du würdest die Bedeutung der drei Dreiecke herausfinden.« Anerkennung schwang in Stones Stimme. »Allerdings dachte ich, du würdest dafür länger als zwei Tage brauchen.«

»Ja, ich bin toll«, stimmte ich ihm zu. »Aber ein wenig kränkt es mich schon, dass du nichts davon gesagt hast.«

»Ich habe einen Schwur geleistet, Jinx.«

»Ja, ja, aber bin ich nicht wichtiger als so ein kleiner Schwur?«, neckte ich ihn.

»Ja«, sagte er leise. *Wahrheit.*

Ich biss mir auf die Lippe. Wir brauchten dringend einen Themenwechsel. »Der Dolch ist ein Problem. Er nimmt das Blut eines Wesens aus dem Anders auf, pumpt es ins Herz einer Norm-Person und verwandelt sie in eine aus dem Anders. Manchmal funktioniert es nicht, und der Spender stirbt, manchmal funktioniert es, und der Empfänger überlebt es nicht. Ein Fanatiker hat mit einer ganzen Reihe von Leuten experimentiert, und viele haben dabei ihr Leben verloren, aber er hat einige Norms in *Andere* verwandelt. Der Dolch wurde den Vampyren übergeben, damit sie auf ihn aufpassen. Und ich bin mir ziemlich sicher, dass Cathill einen Daemon in sich trägt.«

»Faltease«, sagte Stone, als hätte etwas in seinem Kopf klick gemacht. »Er ist ein berüchtigter Bösewicht – wir haben an der Akademie über ihn gesprochen. Er hat Hunderte getötet, alle mit Stichverletzungen. Ich wusste, dass er ein Fanatiker war, der die Welt *anders* machen wollte, aber ich wusste nicht, was der Zweck des Dolchs war – und auch nicht, dass es sich dabei um Glimmer handelte. Das war vor meiner Zeit. Das Symposium hält dieses Wissen sicher unter Verschluss, damit niemand auf dumme Ideen kommt.«

»Sieht aus, als wäre jemand anderes auf die Idee gekommen. Sie haben Hes aus dem Norm, und sie haben Nate aus dem Anders. Um Mitternacht werden sie auch den Dolch in ihrem Besitz haben. Man muss kein Genie sein, um sich denken zu können, was sie vorhaben. Aber ich verstehe nicht, wer so dringendes Interesse daran haben könnte, Hes zu verwandeln. Und warum.«

»Archie?«, überlegte Stone. »Möglicherweise will er, dass seine zukünftige Braut *anders* ist.«

»Vielleicht«, antwortete ich, »aber so kam er mir nicht vor. Er machte sich keine Sorgen um sie – er dachte wirklich, sie würde einfach irgendwo feiern. Außerdem ist die Person, die hinter all dem steckt, eine Frau.«

»Dann weiß ich es auch nicht.« Stone klang frustriert.

»Wir werden es früher herausfinden als uns lieb ist«, sagte ich. »Achte einfach darauf, dass das Portal ins Irgendwann besser bewacht ist als die Queen.«

»Es *ist* besser bewacht als die Queen«, bestätigte Stone mir.

»Jemand glaubt, dass er es hindurchschaffen kann. Seid nicht leichtsinnig. Vergiss nicht, dass Cathill einen Daemon in sich trägt.«

»Wir haben Bannzauber für Daemonen. Ich werde die Magier bitten, ein paar zusätzliche Runen vorzubereiten«, versicherte er mir.

Meine Instinkte sagten mir, dass es nicht so einfach werden würde, wie Stone sich das vorzustellen schien, aber ich wusste, dass er auf den schlimmsten Fall vorbereitet war. Er war wie ich, hatte immer einen Plan.

Ich war gerade auf der Fernstraße, als ein riesiger Nissan-Truck wild schlingernd den Wagen hinter mir überholte. Ich hatte ihn während der letzten zwei Kilometer in meinem Rückspiegel gesehen. »Ich werde verfolgt«, erklärte ich Stone ruhig.

Sein Tonfall änderte sich augenblicklich. »Wo bist du?«

»M53.« Ich ordnete mich auf dem Langsamfahrstreifen ein. »Nahe dem Bidston Golf Club. Es ist ein schwarzer Nissan Navara.« Der Truck schob sich erneut hinter mich. Die Straße war relativ wenig befahren, und ich drückte aufs Gas. Der Range Rover heulte auf, der Nissan folgte mir jedoch. Das war ein schlechtes Zeichen. Ich hatte eine Ahnung, dass ich gleich gerammt werden würde.

Der Truck hatte es aufgegeben, unauffällig wirken zu wollen. »Gato, komm hier nach vorne.« Ich wollte nicht, dass er im Kofferraum blieb. Gehorsam sprang er über die Rückbank und setzte sich neben mich. Ich streckte den Arm aus und schnallte ihn an. »Lass dich nicht mit mir einfangen«, warnte ich ihn, und er bellte bestätigend.

»Unterstützung ist unterwegs«, versicherte Stone mir. »Fahr einfach immer weiter, Jinx.«

Es waren etwa zehn Minuten zum Verbundhaus, die Hilfe würde nicht früh genug hier sein. Der Nissan rammte uns hart, und mein Wagen drehte sich. Ich stieß mir den Kopf am Lenkrad, und dann gingen für Jinx die Lichter aus.

Als ich aufwachte, war ich benommen und hatte Schmerzen. Mein Kopf pochte. Ich lag auf einem Holzboden in einem leeren Raum, und mir waren die Hände vor dem Körper gefesselt. Meine Beine waren ebenfalls immobilisiert, und ich war nicht allein: Hes und Nate hockten dicht aneinandergedrängt an der gegenüberliegenden Wand. Nate wirkte ausgezehrt und hungrig. Hes sah müde aus.

Ich setzte mich auf. »Schön, euch zu sehen«, rief ich fröhlich. »Nach euch habe ich gesucht.«

»Wie schön für dich«, meinte Nate ausdruckslos. »Jetzt hast du uns gefunden.«

»Die Kavallerie ist unterwegs«, versicherte ich ihm.

Die Tür öffnete sich, und Mrs. H trat ein. Sie trug eines ihrer Lieblingsoutfits, ein hellviolettes Teil, das das Lila ihrer Haut so richtig zur Geltung brachte. Sie trug veilchenfarbene Pumps, und ihre Nägel waren passend lackiert. Ihr Haar war zu einem perfekten Bob geschnitten. Sie trug weder Handschellen noch anderweitige Fesseln und hatte auch keine Inspectors dabei. Und dann fiel der Groschen: Sie steckte hinter all dem hier. Ach du Scheiße.

»Die Kavallerie nervt«, sagte sie scharf. »Inspector Stone nimmt den ganzen Laden auseinander auf der Suche nach dir, Liebes. Du wirst ihn jetzt anrufen und ihm sagen, dass du genug von all dem Unsinn hast und nach Hause fährst.«

Mrs. H, meine nette Nachbarin, war der Kopf eines ruchlosen Komplotts gegen die Verbindung. Ich starrte sie an, versuchte, ruhig zu bleiben, aber der Verrat tat richtig weh. Verdammt, mein Bauchgefühl hatte mich immer ein wenig vor ihr gewarnt, aber sie hatte mir nie einen Grund gegeben, darauf zu hören. Über die Jahre hatte ich sie als die Ausnahme von der Regel eingestuft, trotzdem hatte sie es nie in meinen engsten Kreis geschafft. Und nun stellte sich heraus, dass meine Instinkte mich nicht getrogen hatten. Mal wieder.

»Sie waren es. Die ganze Zeit über«, fauchte ich.

Sie rollte mit den Augen. »Ja, ja. Begreif es endlich, Jinx. Ich bin das Mastermind hinter der ganzen Sache. Ich habe dich von Anfang an manipuliert. Es war sehr amüsant, dich und Stone nach meiner Pfeife tanzen zu sehen.«

Mir kam ein Gedanke. »Haben Sie meine Eltern umgebracht?«

Sie winkte ab. »Warum sollte ich das tun? Ich hatte sie genau da, wo ich sie wollte: Sie verbargen sich und vertrauten mir vorbehaltlos. Solange sie mir vertrauten, waren sie sicher vor mir. Nein, Liebes, ich war es nicht, und ich weiß auch nicht, wer es war.« *Wahrheit.* »Um ehrlich zu sein, war ich nicht erfreut. Jemand hatte ohne meine Erlaubnis meine Geheimwaffe zerstört. Ich war sehr verärgert.«

Ich hatte meine ganze Familie verloren, und sie war verärgert. Was für ein eiskaltes Miststück.

Ihr entging meine Wut nicht. »Also gut«, lenkte sie ein. »Ich mochte sie, sehr sogar. Genau wie ich dich mag. Aber meine Tochter hat oberste Priorität. Es tut mir leid, Jinx, ehrlich, aber für Jane würde ich alles tun.«

Mrs. H fuhr fort: »Mir kam es vernünftig vor, dich zu engagieren, es war besser als irgendeine unbekannte Person. Außerdem warst du zu der Zeit immer noch verborgen. Ich hatte nicht erwartet, dass Stone dich einführen würde – ich dachte, du würdest einfach nur ein wenig im Norm herumstochern. Ich konnte ja nicht ahnen, dass es so weit kommt.«

»Sie hatten nichts damit zu tun, dass ich für den Auftrag engagiert wurde«, widersprach ich.

Mrs. H lachte. »Wer, denkst du, hat Wilf vorgeschlagen, dich Lady Sorrell zu empfehlen?« Sie runzelte die Stirn. »Aber dann wurde dieser ungezogene Welpe, Inspector Stone, in die Sache mit reingezogen. Nun, wenigstens kannte ich ihn, also konnte ich euch zu einem Team machen und ein Auge auf euch haben, während ich euch stets mehrere Schritte voraus war. Es hätte niemals so weit kommen sollen.« Ihre Miene hellte sich auf. »Wie hat dir dein exklusiver Fallschirmsprung gefallen? Ich wusste, dass Stone dich retten und euch das enger zusammenbringen würde. Er ist ein ausgezeichneter Elementmagier, das muss man ihm lassen, aber er ist wie jeder Mann: Ein attraktiver Hintern reicht aus, um ihn abzulenken.«

Ein Teil von mir war geschmeichelt, dass sie dachte, ich hätte einen attraktiven Hintern. Interessant war auch, dass sie glaubte, Stone habe mich gerettet, denn das bedeutete, sie wusste nicht, dass ich selbst dazu in der Lage war, und hielt mich lediglich für eine Empathin.

Ich starrte sie an. »Hätten Sie auch nur einen Hauch von Reue empfunden, hätte er mich nicht gerettet? Sie haben mich praktisch großgezogen.«

Sie schenkte mir ein herablassendes Lächeln. »Natürlich hätte ich etwas empfunden, Liebes. Wer, glaubst du, hat sich um den Vampyr gekümmert, der dich anzapfen wollte?«

Ich starrte sie ausdruckslos an, bis ich mich an den Abend erinnerte, als Gato wegen absolut nichts durchgedreht war. In der Nacht zuvor war ein Vampyr im Park auf der Suche nach einem Mitternachtssnack gewesen.

Mrs. H fuhr fort: »Ich habe dein Haus sogar mit einer Schutzrune versehen. Du bist mir wichtig, aber Jane kommt an erster Stelle. Und du hast dich in der letzten Zeit zu einem kleinen Risiko entwickelt. Es tut mir wirklich leid, aber so sieht es jetzt nun einmal aus.« Sie schüttelte den Kopf. »Genug geplaudert. Ruf Stone an, sag ihm, dass es dir gut geht, damit er sich dem Spaß des heutigen Abends widmen kann.«

»Sie *wollen* die Inspectors hier haben«, stellte ich fest, und Angst ballte sich in meinem Bauch zusammen.

»Natürlich. Ich muss doch zuerst diese kleine Armee von Gesetzeshütern zerstören, bevor ich die Geschäfte übernehmen kann.«

»Sie wollen das Chaos vor der Verbindung zurück«, rief ich anklagend.

Sie schnaubte. »Verbindung oder Chaos, das ist mir egal, ich will die Kontrolle, und es kümmert mich nicht, wie ich sie bekomme. Lange habe ich mich damit zufriedengegeben, einen Platz im Symposium zu haben. War das nicht genial? Ich organisierte meinen eigenen kleinen Terroranschlag und brachte ihn dann zum Scheitern, wobei ich sicherstellte, dass die Seherin im Symposium dabei zu Tode kam. So konnte ich ihren Platz einnehmen. Wirklich genial. Aber das Symposium ist so öde. Abstimmung hier, Abstimmung da, Mehrheitsentscheidung, es ist wirklich schrecklich langweilig. Ich beschloss, dass ich regieren will, wie es unsere Queen tut. Und dafür brauche ich eine Dynastie.« Mrs. H lächelte, aber ihre Augen glänzten fiebrig. Sie hatte den Verstand verloren.

Mir ging ein Licht auf. »Jane. Sie wollten sie *anders* machen.«

Sie lächelte, wie eine Lehrerin es bei einem kleinen Kind tun würde. »Sehr richtig, Liebes. Doch Jane ist tot. Sie starb vor sechs Monaten. Ist dir nicht aufgefallen, dass sie mich nicht mehr besucht hat?« Sie schüttelte den Kopf. »Wie egozentrisch. Du bist nicht die Einzige, die ein Recht auf Trauer hat, ja? Also werde ich Glimmer zunächst an Nate und Hes hier testen. Sollte es funktionieren, gehe ich ins Irgendwann und rette Janes Leben. Dann mache ich sie *anders*, wie sie es immer hätte sein sollen, und dann regieren wir gemeinsam das Vereinigte Königreich. Das Chaos oder die Einheit können den Rest der Welt haben. Ich will einfach nur meine kleine Insel.«

»Es tut mir leid, dass Jane gestorben ist und ich nicht gemerkt habe, dass sie nicht mehr zu Besuch kam.« Meine Worte waren ehrlich. Es tat mir wirklich leid, es hätte mir auffallen müssen.

»Es spielt keine Rolle. Bald ist sie wieder da«, wiegelte Mrs. H ab. Sie befand sich auf der ersten Stufe der Trauer: Leugnung.

»Man kann die Toten nicht zurückholen«, sagte ich leise. »Das ist eine der Regeln.«

Sie winkte ab. »Ich versuche nicht, sie von den Toten zurückzuholen, ich verhindere ihren Tod. Ich habe mehrere Petitionen im Symposium eingereicht, mir Zutritt zum Irgendwann zu geben, aber sie haben abgelehnt, also habe ich beschlossen, mir gewaltsam Zugang zu verschaffen. Ich habe dem Daemon mit Cathill geholfen, und er hat mir im Gegenzug von dem Dolch erzählt und dass er sich in Volderiss' Besitz befindet. Ich war überrascht, als er meinte, dass Gabriel Volderiss ihn dem kleinen Nate hier gegeben habe, der ihn wie eine Trophäe mit sich herumschleppte. Sein Anhängsel, das Norm-Mädchen, war ein kleiner Bonus, denn dadurch sind sie das perfekte Testpaar für Glimmer. Zu dumm, dass Nate die Klinge verborgen und lediglich seinem Vater das Versteck verraten hat, doch zum Glück habe ich ihn erwischt, bevor sein Vater ihn retten konnte, und jetzt sind wir alle hier.«

Sie lächelte unangenehm. »Und jetzt ruf Stone an und sag ihm, dass es dir gut geht. Ich will, dass er sich auf mich fokussiert. Und wenn du irgendetwas Dummes versuchst, dann bringe ich Hester um und suche mir ein anderes Norm-Mädchen.« *Wahrheit.*

Hester sah mich mit angstgeweiteten Augen an.

Mrs. H wusste nicht, dass ich mit Stone telefoniert hatte, als ich entführt wurde. Ich musste mir etwas einfallen lassen, wie ich ihn warnen konnte, ohne dass sie es merkte.

Mein Handy hatte bei dem Unfall nur einen kleinen Kratzer abbekommen, war aber sonst unbeschädigt. Mrs. H benutzte es, um Stone anzurufen. Als er ranging, war sein Tonfall zurückhaltend. Er erwartete meine Kidnapper am anderen Ende. »Hey, Rocky«, grüßte ich ihn locker.

»Jess?«, antwortete er, weil er augenblicklich begriff, dass wir hier so eine Art verschlüsselte Unterhaltung führten. Er hatte mich noch nie Jess genannt, immer nur Jinx. »Wo warst du? Ich habe auf der Suche nach dir die ganze Stadt auf den Kopf gestellt.«

»Tut mir leid, dass du dir Sorgen gemacht hast. Ich brauchte nur etwas Raum, um herauszufinden, was ich wirklich will, verstehst du. Ich rufe dich nur an, um dich wissen zu lassen, dass ich die Stadt verlasse. Dieser ganze Vampyr/Daemon/Seherinnen-Kram ist mir zu viel. Ich bin nur eine einfache Privatermittlerin. Ich fahre mit Gato nach Hause. Vielleicht besorge ich unterwegs noch eine Kleinigkeit für Mrs. H. Ich wollte mich nur verabschieden. Tut mir leid, dass ich dich im Stich lasse, aber das verstehst du sicher. Ich habe erst achtundvierzig Stunden im Anders verbracht, und mir wird alles etwas zu viel.«

»Klar«, antwortete Stone gelassen. »Das verstehe ich. Vielleicht können wir noch mal reden, wenn die Dinge sich beruhigt haben. Ich bin froh, dass es dir gut geht.«

»Ja, mir geht es gut, tut mir leid, dass ich dir Sorgen bereitet habe. Bye, Rocky, wir sehen uns.«

»Bye, Jess. Pass auf dich auf.« Er legte auf.

Deutlicher hätte ich nur werden können, wenn ich auf und ab gehopst wäre und ihm gesagt hätte, dass Mrs. H mich entführt hatte. Ich war mir allerdings ziemlich sicher, dass die Botschaft angekommen und er gewarnt war.

Ich wünschte nur, dass sich unser Abschied nicht so endgültig angefühlt hätte.

21

MRS. H BEHIELT MICH AUFMERKSAM im Blick, und als ich ihren Namen erwähnte, kniff sie die Augen zusammen, aber nichts von dem, was ich sagte, alarmierte sie. »Denkst du, er hat dir geglaubt?«, fragte sie.

»Klar. Warum nicht? Das Anders ist verrückt. Jeder bei klarem Verstand würde versuchen, hier rauszukommen. Wie spät ist es?«

Sie lächelte. »Fast elf Uhr nachts. Nicht mehr lange. Ich weiß immer noch nicht, was ich mit dir machen soll, Jinx. Ich habe all die Jahre auf dich aufgepasst, und eigentlich will ich dich nicht umbringen.«

Die Vorstellung, mich zu töten, schien sie allerdings auch nicht allzu sehr zu bekümmern.

»Sie könnten meine Erinnerungen löschen«, schlug ich optimistisch vor. »Sie lassen mich bei dem ganzen Drama zusehen, und wenn Sie gewonnen haben, können Sie einfach meine Erinnerungen löschen. Ich wäre weiterhin die nette Privatermittlerin von nebenan und hätte keine Ahnung von all dem hier.«

Sie dachte darüber nach. »Keine schlechte Idee. Ich lasse es mir durch den Kopf gehen.« Sie sah uns drei an. »Entspannt euch, Schätzchen, bald ist es vorbei.« Sie ging und schloss die Tür hinter sich. Ich konnte das dumpfe Schaben eines Riegels hören.

»Die ehrwürdige Seherin Harding hat sie nicht mehr alle«, stellte Nate fest. Er kauerte neben Hes, die noch kein Wort gesagt hatte.

»Ach wirklich?«, gab ich zurück. »Hester? Bist du okay?«

Sie hob den Kopf. »Ich wurde gekidnappt, mein Freund ist ein Vampyr, und irgendeine Irre will ein magisches Wesen aus mir machen. Und scheinbar stecke ich gerade zwischen zwei Reichen fest. Ich bin weder norm noch *anders*. Klar, mir geht es gut. Ganz wunderbar.«

Das war eine Menge zu verarbeiten, da konnte ein Detail mehr auch nicht mehr schaden. »Wilf und Archie sind Werwölfe.«

Hes seufzte. »Na klar. Einfach toll. Ist irgendwer in meinem verdammten Leben normal?«

»Deine Großmutter und Jackson. Deine Eltern auch. Sybil.« Ich zuckte die Achseln. »Norm-Menschen sind immer noch, nun, die Norm. Liverpool ist wie das London des Anders. Übernatürliche Wesen zieht es hierher, deshalb kennst du vermutlich noch ein paar mehr *Andere*.«

»In den Büchern war das alles deutlich aufregender.« Sie rieb sich die müden Augen.

»Klar.« Ich schwieg. »Ich gebe allerdings eines zu bedenken: Dein Freund Nate ist ein Vampyr. Wenn er von dir trinkt, wird er stärker und ist vielleicht in der Lage, seine Fesseln zu sprengen. Ich würde mich ja als Snack anbieten, aber ich bin eine Magierin. Anscheinend dreht er durch, wenn er von mir trinkt, und könnte uns dann versehentlich umbringen.«

Hes starrte mich an. »Okay, nur damit ich das richtig verstehe, du schlägst vor, ich soll meinen neuen Freund mein Blut essen lassen?«

»Na ja, eher trinken«, korrigierte ich sie, »aber ja, so habe ich mir das vorgestellt.«

Nate war erstarrt. Ich vermutete, dass er Hunger hatte, aber seine Freundin nicht zu seiner Beute machen wollte, doch jetzt, da ich es erwähnt hatte ... war er noch hungriger.

Hes sah ihn an. »Wird es wehtun?«, fragte sie leise.

Nate schüttelte den Kopf. »Ich würde dir nie wehtun, Hes. Wir können unsere ... Spender ... mit einem Zauber belegen, damit sie keine Schmerzen spüren. Ich nehme auch nicht viel, ich verspreche es.«

»Ich vertraue dir«, sagte sie schließlich. »Mach. Wenn wir dann hier rauskommen, ist es das wert.«

Er sah sie an. »Sieh mich an, Liebes«, sagte er sanft.

Sie begegnete seinem Blick und erschlaffte im nächsten Moment.

Er hielt ihren Blick fest, während seine Eckzähne länger wurden, dann biss er mit übernatürlicher Geschwindigkeit in ihre Schlagader in ihrem Hals. Eine Weile war nichts zu hören außer seinem Schlucken und Hes' leisem Stöhnen, was mich vermuten ließ, dass die Erfahrung nicht unangenehm für sie war. Es war mir ein wenig peinlich, im gleichen Raum mit ihnen zu sein. Schließlich löste Nate sich von ihr und leckte über die Stelle, wo er sie gebissen hatte. Die Male schlossen sich und heilten, bis nicht einmal mehr ein Bluterguss zu sehen war.

»Moment mal«, sagte ich. »Vampyre können verzaubern und heilen? Mir wurde gesagt, dass ihr nicht wirklich viel Magie habt.«

»Wir sprechen nicht öffentlich darüber«, gab Nate widerstrebend zu. »Es ist eine Klan-Angelegenheit, und die behalten wir für uns.«

Ich übte etwas Druck aus, es gab Dinge, die musste ich einfach wissen.

Er gab ihm nach und fuhr fort: »Wir haben drei magische Talente. Das erste ist Hypnose, mit der wir unsere Spender dazu bringen, freiwillig zu uns zu kommen. Das zweite ist Heilung. Das ist nicht direkt Magie, sondern etwas in unserem Speichel, das eine heilende Wirkung hat. Kein Zauber oder AL, sondern Bakterien oder so was.«

Er zuckte die Achseln. »Wir leben zurückgezogen. Die Welt muss das nicht wissen.«

Ich hob die Hand. »Ich kann ein Geheimnis bewahren, aber es ist nützliches Wissen. Und das dritte Talent?«

Nate zuckte die Achseln. »Tut mir leid, ich darf mit Nichtvampyren nicht über unsere Kräfte reden, sofern sie nicht Zeuge davon geworden sind. Außerdem hat unsere Kidnapperin hier Runen platziert. Ich habe es bei unserer Ankunft versucht, aber ich konnte nichts ausrichten.«

Meine Neugier quälte mich, aber wenn es uns nicht helfen konnte, ging es mich auch nichts an. Außerdem war jetzt nicht der richtige Moment für eine Abhandlung über Vampyr-Magie. Ich wandte mich an Hes. Sie wirkte blass – und ein wenig high. »Hes, geht es dir gut?«

Sie lächelte schief. »Mir geht es wundervoll, einfach wundervoll.«

»Es ist ein bisschen wie Betrunkensein«, erklärte Nate. »In ein oder zwei Stunden ist sie wieder okay.«

»Sehen wir mal, ob du es jetzt aus den Fesseln schaffst«, schlug ich vor.

Nate spannte die Arme an, bis die Fesseln sich in seine Haut gruben. Blut rann über seine Ellbogen.

»Das reicht«, bestimmte ich. »Mit Gewalt kommen wir nicht weiter. Also muss Plan B herhalten.«

»Was ist Plan B?«, fragte Hester verträumt.

»Magie.« Ich wandte mich an Nate. »Ich werde versuchen, AL einzusetzen. Ich habe keine Ahnung, was ich mache, schlag mich also bewusstlos, sollte ich berückt werden. Schaffst du das?«

Er nickte. »Kein Problem. Wenn du nahe genug bei mir bist, kann ich dir auch mit gefesselten Händen eine reinhauen.«

»Hab ich ein Glück«, murmelte ich.

Die Fesseln sahen aus wie schlichte Kabelbinder, aber offenbar waren sie etwas mehr als nur das. Mrs. H hielt mich für eine Empathin, sie wusste nicht, dass ich über AL verfügte. Alle glaubten, Vampyre hätten keine Magie, und Hes war eine Norm. Vielleicht hatten wir ja Glück, und sie hatte keine Zauber oder Runen verwendet, die diese Fesseln magieresistent machten. Warum auch gegen eine Chaostruppe wie uns?

Ich musste diese Fesseln brechen sehen. Ich wollte sie brechen sehen. Ich wollte, dass sie in Stücke zerfielen. Ich glaubte fest daran, dass es funktionieren würde. »Brich«, befahl ich der Fessel um mein Handgelenk, und sie fiel ab. Ich spürte, wie das AL mich verließ, als es seine Arbeit verrichtet hatte. Nun, das war deutlich leichter, als einen verdammten Fußball zum Rotieren zu bringen.

Ich konzentrierte mich auf meine Fußfesseln und wiederholte die Prozedur. Als auch sie brachen, wallte ein Gefühl des Triumphs in mir auf. Eine Person frei, zwei warteten noch auf mich.

Ich machte kurzen Prozess mit Hes' und Nates Fesseln. Sie rieben sich die Handgelenke, um den Blutfluss anzuregen. Nates Verletzungen von seinem Versuch vorhin waren bereits wieder verheilt. Unsterbliche Regenerationskräfte waren wirklich ein Vorteil.

Unser nächstes Problem war die Tür. Ich war mir sicher, dass Nate sie eintreten oder ich sie mit AL sprengen konnte, machte mir jedoch Sorgen wegen des Lärms. Wir hatten keine Ahnung, was uns auf der anderen Seite erwartete, und abgesehen von Nates Fangzähnen und meiner Anfängermagie hatten wir keine Waffen. Ich überlegte immer noch, als ich hörte, wie der Riegel leise zurückgeschoben wurde.

Ich gab Hes und Nate ein Zeichen, und wir ließen uns wieder nieder und hielten die Hände und Füße beisammen, als wären wir immer noch gefesselt. Eine vertraute Schnauze stieß die Tür auf, und Erleichterung durchflutete mich. »Hey, mein Junge«, begrüßte ich Gato, kam auf die Beine und umarmte ihn dankbar. »Wie hast du die Tür aufgekriegt?«

Er sprang auf die Hinterbeine und reckte vorsichtig die Schnauze. »Mit den Zähnen?« Er fiel zurück auf alle viere und grinste mit offenem Maul. »Kluger Junge«, lobte ich ihn. »Ich hatte mir schon Sorgen gemacht, dass sie dich auch erwischt haben.« Er schüttelte den riesigen Schädel. »Danke, dass du mich gerettet hast.« Ich küsste ihn. »Aber wir müssen noch mal ernsthaft reden. Du hast mich nie vor Mrs. H gewarnt!«

»Er ist ein Höllenhund«, schnaubte Nate belustigt, »kein Empath. Er kann Körpersprache und Pheromone lesen, aber nicht die Wahrheit von Lügen unterscheiden. Wenn Seherin Harding sich immer nett verhalten hat, dann hatte er keinen Grund, ihr zu misstrauen. Sie hat eine Menge Leute hinters

Licht geführt. Höllenhunde sind extrem klug, aber es sind immer noch Hunde.«

Gato schnaubte. Es gefiel ihm nicht, mit seinen hündischen Artgenossen in einen Topf geworfen zu werden.

Hes starrte ihn verträumt an. »Ist er ... ein Gestaltwandler oder so was?«

»Er ist ein Höllenhund«, erklärte Nate langsam, wie man es bei einem kleinen Kind tun würde. »Er ist ein sehr kluger Hund, der einen entweder ins Norm oder ins Anders bringen kann.« Nate hatte nur ein Dreieck, also nahm ich an, dass er nichts vom Irgendwann wusste.

Und dann hatte ich mit einem Mal eine Erleuchtung, und mir fiel ein ziemlich cleverer Plan ein. »Genug geredet«, sagte ich leise. »Wir müssen los, bevor sie merkt, dass wir frei sind. Los jetzt.«

Wir waren in einem Keller unter der Erde. Leise machten wir uns auf den Weg zu einer Treppe und stiegen langsam hinauf. Ich spähte über den Rand – und riss augenblicklich den Kopf zurück. Himmel.

Ich kroch zurück zu den anderen. »Wir sind in einem Keller in St. Luke's, der zerbombten Kirche.« Ich schüttelte den Kopf. »Und überall wimmelt es nur so von Trollen. Ein paar Elementare sind auch dabei, und zweieinhalb Meter große Kreaturen mit Stoßzähnen.«

»Oger«, half Nate mir aus.

»Wir sprechen von zwei- oder dreihundert Gegnern da draußen.« Das Hauptschiff der Kirche war von einem Schimmern und Funkeln umgeben gewesen, und die Trolle hatten dagegengehämmert. Ich vermutete, dass es sich um eine Art Schutzschild für das Portal handelte. Wenn es ihnen gelang, durchzubrechen, hätte Mrs. H die Kontrolle über die Zeit.

Ich wandte mich an Gato. »Kannst du Nate und Hes mit uns ins Irgendwann bringen?«

Er schüttelte bedauernd den Kopf. Er sah erst Hes und mich an und dann Nate und mich. Er konnte mich und noch eine andere Person mitnehmen. So musste jemand zurückbleiben, allein und verängstigt, und das war keine Option. Es wäre besser, die beiden zusammen zurückzulassen und sie später zu holen.

Ich stieß scharf den Atem aus. »Es tut mir leid«, sagte ich zu Hes und Nate. »Ich werde euch eine Weile allein lassen müssen. Ich komme bald mit der Kavallerie zurück, aber sie müssen wissen, was sie hier erwartet, sonst wird die Handvoll Inspectors massakriert.«

»Wo gehst du hin?«, wollte Hes wissen.

»Nicht *wo*hin«, sagte ich leise. »*Wann*hin. Ich bin bald wieder da.« Ich drehte mich zu Gato um. »Tag eins«, sagte ich zu ihm, und er gab einen leisen zustimmenden Laut von sich. Er berührte meine Stirn mit seiner Schnauze, und Nate und Hes verschwanden. Wenn Gato alles richtig gemacht hatte, dann war es jetzt Freitagabend in Liverpool.

Ich spähte vorsichtig erneut in den Haupttrakt der Kirche hinaus. Nichts. Mrs. H hatte ihre Armee noch nicht zusammengetrommelt. Es sind die kleinen Dinge.

Vorsichtig schlichen Gato und ich uns aus St. Luke's. Wenn es Freitag war und alles so, wie es sein sollte, dann befanden Stone und ich uns immer noch am Sprungplatz. Wenigstens würde ich mir nicht selbst über den Weg laufen. Als wir aus der Kirche heraus waren, blieb ich nahe der Hauptstraße stehen. Ich wusste nicht, wohin, und ich hatte keine Ahnung, wem ich trauen konnte.

Letztendlich blieb mir nur noch eine Option. Ich fasste

nicht leicht Vertrauen, aber ich vertraute Stone, und nur ihm allein. Ich würde warten müssen, bis er und mein anderes Ich wieder hier waren. Erst einmal musste ich mich ausruhen, daher machte ich mich auf den Weg zurück ins Verbundhaus.

22

ESME, DIE SIRENE, LIESS MICH rein. Sie kaufte mir meine Geschichte mit der verlorenen Schlüsselkarte ab und gab mir eine neue. Ich war zu müde für eine Dusche, aber ich zwang mich dazu, die Blutflecken meiner zukünftigen Entführung abwaschen. Diese Zeitsprünge waren ganz schön verwirrend.

Sauber und erschöpft, kletterte ich ins Bett, und Gato legte sich neben mich. Ich protestierte nicht. Ich brauchte etwas Festes neben mir, und so fühlte ich mich sicherer. Nachdem ich den Wecker meines Handys auf sieben Uhr morgens gesetzt hatte, schloss ich die Augen und zog die Decke hoch. Ich stellte mir den Strand und das Meer vor und ließ mich von Morpheus davontragen, während im Hintergrund die Möwen kreischten.

Um 7:30 Uhr war ich wach, geduscht und angezogen. Ich hatte einen frühen Termin, selbst wenn die Leute, mit denen ich mich treffen würde, noch nichts davon wussten. Rückblickend hatte Volderiss bei unserem zweiten Besuch den Eindruck gemacht, als wüsste er mehr, als er wissen sollte. Jetzt war ich mir sicher, den Grund dafür zu kennen.

Ich machte mich auf den Weg zu GV Law. Bella, der Liver

Bird, stand im Hof. Ich nickte ihr zu, und sie trillerte, während ihre scharfen Augen mir folgten. Ich hatte keine Ahnung, warum, aber ich konnte das Gefühl nicht abschütteln, dass sie wusste, dass ich nicht in diese Zeit gehörte. Ein Schaudern lief mir über den Rücken.

Ich ließ Gato vor dem Gebäude zurück und wies ihn an, sich nicht blicken zu lassen, ehe ich um 7:45 Uhr GV Law betrat. Die Rezeptionistin war bereits da. Ich hoffte, sie wurde gut bezahlt. »Sagen Sie Volderiss Bescheid«, wies ich sie an. »Sagen Sie ihm, er hat ein Meeting um acht Uhr, vor Cathills Eintreffen.«

Sie hob eine elegante Augenbraue, griff jedoch nach dem Hörer und wählte. »Detective Sharp ist noch mal für Sie hier. Sie sagt, Sie hätten einen Acht-Uhr-Termin vor Ihrem Treffen mit Lord Cathill.« Sie nickte und legte auf. »Er erwartet Sie.«

Als ich die Tür öffnete, war Volderiss allein und lief auf und ab. Er drehte sich mit einer Frage auf den Lippen zu mir um, doch ich hob eine Hand. »Lord Volderiss, wir haben keine Zeit. Was wissen Sie über das Irgendwann?« Er hatte drei Dreiecke auf der Stirn, und ich war froh, dass ich nicht das Verdikt verletzte.

Er blieb stehen und begegnete meinem Blick. »Ich weiß, dass es existiert«, sagte er. »Ich weiß, wofür es existiert.«

»Wissen Sie, wo sich das Portal befindet?«

Er hob eine Augenbraue. »Ja – doch das ist eine streng geheime Information.« *Wahrheit.*

»Es befindet sich in St. Luke's. Heute Nacht wird die ehrwürdige Seherin Harding versuchen, sich mit Gewalt Zutritt zu dem Portal zu verschaffen. Sie plant, Glimmer an Ihrem Sohn anzuwenden, um Hester Sorrell *anders* zu machen.

Wenn das funktioniert, wird sie Glimmer an ihrer Norm-Tochter anwenden, um auch sie *anders* zu machen.«

Er verzog das Gesicht. »Ich kann die ehrwürdige Seherin Harding nicht beschuldigen. Sie ist die Mutter Teresa des Symposiums. Niemand würde mir glauben.«

»Ich will nicht, dass Sie sie beschuldigen, ich will, dass Sie ihren Wünschen Folge leisten. Aber Sie müssen mit Inspector Stone zusammenarbeiten, um zu garantieren, dass sie keinen Erfolg hat. Ich weiß nicht, wie tief die Verschwörung schon in das Symposium hineinreicht. Möglicherweise sind es nur sie und Cathill, aber da könnten auch noch andere sein. Wussten Sie, dass Cathill von einem Daemon besessen ist?«

»Ich habe es vermutet«, gab er grimmig zu.

Ich nickte. »Ich befinde mich gerade im Irgendwann. Bei unserem Treffen um 9:30 Uhr müssen Sie Glimmer und Harfen erwähnen.«

Er hob eine Augenbraue. »Cathill wird das nicht zulassen.«

»Antworten Sie einfach auf meine Fragen und erinnern Sie Cathill daran, dass Sie den Anschein erwecken müssen, mit der Verbindung zu kooperieren. Sie können jetzt kein Aufsehen erregen.« Ich schwieg einen Moment. »Als ich Nate das letzte Mal sah, trank er von seiner Freundin. Er war stark, und es ging ihm gut.«

Volderiss nickte einfach nur, doch ich sah die Erleichterung in seinem Blick.

»Können Vampyre Trolle verzaubern?«, fragte ich.

Er versteifte sich, nickte jedoch zögerlich. »Nicht, dass wir das dringende Bedürfnis hätten«, murmelte er. »Sie schmecken widerlich.«

»Wie nahe müssen sie ihnen sein?«

»Nah genug für Blickkontakt.«

»Wie viele Vampyre haben Sie, die in einen Kampf ziehen könnten?«

»Im Moment? Fünfundfünfzig oder so.«

Mist, das waren nicht genug. »Wie viele mehr können Sie organisieren?«

»Ohne Aufsehen zu erregen? Zehn, vielleicht zwanzig. Wenn es zu viele sind, wird Cathill misstrauisch.«

»Es waren zwischen zwei- und dreihundert Trolle und Oger vor Ort.«

Volderiss schüttelte den Kopf. »Wir können immer nur einen verzaubern. Das dauert, und wir sind währenddessen angreifbar, weil unsere ganze Aufmerksamkeit dem Opfer gilt. Wir könnten einen Teil der Trolle verzaubern und sie wegschicken und dann versuchen, die nächste Gruppe zu verzaubern, aber da hätten wir schon den Rest am Hals.«

»Sie wären nicht allein«, versicherte ich ihm.

Ich wählte noch einmal Wilfs Nummer. Er meldete sich mit einem verschlafenen Hallo. »Hey, Wilf, hier ist Jinx. Kurze Frage: Wie viele aus deinem Rudel könnten kämpfen?«

Bedeutungsschweres Schweigen. Jetzt, da ich in der Zeit zurückgesprungen war, wusste er nicht, dass ich *anders* war. »Ich bin *anders*, du bist ein Werwolf. Antworte mir, Wilf.«

Erneutes Schweigen. »Achtzig, wenn es sein muss. Warum?«

»Ich rufe dich noch mal an. Und, Wilf? Wir werden später erneut darüber sprechen, dass ich *anders* bin. Tu so, als wärst du überrascht.« Ich legte auf und drehte mich zu Volderiss um. »Wilf hat achtzig, Sie haben sechzig bis siebzig, und wir haben auch noch die Inspectors. Wir schaffen das.« Es würde ein Gemetzel geben, aber wenigstens hatten wir eine realistische Chance.

Lord Volderiss sah mich ernst an. »Sehen Sie zu, dass Sie einen Troll-Ältesten finden, der die Trolle befehligen kann. Die Ältesten meiden die Stadt in der Regel, also tun die Trolle hier, worauf sie Lust haben – es ist wie die erste Woche an der Uni für sie. Sie kommen in die Stadt, um mal so richtig über die Stränge zu schlagen. Aber den Ältesten wird es nicht gefallen, dass sie sich jemand anderem unterordnen. Wenn Sie es schaffen, einen Ältesten auf Ihre Seite zu bekommen, dann kann er den Trollen den Rückzug befehlen.«

Das würde enorm helfen. »Okay«, antwortete ich schnell. »Wo finde ich so einen Ältesten?«

»Ich weiß es nicht«, gestand er.

Mist. Gerade, als ich dachte, es gäbe einen Lichtblick. Die Reiche zu retten, war ganz schön schwierig. Ich sollte wirklich nach einer Gehaltserhöhung fragen.

Ich verabschiedete mich von Lord Volderiss, damit er sich mit meinem anderen Ich treffen konnte, blieb jedoch in der Nähe, um sicherzustellen, dass sich alles so abspielte, wie ich es in Erinnerung hatte. Und plötzlich fiel mir ein, dass ich gedacht hatte, mich selbst gesehen zu haben. Verdammt, ich *hatte* mich selbst gesehen. Wenn das hier vorbei war, würde ich das Irgendwann nie wieder betreten.

Ich genehmigte mir einen ausgedehnten Brunch bei Moose, während ich darauf wartete, dass ich die Stadt verließ, um Harfen zu besuchen. Als ich mir sicher war, dass ich weg war, kehrte ich zurück zum Verbundhaus. An der Rezeption lächelte ich Esme an. »Ist Stone noch da?«

»Er ist in Konferenzraum A«, erklärte sie mir etwas gereizt.

Ich dankte ihr und folgte den Schildern zum Konferenzraum. Ajay war dort, mit Elvira, Stone und einem weiteren Mann, der Stone verdammt ähnlich sah, nur älter. Ich riet, dass es sich dabei um den sturköpfigen Vater handelte, von dem Stone mir erzählt hatte. Und dann war da noch Emory, der Drache, dem ich in unserer Partynacht begegnet war. Er nahm die Hälfte des Raumes ein, und seine Ausstrahlung überwältigte mich etwas.

»Jinx?«, sagte Stone verwirrt. Er erhob sich. »Bist du okay?« Als ich den Mund öffnete, um ihm alles zu erklären, klingelte sein Handy. Er schaute auf den Bildschirm. »Das bist du.« Er runzelte die Stirn. Ich nickte. Er ging ran, und die Unterhaltung spielte sich genau so ab, wie ich sie in Erinnerung hatte. Stone ließ mich die ganze Zeit über nicht aus den Augen.

Ein lautes Krachen war zu hören, als der Nissan mein anderes Ich rammte, und ich schrie. Die Verbindung brach ab. Das war seltsam, ich konnte mich gar nicht daran erinnern, geschrien zu haben.

Stone überwand mit ein paar Schritten den Abstand zwischen uns und zog mich in seine Arme. Er ist verdammt gut im Umarmen und ich erwiderte es. »Mir geht es gut«, versicherte ich ihm. »Nur höllische Kopfschmerzen – Gehirnerschütterung, schätze ich. Und natürlich wurde ich von Mrs. H entführt.«

Er erstarrte und rückte ab, damit er mir in die Augen sehen konnte. »Mrs. H? Die ehrwürdige Seherin Harding? Bist du dir da sicher?«

»Jep. Ihre Tochter Jane starb vor sechs Monaten. Sie will

das Portal ins Irgendwann nutzen, um Janes Tod zu verhindern, dann macht sie sie mit dem Dolch *anders*.«

Stone gab Ajay ein Zeichen, der einen Laptop herausholte und eifrig zu tippen begann.

»Harding«, überlegte Emory und nickte dann, als würde alles Sinn ergeben. Ganz offensichtlich hatte er ihr bislang schon nicht ganz über den Weg getraut.

»Welche Beweise haben Sie dafür?«, verlangte Stone senior zu wissen, wobei er seinen Sohn völlig ignorierte. Er hatte drei Dreiecke mit einem Kreis darum auf der Stirn. Ich vermutete, dass Stones Papa der Vertreter der Magier im Symposium war.

»Du hast es nicht für nötig gehalten, mir zu sagen, dass dein Vater der Magier im Symposium ist?«, fragte ich Stone.

Er zuckte die Achseln. »Kam mir nicht wichtig vor.« Er wollte nicht nach dem Erfolg seines Vaters beurteilt werden. Jetzt ergab Elviras Kommentar über seinen Vater etwas mehr Sinn.

Ich sah Stone senior an. Er wirkte nicht wie jemand, der es gewohnt war, lange auf Antworten warten zu müssen. »Ich habe meine Erinnerung«, sagte ich. »Mehr nicht.«

Er musterte mich. »Dann werde ich Ihre Erinnerungen prüfen müssen.«

»Das werden Sie nicht«, gab ich ausdruckslos zurück. »Aber Ihr Sohn darf. Ich vertraue ihm – Sie kenne ich gar nicht.«

Stone senior runzelte die Stirn, nickte jedoch. Emory sah uns interessiert zu, blieb jedoch stumm.

»Wie heißen Sie?«, fragte ich Stone senior.

Er war überrascht. Ich schätze, er war es gewohnt, dass jeder seinen Namen kannte. »Lord Gilligan Stone.«

»Lord?« Ich stach Stone in du Brust. »Du bist so eine Art Lord-Dingsbums?«

»So eine Art«, gab er zu. »Schau mich an, Jinx, ich brauche Augenkontakt.« Er zögerte. »Wenn ich mich in deinen Erinnerungen befinde, dann fühle ich, was du fühlst. Nur damit du es weißt.«

Na toll. Da war dieser Moment nach meiner Gefangennahme, in dem ich ihn wirklich vermisst hatte, und jetzt würde er davon erfahren. Traumhaft. Ich seufzte ein wenig, hielt jedoch den Augenkontakt.

»Erinnerung«, sagte Stone leise. Er schaute mir eine volle Minute lang in die Augen, ohne zu blinzeln, ehe er sich wieder von mir löste. »Sie sagt die Wahrheit«, bestätigte er seinem Vater. »Es ist Seherin Harding. Wir brauchen einen Moment.« Er schob mich in den Flur, schloss die Tür hinter uns und zog mich dann in seine Arme. »Es tut mir leid«, sagte er leise.

»Was genau?«

»Ich bin dein Partner und habe versprochen, dass ich auf dich aufpasse. Ich habe versagt. Du hattest Angst, und ich war nicht da. Es tut mir leid.«

Ich zuckte die Achseln. »Du bist jetzt hier. Lass uns die Irre plattmachen.«

»Dich bringt wirklich nichts aus der Fassung, oder?«

»Ja, das wurde mir schon mal gesagt.«

Er hatte die Arme um mich gelegt und roch himmlisch. Er lehnte sich etwas zurück, gerade genug, um mir in die Augen zu schauen, und zwischen uns knisterte es. Er beugte sich langsam nach unten, gab mir Gelegenheit, zurückzuweichen.

Die Tür zum Konferenzraum öffnete sich. »Ihr hattet euren Moment«, sagte Lord Stone. Stone starrte seinen Vater finster an, löste sich jedoch von mir. Ich schnaubte. Vorbei war der Moment. Wir gingen zurück in den Raum.

»Ich habe Jane Hardings Totenschein«, bestätigte Ajay.

»Jetzt, da Sie mir wegen Seherin Harding glauben, lassen Sie mich Ihnen sagen, was als Nächstes passiert«, sagte ich. »Sie dringt erfolgreich in St. Luke's ein – dort werde ich mit Nate Volderiss und Hester Sorrell gefangen gehalten. In der Kirche wimmelt es nur so von Trollen, Ogern und einigen Feuerelementaren. Ich rede von zwei- bis dreihundert. Eine kleine Armee.«

Lord Stone setzte sich, als könnte er sein Gewicht nicht mehr halten.

»Interessant«, meinte Emory. »Jemand, der ständig gegen Kreaturen gestimmt hat, ist plötzlich mit Trollen und Ogern verbündet.«

Lord Stone achtete nicht auf ihn. »Wie viele Inspectors haben wir hier?«, fragte er Stone.

»Ich habe jeden in einem Radius von drei Stunden alarmiert, also um die vierzig. Ich haben noch einmal das Doppelte an Detectives, aber natürlich sind sie nicht so gut auf einen Kampf vorbereitet.« Stone wandte sich an Emory. »Die Drachen könnten den Unterschied machen. Selbst zehn oder fünfzehn würden ausreichen.«

Lord Stone schnaubte abfällig. Mir schwante, dass er kein Drachenfan war. Emory sah ihn finster an und hielt seinen Blick fest, bis der Lord ihn abwandte. Der Drache drehte sich wieder zu Stone und schüttelte den Kopf. »Dies ist nicht unser Kampf. Einst waren wir die Wächter des Portals, und die Verbindung hat es uns entrissen. Ich werde meine Leute nicht für einen Konflikt aufs Spiel setzen, der uns nicht länger betrifft. Aber ich werde selbst kommen.«

Stone biss die Zähne zusammen. »Wollt euch wohl die Flügel nicht schmutzig machen?«

Emorys smaragdfarbener Blick wurde hart und kalt. »Dünnes Eis, Stone«, sagte er leise. Ich schluckte hart. Emory wirkte in diesem Moment extrem gefährlich, sein riesiger Körper war angespannt und bereit. Ein falsches Wort, und das hier würde eskalieren.

»Es ist nicht alles verloren«, mischte ich mich ein. »Ich war heute Morgen ein fleißiges Bienchen. Lord Volderiss schickt sechzig bis siebzig Vampyre und Lord Samuel achtzig Wölfe aus seinem Rudel.«

Emory verzog den Mund. »Vampyre«, spuckte er aus. »Dreh ihnen den Rücken zu, und sie beißen dich.« Die Spezies dazu zu bringen, gemeinsame Sache zu machen, würde eventuell schwieriger werden als gedacht.

Lord Stone rieb sich die Augen, ließ sich aber nicht anmerken, ob er mich oder Emory überhaupt gehört hatte. »Beruft jeden in einem Fünf-Stunden-Radius ein. Wie viele sind es dann?«

»Zweiundsechzig«, informierte ihn Stone.

Gilligan verzog das Gesicht. »Zweiundzwanzig weitere übermüdete Inspectors, nicht ideal.«

»Mit Jinx' ... Verstärkung ... kommen wir auf zweihundert mehr, wenn wir die Detectives auch einberufen«, überlegte Stone.

»Wenn wir im niedrigen Bereich von Jinx' Schätzung liegen, haben wir eine Chance.«

Gilligan schüttelte den Kopf. »Vampyre sind den Trollen weitgehend ebenbürtig. Selbst wenn wir uns zahlenmäßig ähnlich sind, wird es auf beiden Seiten zu gewaltigen Verlusten kommen. Die negativen Emotionen, die das auslöst, werden das Symposium sprengen. Das könnte sogar das Verdikt gefährden.«

»Womit wir bei meinem letzten Punkt wären«, sagte ich. »Hat jemand eine Ahnung, wo ich einen Troll-Ältesten finden kann?«

23

Tatsächlich wusste Lord Gilligan Stone, wo der Symposiums-Vertreter der Trolle zu finden war. Da er mir nicht zutraute, den Troll-Ältesten zum Kommen zu überreden, begaben wir uns auf einen gemeinsamen Roadtrip. Yay. Wenigstens war Gato bei mir.

Stone, Elvira und Ajay koordinierten unterdessen die eintreffenden Inspectors und die Polizeikräfte vor Ort. Sie organisierten Straßenblockaden um St. Luke's von zweiundzwanzig bis sechs Uhr. Der Polizei erzählten sie, dort finde ein Filmdreh mit lauten Stunts statt. Das bedeutete, dass sich hoffentlich keine Samstagnacht-Partygänger ins Kampfgetümmel verirrten.

Ich sagte Stone, dass er jeden Stein in der Stadt auf der Suche nach mir umdrehen musste, weil Mrs. H sich sorgen würde, dass er nicht voll und ganz auf sie fokussiert war. Er versprach mir, dass er jeden Stein der Welt umdrehen würde, um mich zu finden. Er ist wirklich ein Romantiker.

Lord Stone und ich machten uns in Ajays schwarzem Range Rover auf die Suche nach dem Troll-Ältesten. Ich pfiff nach Gato und deutete auf mein Gesicht. »Schick mich zum Aufladen ins Norm«, wies ich ihn an. Er bellte, berührte mit der Nase meine Stirn und sprang dann in den Kofferraum, wo er sich dreimal im Kreis drehte, ehe er sich niederließ und die Augen schloss; er war ein müder Junge.

Lord Stone glitt hinters Lenkrad, und ich protestierte nicht, er wusste, wo wir hinmussten. Ich machte das Radio an. Er schaltete es aus. Der Apfel fällt nicht weit vom Stamm. »Wohin fahren wir?«, fragte ich.

»Wales«, antwortete er lakonisch.

»Wales ist ziemlich groß, könnten Sie vielleicht etwas spezifischer werden? Cardiff oder Bangor?«

»Bala.«

Ich nickte. »Ich mache ein Nickerchen. Wecken Sie mich, wenn wir da sind.« Ich war nicht wirklich müde, aber ich wollte nicht die gesamte zweistündige Fahrt über Small Talk betreiben, und ihm ging es sicher nicht anders. Außerdem wartete eine große Schlacht auf uns, da musste ich meine Sinne zusammenhaben.

Ich war noch nie in einen richtigen Kampf verwickelt gewesen. Hin und wieder hatte ich die Fäuste fliegen lassen, aber eine Wir-wollen-uns-ersthaft-umbringen-Schlacht war gänzlich neu für mich. Doch Leo und meine Eltern hatten eindringlich darauf gepocht, dass Glimmer auf keinen Fall zum Einsatz kommen durfte. Er sollte nicht erwachen, was immer das auch bedeutete. Also würde ich wohl kämpfen müssen. Ich versuchte, nicht zu genau darüber nachzudenken.

Ich lehnte mich zurück, schloss die Augen und konzentrierte mich auf meine Atmung. Ich stellte mir das beruhigende Rauschen der Wellen vor, und in weniger als fünf Minuten war ich eingeschlafen.

Gatos Bellen weckte mich. Lord Stone war schon halb aus dem Wagen, und ich starrte ihn erbost an. Er hatte nicht vorgehabt, mich aufzuwecken, der Mistkerl. »Wollten sich wohl ohne mich davonschleichen, Gilligan?«, neckte ich ihn. »Böser Junge.«

»Für Sie immer noch Lord Stone«, wies er mich zurecht. »Ihr Techtelmechtel mit meinem Sohn wird nicht von Dauer sein. Es gibt also keinen Grund, übermäßig vertraulich zu werden.« *Wahrheit.*

Ich lächelte angespannt. »Sie können beruhigt sein, *Lord Stone*, ich will gar nicht vertraulich mit Ihnen werden. Stone hat mir mehr als genug über Sie erzählt.«

Das saß. Seine Lippen wurden schmal, und er sah mich finster an. »Was auch immer Sie über meinen Sohn zu wissen glauben, ich versichere Ihnen, Sie liegen falsch. Sie bedeuten ihm nichts.« Seine Worte klangen wahr, aber das hieß nur, dass er daran *glaubte*. Trotzdem machte es mir zu schaffen. Etwas milder fuhr er fort: »Ich bin nicht grausam, ich will nur ehrlich sein. Sie sind nicht seine Zukunft.« Er wies auf den vor uns liegenden Pfad. »Und jetzt folgen Sie mir und seien Sie still«, befahl er.

Mit Anweisungen kam ich nicht besonders gut klar. »Die Tage, als man Frauen nicht hören und sehen sollte, sind schon eine Weile vorbei«, informierte ich ihn.

Er ignorierte mich. Ich gab Gato ein Zeichen, mich ins Anders zu schicken. Er gehorchte, und um mich herum wurde der Himmel violett und das Gras türkis, die Rinde der Bäume war dunkler, beinahe schwarz, und ihre Blätter wiesen eine bläuliche Färbung auf.

Wir umrundeten den Bala Lake und bewegten uns auf ein Wäldchen zu. Als wir näher kamen, entdeckte ich eine riesige Blockhütte, na ja, mehr ein Blockherrenhaus als eine Hütte. Eine Blockfestung. Es war ein enormes zwei Stockwerke hohes Gebäude mit spitz zulaufenden Pfählen zur Abwehr. Es sah ziemlich abweisend aus.

In Liverpool hatte ich nur wenige Trolle gesehen, und sie hatten versucht, sich unter die Norms zu mischen, und waren daher normal gekleidet gewesen. Vor diesem Anwesen standen einige Trollwachen in waldgrünen Tuniken. Sie hatten langes Haar, und ihre Nasen ragten aus ihren Gesichtern wie die einer Spitzmaus. Ich bezweifelte, dass ihnen dieser Vergleich gefallen hätte.

Lord Oberwichtig Stone neigte leicht den Kopf. »Wir sind hier, um den Ältesten Farlow zu sehen.«

Die ranghöchste Wache griff nach einem aus Knochen geschnitzten Horn an ihrer Hüfte und blies einmal kräftig hinein, sodass es durch den ganzen Wald hallte. Die Wachen begaben sich wieder auf ihre Posten. Scheinbar war es das jetzt, wir durften warten. Lord Stone setzte sich auf einen Felsen. »Verdammte Trolle«, murmelte er.

Ich sah auf die Uhr. Es war beinahe drei Uhr nachmittags. Gerade lag ich bewusstlos mit Hes und Nate in einem Keller. Wir hatten Zeit, obwohl es sich nicht so anfühlte und ich das dringende Bedürfnis verspürte, etwas zu tun. Die Trolle mochten sich im Schneckentempo bewegen, aber das bedeutete nicht, dass ich das auch tun musste.

Ich überlegte, dass jetzt eine gute Gelegenheit wäre, mein AL zu trainieren. Wenn ich es im Kampf einsetzen wollte, musste ich mich sicherer damit fühlen als jetzt im Moment – also mehr als gar nicht. Ich sagte zu Gato: »Ich gehe mal eben spazieren. Bell laut, wenn es Zeit ist.« Er setzte sich mit Blick auf den Eingang und bellte einmal, um mir zu sagen, dass er verstanden hatte.

Ich verabschiedete mich nicht von Ihro Gnaden. Ich

schuldete ihm keine Erklärungen und hatte gerade keinen Sinn für Nettigkeiten. Ich ging weit genug, dass ich immer noch die Festung sehen, aber umgekehrt nicht beobachtet werden konnte.

Ich war etwas unsicher, also suchte ich mir einen kleinen, glatten Stein aus, der nicht größer war als mein Daumen. Den wollte ich zum Schweben bringen. »Hoch«, befahl ich ihm. Der Stein schnellte nach oben und verharrte vor meinem Gesicht. Ich wollte, dass er gegen einen Baum flog. »Flieg«, sagte ich zu ihm. Er schwebte sanft gegen den Baum und fiel dann zu Boden.

Hm. »Hoch«, rief ich noch einmal, und der Stein stieg auf und kam zu mir. Nun, das war interessant. Ich hatte gewollt, dass er zu mir kam, doch mein Befehl hatte das nicht explizit erwähnt. Ich erinnerte mich, dass Stone gemeint hatte, das Wort an sich sei nicht wichtig, solange ich meine Absicht fokussierte.

Dieses Mal wollte ich, dass der Stein mit etwas mehr Schmackes gegen den Baum flog. »Flieg«, befahl ich ihm erneut. Der Stein warf sich gehorsam gegen den Baum, aber dieses Mal so kraftvoll, dass er sich in die Rinde grub. Wenn ich das bei einem menschlichen Hals tun würde, konnte ich jemanden ernsthaft verletzen. Ich war mir allerdings nicht sicher, ob das auch auf einen Trollhals zutraf, ihre Haut sah aus wie Rohleder, und ich vermutete, dass etwas mehr nötig war, um ihnen Schaden zuzufügen. Was für düstere Gedanken.

Ich mochte keine Gewalt, aber ich war bereit, zu tun, was immer nötig war. Ich musste mich bereits mehrmals gegen Angreifer verteidigen und hatte nie Probleme, sie zu verletzen. Die arme Birke tat mir allerdings leid.

Ich pulte den Stein aus dem Loch und befahl dem Baum, zu heilen. Er tat es. Obwohl ich so viel Magie benutzt hatte, spürte ich keine Müdigkeit. Das AL war so natürlich für mich wie Atmen. Ich war ein ziemlich resolutes Kind gewesen, das zu einer durchsetzungsfähigen Erwachsenen geworden war. Meine Eltern hatten mir beigebracht, an mich und meine Fähigkeiten zu glauben – Mum meinte oft, dass ich alles tun konnte, was ich wollte. Sieht so aus, als könnte ich das wirklich.

Ich benötigte all meine Energie für den bevorstehenden Kampf, aber ich brauchte auch ein gewisses Repertoire, also übte ich noch eine halbe Stunde weiter. Was sollte ich sonst tun, während ich – nicht sehr geduldig – auf den Troll-Ältesten wartete?

»Du wirst langsam richtig gut darin«, stellte eine helle Stimme fest. Ich wirbelte herum, sah jedoch niemanden. »Danke, dass du den Baum wieder in Ordnung gebracht hast«, fuhr die junge Stimme über mir fort.

Ich schaute hinauf und sah einen Dryaden-Jungen aus dem Blattwerk fallen und neben mir auf dem Boden landen. Er konnte nicht älter als acht oder neun Jahre sein, seine Haut war grün, und sein Haar wies ein sandiges Braun auf. Er sah aus, als wäre er in Blätter gekleidet. Sanft rieb er über die Stelle, wo mein Stein den Baum getroffen hatte. »Gut gemacht. Sie fühlt sich schon besser.«

Jetzt hatte ich ein noch schlechteres Gewissen. »Sie kann fühlen?«, fragte ich ungläubig.

»Klar. Sie ist ein lebendes Wesen, genau wie wir. Sie hat kein Bewusstsein, aber sie ist da.« Der Satz klang auswendig gelernt, als wäre er so eine Art Dryaden-Sprichwort.

»Tut mir leid«, sagte ich zu dem Baum.

Er kicherte. »Sie ist nicht sauer auf dich. Sie existiert einfach nur.«

Ich hatte das Gefühl, dass diese Art metaphysische Philosophie mich schon jetzt überforderte. »Und was machst du hier, Kleiner?«

»Meine Mum ist da drinnen bei den Trollen und den Meermenschen. Sie versucht, einen Streit um das Wasser des Bala zu schlichten. Die Meermenschen behaupten, die Trolle hätten ihren Müll ins Wasser geworfen, und die wiederum streiten das ab. Aber irgendetwas stimmt nicht, die Fische sterben alle.«

Ich blinzelte. »Ich dachte, Meermenschen gäbe es gar nicht?«

Der Junge schaute etwas belämmert drein. »Oh, es gibt sie auch nicht. Also nicht offiziell.«

»Ist das so ein Geheimnis, von dem alle wissen?«

Er dachte darüber nach. »Trolle, Dryaden, Drachen und Oger wissen von ihnen. Als die menschlichen Magier und Hexen in unser Reich kamen, wollten die Meermenschen nichts von ihnen wissen, also haben sie sich nicht gezeigt. Ich hätte es dir nicht sagen sollen. Ich bitte Mum, dein Gedächtnis zu löschen.«

»Ist okay«, sagte ich schnell. »Ich habe schon mal einen Meermann getroffen, deshalb wusste ich, dass es sie gibt.«

Der Junge wirkte erleichtert. »Dann ist es gut. Sie dürfen sich zeigen. Und jetzt mit dem Verdikt wollen einige an die Öffentlichkeit gehen – aber sie sind immer noch in der Minderheit.«

Ich nahm das alles in mich auf. Ich musste die drängendste Frage zuerst loswerden: »Wie lange wird die Schlichtung dauern?«

»Mum hat mir Frühstück, Mittag- und Abendessen dagelassen, also wird es wohl noch eine Weile dauern. Aber sie hat kein Frühstück für morgen vorbereitet.«

»Was ist mit Bett?« Er schaute mich verständnislos an. »Wo wirst du schlafen?«, konkretisierte ich.

Er lachte. »In einem Baum natürlich!« Er trat dichter an eine riesige Eiche und stieg langsam *in* sie *hinein*. Mir fiel die Kinnlade runter. Kurz darauf kam er ebenso langsam wieder heraus. Er war in die Substanz des Baumes übergangen, sie war ihm nicht gewichen oder hatte sich um ihn geschlossen, er war eins mit dem Baum geworden. Mann, diese Welt war seltsam. »Ist das bequem?«, fragte ich neugierig.

»Klar, das ist wie eine warme Umarmung. Die Energie des Baumes versorgt uns mit Energie und gibt uns neue Kraft. Wir sind sehr dankbar, dass die Bäume uns beherbergen.«

Ich schätzte, das war das Dryaden-Äquivalent zu unserem Sprung ins Norm. Ich wollte ihn fragen, was passieren würde, wenn man einen Baum fällte, während sie sich in ihm befanden, aber ein Kind das zu fragen, erschien mir zu brutal. Also schaute ich noch einmal auf die Uhr: achtzehn Uhr. Ich spürte den Druck beinahe körperlich auf mir lasten. Ich musste *etwas* tun, aber ich hatte alle meine Karten ausgespielt, also blieb mir nur Warten. Lord Stone und ich würden zwei Stunden zurück nach Liverpool brauchen, außerdem benötigten wir Zeit, den Ältesten zu überzeugen. Mein Geduldsfaden wurde zunehmend dünner.

Ich steckte meinen Übungsstein ein und ließ mich neben dem Jungen nieder. Ich hatte nichts zu tun, also konnte ich ihn auch etwas besser kennenlernen. Außerdem schien er ein Quell von Informationen zu sein, und ich hatte keine Skrupel, das schamlos auszunutzen.

Er hieß David. Er redete ständig, aber das machte mir nichts aus, weil er Interessantes zu erzählen hatte. Während er von Dryaden, Meermännern und Trollen berichtete, saugte ich alles auf und fügte es meinem wachsenden Wissen über das Anders hinzu.

David teilte sein Abendessen mit mir – seine Mutter hatte genug Vorräte für eine kleine Armee mitgebracht. Ich überlegte kurz, auch Lord Stone etwas abzugeben, verwarf den Gedanken aber sofort wieder. Allerdings steckte ich eine große Schweinepastete für Gato ein. Schließlich ging mir die Geduld aus, und ich rief Stone an.

»Hey, Jinx.« Er klang ruhig, und das gab mir sofort wieder Sicherheit.

»Wir drehen immer noch Däumchen hier, während wir auf den Troll-Ältesten warten«, schnaubte ich.

»Trolle sind unglaublich langsam«, informierte Stone mich. »Ich bin sicher, ihr schafft es.« *Wahrheit*. Es war ja nett, dass er an mich glaubte, aber ich war mir nicht sicher, wie viel Grund er dazu hatte. Ich war nämlich nicht so überzeugt.

»Wie sieht es bei euch aus?«, fragte ich.

»Gut. Wir haben die Norm-Hälfte des Verbundhauses übernommen. Die Wölfe und Emory befinden sich auf der einen Seite und die Vampyre auf der anderen.«

»Sie verstehen sich nicht?«

»Wie Öl und Wasser. Oder besser Holz und Feuer. Wölfe und Vampyre sind eine explosive Mischung.«

»Gut für uns, schlecht für Mrs. H.«

»Wollen wir's hoffen«, stimmte Stone mir zu.

»Wie viele Inspectors habt ihr?«

»Nur einundfünfzig, aber weitere sind unterwegs.« Er schwieg. »Wir brauchen den Troll-Ältesten dringend, Jinx.«

»Ich weiß.« Ich schaute noch einmal auf die Uhr. Zwanzig Uhr. Mist. Wir hatten keine Zeit für das hier. »Ich mache mich mal besser auf den Weg. Es ist Zeit, ein paar Türen einzutreten.«

Ich spürte übers Telefon, wie Stone das Gesicht verzog. »Jetzt ist nicht die Zeit, Kriege anzuzetteln.«

»Nur einen kleinen«, antwortete ich. »Pass auf dich auf, Stone.«

»Pass du auf dich auf, Jinx. Wir sehen uns auf der anderen Seite.« Er legte auf.

Hätte ich etwas Gefühlsduseliges sagen sollen? Vielleicht war das jetzt nicht der richtige Moment, aber wenn wir den Troll-Ältesten nicht auf unsere Seite bekamen, würde es möglicherweise keine Zeit mehr geben.

David redete immer noch. Ich hatte ihn etwas ausgeblendet, aber etwas erregte meine Aufmerksamkeit. »Was hast du gerade gesagt?«

»Ich meinte nur, dass die Delegation heute von der Fairglass-Schule und der Orion-Schule stammt.«

Ich blinzelte. »Weißt du, ob Jack Fairglass einer der Delegierten ist?«

»Na klar. Er ist einer der Anführer des Lagers, das an die Öffentlichkeit gehen will. Er möchte nicht, dass die Meermenschen sich noch länger verstecken.«

Angesichts der Tatsache, dass Jack plötzlich neben mir im Meer aufgetaucht war, überraschte mich seine politische Haltung nicht besonders, aber es war doch unerwartet, dass er jetzt hier war. In letzter Zeit wusste ich wirklich nicht mehr, was für ein Spiel das Universum mit mir trieb, obwohl ich mir ziemlich sicher war, dass jemand oder etwas seine Finger im Spiel hatte. Es waren einfach zu viele Zufälle. Ich blickte stirnrunzelnd in die Dunkelheit. Vielleicht konnte Jack mir ja helfen. »Ich gehe mal besser, Kleiner. Es wird spät, und wir brauchen wirklich die Hilfe des Ältesten.«

»Sie machen alles ganz langsam«, informierte David mich. »Wir warten seit mehr als fünf Stunden auf eine Audienz!«

»Gras wächst schneller als ein Troll, der sich beeilt«, intonierte er. »Sie mögen es nicht, wenn man sie drängt.«

Ach echt? »Es handelt sich um einen Notfall«, widersprach ich.

»Das ist alles eine Frage der Perspektive«, klärte David mich auf. »Wenn man erst einmal zweitausend Jahre gelebt hat, ist nichts ein Notfall.« Ein Kind wie ihn hatte ich wirklich noch nie getroffen.

»Das hier ist wirklich einer«, beharrte ich. Obwohl ich annahm, dass die Verbindung für die Trolle ziemlich neu war. Wenn man so lange lebte, waren achtzig Jahre ein Tropfen auf den heißen Stein. Das war ein ernüchternder Gedanke.

Ich vergewisserte mich, dass David sich in einen Baum gekuschelt hatte, und machte mich auf den Rückweg. Gato erhob sich und wedelte mit dem Schwanz, als er mich sah. Er schlang dankbar die Schweinepastete hinunter. Lord Stone lief auf und ab. Er sah aus, als würde auch ihn die Geduld verlassen.

»Ich muss Jack Fairglass sehen«, sagte ich zu einer der Wachen. »Sagt ihm, dass Jinx hier ist und helfen kann.« Die Wache schaute mich einen Moment lang an und nickte dann gemächlich. Er drehte sich um und trottete durch einen Tunnel in das Bauwerk, ehe er in der Dunkelheit verschwand.

Lord Stone musterte mich neugierig. »Warum glauben Sie, dass Fairglass hier ist, und woher kennen Sie ihn?«

»Das hat mir ein kleines Vögelchen gezwitschert«, meinte

ich ausdruckslos. Ich hatte keine Ahnung, woher Lord Stone Jack Fairglass kannte; wusste er von den Meermenschen? Er sah mich finster an, wiederholte seine Frage jedoch nicht.

Weniger als fünf Minuten später kehrte die Wache mit Jack im Schlepptau zurück. Anders als das letzte Mal, als wir uns begegnet waren, hatte Jack jetzt etwas an. Sein Haar war dunkler, weniger farbintensiv und im Nacken zusammengefasst. Und noch wichtiger: Er hatte Beine, und ich bemühte mich, sie nicht anzustarren. Ich schätze, ich war nicht sehr erfolgreich, denn ein schwaches Lächeln huschte über seine Lippen. Ich zwang mich, ihm in die leuchtend blauen Augen zu blicken. »Hey«, sagte ich locker.

»Hey. Bist du okay?«

Ich nickte. »Ich versuche es diesmal mit einem weniger dramatischen Auftritt. Ich muss den Ältesten Farlow sehen, aber die Wachen wollen uns nicht reinlassen.«

Jack musterte mich. »Ist es wichtig?«

Ich nickte. »Es geht um Leben und Tod. Viele Leben und viele Tode.«

Jack wandte sich den Trollen zu. »Sie ist mein Gast bei diesen Verhandlungen.« Dann legte er einen Arm um mich und nahm mich mit in die Dunkelheit.

»Moment mal!«, protestierte Lord Stone, aber wir ignorierten ihn.

Gato winselte. »Darf mein Höllenhund mit?«, fragte ich.

»Klar. Je mehr, desto besser.«

Die Trolle wagten es nicht, ihm zu widersprechen, und Gato schloss sich uns an. Wir waren drin.

24

JACK FÜHRTE MICH DURCH DUNKLE Korridore. Der Boden war mit riesigen unebenen Steinplatten gefliest und die Flure mit Fackeln in Wandhaltern erleuchtet. Alles hier fühlte sich sehr mittelalterlich an. Ich schätze mal, wenn man ein paar hundert Jahre lebt, hat man es nicht so eilig mit dem Umdekorieren.

Wir betraten einen riesigen Raum mit einer Gruppe, die aus sechs Trollen, fünf Meermännern und einer Dryade bestand. Jack und ich schlossen uns ihnen an. In der Mitte des Raumes stand ein runder Tisch, auf dem sich jede Art von Essen stapelte, die man sich nur vorstellen konnte – Fleisch, Fisch, Brot, Früchte – bei dem Geruch lief mir das Wasser im Mund zusammen. Zum Glück hatte ich schon mit David gegessen, sonst wäre ich versucht gewesen, mir den Bauch vollzuschlagen.

Ich nickte grüßend in die Runde. »Es ist mir eine Ehre, euch kennenzulernen. Mein Name ist Jinx.« Ich neigte den Kopf und legte eine Hand aufs Herz. Die Formalitäten zu wahren, konnte nicht schaden.

Farlow war nicht schwer zu erkennen – sein graues Haar reichte beinahe bis zum Boden, und seine Falten hatten selbst Falten. Der Typ war richtig *alt*. Aber als er sich erhob, stand er aufrecht und wirkte kräftig, und seine Augen waren klar und scharf. »Sei willkommen in unseren Hallen, Jinx«, sagte er.

Ich lächelte. »Vielen Dank, Ältester Farlow.« Er schien nicht überrascht zu sein, dass ich seinen Namen kannte. »Ich bin hier, weil ich um Hilfe bitten und Ihnen im Gegenzug die meine anbieten möchte. Ich bin eine Empathin, eine Wahrheitsfinderin. Wenn ich mich nicht irre, gibt es einen Disput, wer für die Verschmutzung des Sees verantwortlich ist. Lassen Sie mich alle befragen, und ich werde die Wahrheit ans Licht bringen.«

Der Älteste nickte langsam. »Und was möchtest du im Gegenzug?«

»Zunächst Stillschweigen über meine Fähigkeiten. Noch viel wichtiger jedoch ist Folgendes: Es gibt Unruhen in Liverpool. Eine große Gruppe Trolle hat sich dort versammelt, um gewaltsam gegen die Verbindung vorzugehen. Ich möchte Sie bitten, Ältester Farlow, dass Sie mit uns kommen und ihnen befehlen, die Gewalt einzustellen.«

Er runzelte die Stirn. »Ich sehe nicht, warum die Inspectors nicht allein mit ein paar Rangeleien fertigwerden sollten, mein Kind.« Es gefiel mir nicht, Kind genannt zu werden, aber ich beschloss, es im Dienste der Sache zu ignorieren. Verglichen mit ihm war jeder ein Kind.

»Es handelt sich um zweihundert Trolle, Ältester Farlow«, erklärte ich. »Es wäre keine Rangelei, es wäre ein Massaker.«

Sein Stirnrunzeln vertiefte sich. Als er weiterhin schwieg, öffnete ich den Mund, doch Jack schüttelte den Kopf. Ich schloss ihn wieder mit einem Klacken. Nach gut zwanzig Minuten nickte Farlow: »Ich akzeptiere dein Angebot, Jinx. Wir haben eine Übereinkunft. Stell deine Fragen.«

Ich wandte mich an Jack. »Lassen Sie mich zuerst meine Fähigkeiten beweisen. Erzähl mir zwei Wahrheiten und eine Lüge.«

Jack dachte kurz nach. »Meine Lieblingsfarbe ist Blau, ich mag Rockmusik, ich liebe Äpfel.«

»Lüge, Wahrheit, Wahrheit.«

Jack wirkte beeindruckt. Er streckte mir die Hand hin, und ich ergriff sie. »Was ist meine Lieblingsfarbe?«, fragte er.

Ich öffnete den Mund, um ihm zu erklären, dass mein Talent so nicht funktionierte, doch dann wurde mir bewusst, dass ich ein leuchtendes Smaragdgrün vor dem inneren Auge hatte. »Grün.«

Jack ließ meine Hand los. »Alles richtig«, bestätigte er. »Sie ist eine echte Wahrheitsfinderin.« Ein Murmeln ging durch die Versammelten.

Ich räusperte mich und wandte mich an einen Troll. Ich überlegte mir meine Frage gut. »Weißt du etwas darüber, wer den See verschmutzt hat?«

»Nein«, antwortete er. *Wahrheit.*

Jack fütterte heimlich Gato mit Wurst von der Tafel.

Ich wiederholte die Frage bei allen Trollen und dann bei den Meermännern. Alle verneinten, und alle sagten die Wahrheit. Ich sah die Dryade an und stellte ihr dieselbe Frage. Sie zögerte. »Die Bäume flüstern von einer nahenden Dunkelheit. Mehr weiß ich nicht.« *Wahrheit.*

»Alle sagen die Wahrheit«, sagte ich. »Niemand hier kennt den Ursprung der Verschmutzung. Ihr müsst euch weiter umsehen. Niemand hier trägt eine Schuld.«

Jack nickte langsam. »Ich schätze, dann erübrigt sich alles Weitere. Interessant.«

Ich wandte mich an die Dryade: »David hat zu Abend

gegessen und sich in einem Baum schlafen gelegt, als ich gegangen bin.«

Sie lächelte dankbar. »Hat er dir ein Ohr abgekaut?«

Ich grinste. »Ja, aber er hat mir sehr geholfen. Ich habe eine Menge gelernt. Er ist ein sehr schlauer kleiner Junge.«

»Das ist er«, stimmte sie stolz zu.

Ich verneigte mich leicht und wandte mich an den Ältesten Farlow. »Können wir bitte jetzt aufbrechen? Die Situation drängt.«

Er lächelte schwach. »Für Menschen ist immer alles eilig.«

»Wir leben nicht sehr lang, also müssen wir so viel in der wenigen Zeit unterbringen, wie wir nur können.«

Er dachte kurz darüber nach, ehe er nickte. »Du bist weise, Jinx.«

Ich blinzelte. Nie zuvor hatte jemand mich als weise bezeichnet. »Äh … danke?«

Jack lachte sanft.

Farlow erhob sich. »Ich bin gleich fertig. Zunächst der Schwur.« Er griff nach einem knorrigen und in sich selbst verdrehten Stab und klopfte damit zweimal auf den Boden. »Niemand wird ein Wort über die Fertigkeiten von Jinx Weiseworte verlieren.« Blaues Licht löste sich aus dem Stab und verbreitete sich im ganzen Raum, nur ich wurde nicht davon erfasst. Er drehte sich zu mir um. »Es ist ein Zwang. Niemand kann darüber sprechen. Sollten sie es versuchen, verlieren sie ihre Stimme.«

Ich schluckte gegen die Galle in meiner Kehle an und versuchte mich an einem dankbaren Lächeln, während Farlow aus dem Raum schritt. Ich hoffte, ich würde mit siebzig noch so rüstig sein wie er. Trolle denken vielleicht langsam, aber sie sind verdammt schnell.

Die Meermänner hatten sich versammelt, und die Trolle waren verschwunden. Ich wandte mich an Jack, der Gato gerade mit einer Kartoffel-Speck-Pastete fütterte. »Nun«, sagte ich, »ihr habt also auch Beine?«

Jack grinste. »Du wärst fast geplatzt, so dringend wolltest du nach meinen Beinen fragen.«

»Die ganze Zeit«, gab ich zu.

»Im Wasser verbinden sich unsere Beine und formen sich zu einem Fischschwanz, wenn wir nicht im Wasser sind, sind wir ... anatomisch korrekt.«

»Sex an Land?«, fragte ich neugierig.

»Sex an Land«, grinste er.

Ich nickte. »Sex im Wasser ist eh nicht so toll. Ihr verpasst nichts.«

»Danke. Gut zu wissen.«

Ich beschloss, dass ein Themenwechsel angebracht war. »Lord Stone ist da draußen. Er schien überrascht zu sein, dich hier zu sehen.«

Jack verzog das Gesicht. »Ich gebe mich als Magier auf mittlerem Level aus. Meermänner verfügen ebenfalls über AL. Stone hat hin und wieder versucht, mich zu rekrutieren, aber ich will nicht zur Verbindung gehören, zumindest nicht als Magier. Aber ich möchte die Ressourcen der Verbindung nutzen. Es ist schwer, meine Anwesenheit hier zu erklären.«

»Warum behauptest du nicht, dass du als unabhängiger Mediator zwischen den Trollen und den Dryaden hier bist?«, schlug ich vor.

Er legte den Kopf schräg und überlegte. »Das könnte klappen. Wie schlimm ist die Lage in Liverpool?«

Ich biss mir auf die Lippe. »Wenn die Trolle auf Farlow

hören, sieht es schon ziemlich schlecht es. Wenn sie es nicht tun, gibt es ein Blutbad.«

»Dann werden die Meermenschen kommen und mit euch kämpfen, Jinx Weiseworte.«

Ich zog bei meinem neuen Titel eine Grimasse. »Ich hoffe, der bleibt mir jetzt nicht.«

Jack lachte wieder. Er war ein fröhliches Bürschchen. Mein Bauchgefühl mochte ihn; nicht genug, um ihm mein Vertrauen zu schenken, aber ausreichend, um ihm die Chance zu geben, es sich zu verdienen.

Endlich kehrte Farlow zurück. Gato war extrem glücklich, weil Jack ihm noch mehr zu essen gab. Ich hatte etwas Mitleid mit Lord Stone, er musste ziemlich hungrig sein. »Können wir etwas für Lord Miesepeter mitnehmen?«, fragte ich.

Jack schnaubte belustigt. »Weiseworte passt wirklich. Ja, Jinx, lass uns eine Tüte mit Leckerli für Lord Miesepeter packen.«

»Wetten, du traust dich nicht, sie ihm gegenüber Leckerli zu nennen?«, meinte ich schelmisch.

Zusammen mit dem Ältesten Farlow verließen wir die Festung. Ich prüfte die Zeit, es war zehn Uhr. Wir waren verdammt knapp dran. Ich warf Lord Stone seine Leckerli zu. »Geben Sie mir die Schlüssel«, verlangte ich. »Sie können essen, während ich fahre.«

Er ließ es sich kurz durch den Kopf gehen und warf mir dann die Schlüssel zu. Farlow stieg hinten in den Range Rover, und ich öffnete den Kofferraum für Gato, der sich gleich nach dem Reinspringen setzte. Er wusste, dass wir keine Zeit für dreimal im Kreis drehen hatten.

»Genießen Sie Ihre Leckerli«, rief Jack Lord Gilligan Stone zu.

Ich musste mir auf die Lippe beißen, um nicht zu lachen. Als ich Jacks Blick begegnete, hob ich anerkennend die Augenbraue. »Zeit für Rock and Roll.«

Jack nickte. »Wir folgen euch in unseren Wagen. Wir sehen uns dann bei der Schlacht.«

»St. Luke's«, erinnerte ich ihn. Ich schwang mich in den Fahrersitz, drehte das Radio hoch und startete den Wagen.

Farlow schien zufrieden damit zu sein, während der Fahrt nicht zu sprechen, Lord Stone aß, und Gato schlief. Ich fuhr so schnell ich es wagte und sah zu, wie die Kilometer unter unseren Rädern dahinschwanden. Nervös behielt ich sowohl Uhr als auch Tachometer im Auge.

Kurz nach dreiundzwanzig Uhr spürte ich einen Schauer mein Rückgrat hinunterrasen. In diesem Moment wusste ich, dass von jetzt an nur noch eine Version von mir in dieser Welt existierte. Ich fühlte mich sowohl sicherer als auch überraschend verletzlich. Den ganzen Tag waren zwei Versionen von mir herumgerannt, und jetzt war da nur noch ich allein. Gott, ich hoffte wirklich, wir waren nicht zu spät.

Ich fühlte mich schrecklich, weil ich Hes und Nate bei Mrs. Harding gelassen hatte. Meinem Verstand war klar, dass ich keine andere Wahl gehabt hatte, aber mein Gefühl sagte mir, dass ich ein schrecklicher Mensch war, weil ich sie in der Gefangenschaft zurückgelassen hatte. Mrs. H war über meine Flucht sicher nicht begeistert gewesen. Ich hoffte wirklich, dass es den beiden gut ging, sonst könnte ich nicht mehr in den Spiegel schauen.

Je näher wir Liverpool kamen, desto dichter wurde der Verkehr. Wussten die anderen Fahrer denn nicht, dass ich dringend irgendwohin musste? Ich versuchte, die Reiche zu retten! Es war 23:45 Uhr, und der Kampf konnte jeden

Moment losgehen, mit oder ohne uns. Ich wollte Stone nicht anrufen, weil ich fürchtete, ihn abzulenken, also fuhr ich einfach weiter, uns blieb keine andere Wahl.

Gegen 0:05 Uhr hatten wir endlich das Stadtzentrum von Liverpool erreicht. Wir schafften es bis in die Rodney Street, ehe wir an einer Straßenblockade anhalten und parken mussten. Lord Stone zückte eine wichtig aussehende Polizeimarke, und die Jungs in Blau ließen uns durch die Absperrung. Dann rannte ich, wobei Gato ohne Mühe Schritt hielt. Widerstrebend legte auch Farlow einen Zahn zu. Wir konnten Lärm aus der ausgebombten Kirche hören, als wir die Treppe hinaufrannten und dann erstarrten.

Das Bild, das sich uns bot, war chaotisch. Ganz offensichtlich hatte Stone mit Volderiss einen Plan erarbeitet. Vampyre verzauberten Trolle, während die Inspectors ihnen mit Schwertern oder Flammen die Köpfe abschlugen. Oger warfen riesige Felsen, und Feuerelementare schleuderten Flammen in die Menge wie im Schlussverkauf. Die Elementmagier versuchten, es unter Kontrolle zu halten, doch ich sah verkohlte Überreste am Boden. Der dichte, ätzende Rauchgestank ließ mich würgen.

Die Werwölfe hatten sich verwandelt, und sie waren riesig. Kurz sah ich einen blutigen Rachen und musste schlucken. Verdammt, sie waren furchterregend. Ich war wirklich froh, sie auf unserer Seite zu haben. Sie gingen in kleinen Rudeln vor und griffen die Oger an, indem sie einen Vorstoß wagten, ihnen die Zähne ins Fleisch gruben und dann Platz für einen weiteren Wolfsangriff aus einer anderen Richtung machten. Mindestens vier oder fünf Wölfe pro Team attackierten je einen Oger, aber die Guten waren massiv in der Unterzahl. Hes, Nate oder Mrs. H konnte ich nirgendwo entdecken.

Man muss Lord Stone zugutehalten, dass er sich ohne zu zögern an mir vorbeischob und ins Getümmel watete. Er fing einen Feuerball auf, richtete die Flammen auf einen Oger und verbrannte ihn damit. Der Gestank war schrecklich.

Jack und die anderen Meermänner kamen gleich nach uns an und stürzten sich sofort in den Kampf.

Ich sah den Ältesten Farlow an. »Halten Sie das hier auf. Bitte.«

Farlow runzelte die Stirn. »Dies ist nicht der richtige Weg«, murmelte er. »Sorg dafür, dass sie mich alle hören können.«

Ich sammelte meine Absicht. Jeder in St. Luke's musste Farlow hören. »Hört«, verlangte ich und hoffte, es würde funktionieren.

Farlow löste ein Knochenhorn von seiner Hüfte, hob es an die Lippen und blies hinein. Der dumpfe Laut hallte durch das zerstörte Gebäude, sodass alle es hören konnten. »Dies ist nicht der richtige Weg«, wiederholte er entschlossen. »Euer Freigang ist beendet. Kehrt zu euren Heimatfestungen zurück und wartet auf Anweisungen.«

Ich machte eine knappe Geste, und das AL brach ab.

Es hatte einen augenblicklichen Effekt, und die Trolle begannen, aus der Kirche zu marschieren. Ihre ehemaligen Verbündeten waren darüber gar nicht begeistert, und hier und da kam es zu Rangeleien zwischen Trollen und Ogern. Als die Trolle es schließlich aus dem Getümmel geschafft hatten, blieben wir mit einem Schlachtfeld voller Vampyre, Wölfe, Oger und Elementarer zurück. Wir hatten den Kampf noch nicht gewonnen, doch der Vorteil war nun auf unserer Seite. Und jetzt entdeckte ich auch Mrs. H.

Sie sah aus, als hätte sie vollkommen den Verstand verloren. Ihr Haar war durcheinander, und sie war in Blut getränkt. Mir blieb fast das Herz stehen, während ich panisch nach Nate und Hes suchte. Als ich sie entdeckte, stellte ich fest, dass sie glücklicherweise nicht die Quelle des Blutes waren. Ihre Lage war allerdings auch nicht toll: Jemand hatte sie mit Seilen auf Steintische gefesselt und mit irgendeiner Art Schutzschild umgeben, das auch Mrs. H abschirmte. Sie hatte Glimmer in der Hand und näherte sich gerade entschlossen Nate.

Ich wandte mich an Gato. »Pass auf mich auf. Los jetzt.« Er bellte einmal und sprang an meine Seite. Die Obsidianstacheln auf seinem Rücken waren gesträubt, und drei weitere Spitzen schoben sich aus seinem Kopf. Noch im Rennen wurde mein Höllenhund so groß wie ein Pferd. Er stieß ein Knurren aus, das von den Wänden widerhallte, und seine Augen färbten sich rot. Ich starrte ihn an und dachte an meine Kindheit, als ich *He-man* geschaut hatte. Battle Cat! Nicht, dass ich es wagen würde, Gato eine Katze zu nennen, es sei denn, es war eine andere Sprache.

Ein Oger kam auf uns zu. Gato senkte den gehörnten Kopf und rammte ihn. Die Stacheln bohrten sich in das Fleisch des Ogers, der vor Schmerzen brüllte. Er versuchte, Gato wegzustoßen, wobei sich die Stacheln auf Gatos Rücken in seine Hand bohrten. Gato warf den Kopf hin und her und riss dabei ein riesiges Loch in den Bauch seines Gegners. Der Oger starrte stumpf auf das Blut, ehe er sich einfach ins Gras setzte. Gato zog sich zurück und rannte nach einem Blick zu mir wieder los.

Ich musste Mrs. H erreichen, bevor sie Glimmer einsetzen konnte, also hielten wir direkt auf sie zu, bis uns ein riesiger

Turm aus Feuer entgegenkam. Roscoe eilte neben mich, fing die Flammen mühelos ein und schleuderte sie zurück. »Ich halte das Feuer von dir fern«, versprach er mir. »Geh einfach weiter.«

Ich nickte und rannte auf das andere Ende der Kirche zu. Ein weiterer Oger schwenkte in meine Richtung, doch Gato machte einen Satz und riss ihm ohne große Anstrengung die Kehle heraus. Ich kämpfte gegen den Schock an. Bislang hatte ich Gato nicht mal einer Maus etwas zuleide tun sehen. Aber ich hatte keine Zeit für Schock, ich musste in Bewegung bleiben.

Lass nicht zu, dass Mrs. H den Dolch einsetzt.

Ein Oger wollte sich auf mich stürzen. Er musste weg. »Geh weg«, befahl ich. Er löste sich in Luft auf. Ich fragte mich, wo zum Teufel ich ihn hingeschickt hatte, aber darüber konnte ich mir auch später noch Gedanken machen.

Ein Feuerelementar stand mir im Weg, und seine Hitze versengte mir beinahe die Haut, doch Roscoe war zwei Schritte hinter mir und passte auf mich auf. Nichts erinnerte mehr an den jovialen Cafébesitzer, er war voll bei der Sache. Ich war dankbar, dass er Teil meiner Einführung gewesen und meinem Hilferuf gefolgt war. Ich schuldete ihm etwas – sofern wir überlebten.

Ich tänzelte um den Elementar herum und ließ ihn im Kampf mit Roscoe zurück. Ein Vampyr stürzte sich auf mich, und ich reagierte zu langsam. Ich hatte vergessen, dass auch Cathill seine Vampyre mitgebracht hatte. Ein Feuerschwert aus dem Nichts schlug ihm den Kopf ab, ehe er mich beißen konnte. Stone war an meiner Seite und riss Ziegel aus den Mauern, um sie auf einen Oger zu schleudern. Wenn er so weitermachte, dann wäre das hier bald keine zerbombte Kirche mehr, sondern nur noch ein Häufchen Schutt.

Hinter Stone kämpften Ajay und Elvira gemeinsam gegen Cathill. Jetzt bestand kein Zweifel mehr, dass er von einem Daemon vereinnahmt worden war. Blitze tanzten um seine Fingerspitzen, und er ließ sie wahllos auf jeden herabregnen. Er lachte, als Oger und Inspectors gleichermaßen von ihnen dahingerafft wurden. Ich durfte mein Ziel nicht aus den Augen verlieren. Die anderen würden sich um ihn kümmern müssen. Ich musste es zu Mrs. H schaffen.

Ein unheimlicher Schrei hallte durch das Gebäude, und drei geflügelte Kreaturen schwebten über St. Luke's. Zwei davon waren Bertie und Bella, die Liver Birds, die dritte war Emory.

Der rote Drache tauchte herab, schnappte sich einen Oger, stieg wieder auf und ließ ihn fallen. Bertie und Bella schien die Taktik zu gefallen, und sie drängten mit den Rücken zueinander herein. Bella öffnete den Schnabel, stieß ein weiteres Kreischen aus, und augenblicklich tauchten noch mehr Liver Birds auf. Sie waren viel kleiner, nur etwa zweieinhalb Meter groß, und es waren zwei von ihnen nötig, um einen Oger anzuheben und fallen zu lassen.

Cathill schoss einen Blitz auf einen der Vögel, und Bella stieß ein überweltliches Kreischen aus, ehe sie sich mit einer Geschwindigkeit auf ihn stürzte, die ich noch nie bei einem Vogel gesehen hatte. Sie stieß den Schnabel mit solcher Macht durch sein Herz, dass sein Körper eine Wand rammte, die sofort einstürzte. Vampyre sind im Grunde unsterblich, aber es fiel schwer, sich vorzustellen, dass jemand das überleben konnte. Ich war froh, die Liver Birds nicht gegen mich zu haben.

Ich riss den Blick von dem Spektakel los und kämpfte mich weiter voran, doch erneut stand mir ein Oger im Weg. Mittels AL schleuderte ich ihm einen herumliegenden Sockel gegen den Kopf, und er stürzte zu Boden. Ein anderer Oger nahm augenblicklich seinen Platz ein. Verdammt noch mal, ich kam nicht voran, wenn sich mir ständig neue Feinde in den Weg stellten.

Ich musste unsichtbar werden. Stone hatte mir gesagt, dass ich mich nicht unsichtbar machen konnte, weil man AL nicht an sich selbst einsetzen konnte, aber vielleicht gab es noch einen anderen Weg? Ich konzentrierte mich. Niemand durfte mich sehen, ihr Blick sollte einfach über mich hinweggleiten, als wäre ich nicht da. »Verborgen«, rief ich. Es passierte scheinbar nichts, aber als ich mich wieder in Bewegung setzte, reagierte mein Gegner nicht auf meine Anwesenheit. Leider galt das auch für meine Verbündeten, wie ich auf die harte Tour herausfand, als ich beinahe geröstet wurde, weil Roscoe mich nicht sehen und retten konnte.

Aus den Augenwinkeln sah ich Stone mit Cathill kämpfen. Cathill war ein alter Vampyr, und die Wunde, die Bella ihm zugefügt hatte, heilte bereits. Mir war übel vor Sorge, während ich mich durch das Chaos duckte und schlängelte, aber ich sagte mir, dass Stone wusste, was er tat.

Ich erreichte den Schild um Mrs. H und ihre Gefangenen und beendete meine Unsichtbarkeit mit einer Geste. Ich brauchte jetzt all meine Kraft, um ihn zu durchbrechen. Ich berührte ihn, aber nichts geschah. »Öffne dich«, befahl ich. Nichts. Ich wollte, dass er fiel. »Runter«, verlangte ich. Nichts.

Emory kam herangeflogen und verharrte in der Luft über mir. »Durchbrich ihn, wenn ich ihm einen Schlag versetze«, rief er. »Zwei Angriffen zur gleichen Zeit ist er nicht gewachsen. Gib mir ein Signal, wenn du bereit bist.« Er flog über den Schild und behielt mich im Auge.

Hes schrie, ihr Mund war weit aufgerissen, aber ich konnte ihre Stimme nicht hören, weil der Schild jedes Geräusch dämmte. Hm, Geräusche kamen nicht hindurch, aber Licht schon. Ich konnte ihn nicht loswerden, aber vielleicht konnte ich ihn verändern, ihn durchdringlich machen wie die Bäume für Dryaden. Der Schild musste gar nicht fallen oder zerstört werden, ich musste einfach nur hindurchkommen. Ich sammelte meine Absicht und schaute den Drachen mit einem entschlossenen Nicken an. Jetzt.

»Wandle dich«, befahl ich dem Schild in dem Moment, als der Drache seine Klauen darauf niedergehen ließ. Er stieß einen Schrei aus, während er seine Magie hineinpumpte und damit die Macht des Schildes dazu zwang, sich zu teilen. Die Ablenkung reichte aus, um mich hindurchkommen zu lassen. Mit einem Dröhnen landete ich auf der anderen Seite.

Ich sah mich um. Nate war in einem schlechten Zustand – Mrs. H hatte ihn vom Hals bis zum Nabel aufgeschlitzt. Seine Vampyrkräfte versuchten, ihn zu heilen, aber ohne Blut waren die Wunden zu tief dafür.

»Hilf ihm!«, schrie Hes völlig außer sich. »Hilf ihm!« Sie schluchzte unkontrolliert, aber da sie gefesselt war, konnte sie nichts tun. Ihre Handgelenke waren blutig, so sehr hatte sie versucht, sich daraus zu befreien.

Ich wollte Nate helfen, aber Mrs. H wandte sich jetzt Hes zu. Sie hob den Dolch. Ich wollte, dass er zu mir kam und rief: »Komm!«

Mrs. H lächelte. »Netter Versuch, aber Glimmer kann

nicht durch AL beeinflusst werden.« Sie rammte ihn Hes ins Herz.

Ich schrie. Hes schrie. Nate schrie. Glimmer erwachte zum Leben, er ließ das in ihm gespeicherte Wesen des Anders in Hes fließen und machte sie *anders*.

Glimmer rief nach mir, und ich rief nach ihm. »Komm!«, schrie ich. Er flog in meine wartenden Hände. Als ich ihn berührte, wurde mir klar, dass Glimmer ein Bewusstsein besaß. Er war erwacht, und ich spürte seinen Triumph, wieder mit einem seiner Kinder vereint zu sein.

Mir wurde eiskalt. Meine Empathie war ein zweischneidiges Schwert, denn sie erlaubte es dem Dolch, mich zu vereinnahmen. Er zwang sein Wissen in meinen Geist. Plötzlich wusste ich, dass meine Eltern beide norm gewesen waren, bevor Faltease sie *anders* gemacht hatte. Deshalb war mein Familienname Sharp – scharf –, er war eine Erinnerung an alles, was sie durchgemacht hatten, was sie zu dem gemacht hatte, was sie waren.

Als Verwandelte mussten sie sich nicht den Regeln des Anders unterwerfen, und das galt auch für mich. Ich war etwas anderes, ich war *mehr*.

Glimmer sagte mir, ich sei Teil seiner Familie. Er hatte meine Eltern geschaffen, er war mein Großvater. Er lockte mich, betörte mich, sagte mir, ich solle ihn noch einmal einsetzen, solle noch andere wie mich schaffen, eine ganze Dynastie gründen.

Ich war wie betäubt, erstarrt, gefangen in einem Nebel, durch den ich nichts sehen konnte, als Mrs. H sich auf mich stürzte. »Gib ihn zurück! Ich brauche ihn für Jane!«, schrie sie, während wir um den Dolch rangelten. Ich durfte nicht zulassen, dass sie ihn bekam, und der Dolch stimmte mir zu.

Glimmer bewegte sich ohne mein Zutun, trieb sich tief in Mrs. H und saugte ihr Anderswesen in sich auf.

Benommen und verwirrt, schüttelte ich den Kopf, um wieder klar denken zu können. Mrs. H lag vor mir, der Mund weit aufgerissen in einem Schrei, Augen, die nichts mehr sehen konnten.

Galle stieg mir in den Rachen. Ich hatte sie nicht umbringen wollen, aber sie war dennoch tot. Der Dolch hatte ihr mehr genommen als nur ihr Anderssein, er hatte ihr das Leben geraubt. Ich packte eine Handvoll ihres weiten Rocks und schnitt den Stoff ab, um Glimmer darin einzuwickeln. Ich hörte ihn aufheulen, als ich ihn wegsperrte.

Als hätte jemand einen Schalter umgelegt, konnte ich plötzlich wieder klar denken. Ich schob den eingewickelten Dolch hinten in meine Jeans. Hes schluchzte, doch in ihrer Brust war keine Wunde zu sehen. Sie war verheilt. Ich löste ihre Fesseln mithilfe des AL, dann wandten wir uns beide Nate zu. Er atmete kaum. Ich würde – konnte – ihn nicht sterben lassen. Ich hatte ihn bei Mrs. H zurückgelassen, und ich hatte tagelang nach ihm und Hes gesucht.

Ich sammelte meine Absicht. »Heile«, rief ich und sah zu, wie sein Fleisch versuchte, mir zu gehorchen, versuchte, sich wieder zu schließen.

Volderiss hämmerte lautlos von der anderen Seite an die Barriere. Ich konnte ihn nicht mehr hören als er mich, doch ich konnte seinen Blick lesen. Er flehte mich an, seinem Sohn zu helfen. Er ließ seine Zähne wachsen und biss sich ins Handgelenk, bis Blut heraussprudelte, dann tat er so, als würde er trinken. Nate brauchte Blut. Ich nickte, drehte mich wieder zu Nate um und hielt ihm mein Handgelenk hin. »Trink.«

Seine Augen waren riesig und starrten ins Leere – er war zu weggetreten, um mich zu beißen, nahezu bewusstlos. Aber ich würde ihn nicht sterben lassen. Als ich nach dem Dolch griff und ihn auspackte, spürte ich sein triumphierendes Brüllen. Wenn ich klar bei Verstand gewesen wäre, hätte mir das Warnung genug sein müssen, doch ich war verzweifelt, müde und verwirrt. Ich ritzte mit dem Dolch mein eigenes Handgelenk – und mehr als nur die Klinge durchfuhr mich.

Ich musste nun selbst kämpfen, um bei Bewusstsein zu bleiben, als mich die Seher-Magie mit voller Wucht traf und ein Teil von mir wurde. Sie verband sich mit meiner Empathie und fegte durch meinen Körper und meinen Geist. Und dabei entdeckte ich einen kleinen Parasiten darin: einen Zwang. Ohne dass es eine bewusste Entscheidung gewesen wäre, raste die Magie weiter und zerstörte den Zwang, mit dem man mich belegt hatte. Den Zwang, jemandem zu vertrauen.

Als er zerschmettert wurde, erlebte ich den Moment, in dem er eingepflanzt wurde, noch einmal.

Als ich aufstand, packte Stone meine Hand und gab mir zu verstehen, mich wieder hinzusetzen. »Ich komme von der Verbindung«, erklärte Stone etwas lauter. Er sprach »Verbindung« aus, als sollte es mir etwas sagen. Ich konnte keine Lüge spüren, aber ich wusste auch nicht, was die Wahrheit war.

»So was wie ein Internet-Provider?«, fragte ich schließlich. Der Cafébesitzer lachte wiehernd. Eindeutig hatte ihm niemand beigebracht, dass es unhöflich war, Leute zu belauschen.

Auch Stones Miene wurde weicher, und er grinste. »Nein, Jinx, kein Internet-Provider. Es wäre einfacher, es Ihnen zu zeigen. Vertrauen Sie mir?« Die zweite Frage schien wichtig zu sein, und er betonte vor allem die letzten beiden Wörter.

Ich machte den Mund auf, um zu sagen: »Auf keinen Fall, mein Vertrauen muss man sich erarbeiten«, aber ich fühlte mich komisch und benommen. »Ja.« Das hatte ich nicht sagen wollen, aber es war wahr – ich vertraute ihm. Mein Ja klang wie die Wahrheit.

Stone hatte zugegeben, mich mit einem Zwang belegt zu haben, doch der Zweck war nicht gewesen, ihm die Wahrheit zu sagen, sondern ihm zu *vertrauen*. Er hatte nicht gelogen, sondern mich meisterhaft getäuscht. Scheiße. Mir war übel, ich fühlte mich verraten. Mein Bauchgefühl hatte mich mein Leben lang vor Unheil bewahrt, es definierte mich als Person. Dass jemand es manipulierte – *außer Kraft setzte* – und dann auch noch Stone? Das war einfach zu viel.

Ich konnte mich damit jetzt nicht befassen. Ich zerrte meinen Geist zurück in die Gegenwart und verdrängte es für den Moment. Ich durfte mich jetzt nicht ablenken lassen. Der pulsierende Schmerz in meinem Handgelenk brachte mich zurück. Ich blutete heftig und verschwendete das meiste davon, also legte ich es an Nates Mund und ließ mein Blut in seinen Rachen rinnen. Er schluckte mein Magierblut. Scheiße. Er würde durchdrehen, und wir waren hier im Schild mit ihm gefangen. »Zurück«, befahl ich Hes hastig. »Geh auf Abstand, weg von ihm!«

Nates Körper begann, die schreckliche Wunde in seiner Brust zu heilen. Er riss die Augen auf, die rot ins Leere starrten.

Ich taumelte zurück, mit dem Dolch in meiner Hand als einzigen Schutz, und rannte auf Hes zu, um sie vor dem Monster zu schützen, das ich kreiert hatte. Er war schneller, und nur einen Augenblick später war er bei ihr. »Nein, Nate!

Tu mir nicht weh!«, schrie sie. Er achtete nicht auf ihr Flehen, sondern biss ihr grob in den Hals.

Er musste seinen Verstand und seine Kontrolle zurückgewinnen. Ich sammelte das AL. »Kontrolle!«, befahl ich. Nate erstarrte. Er ließ Hes sinken, und sie fiel schluchzend und blutend zu Boden.

Ich brauchte ihn allerdings bei Bewusstsein. Ich entließ das AL nicht, doch Nates Augen wurden langsam wieder normal.

»Hes?«, sagte er leise, fragend.

»Weg von mir!«, schrie sie mit den Händen über ihrem blutenden, zerfetzten Hals.

Ich konnte es ihr nicht verdenken. »Hierher, Nate«, verlangte ich.

Er gehorchte, noch bevor das letzte Wort ganz aus meinem Mund war. »Herrin«, sagte er.

Ich blinzelte. »Jinx, Nate. Ich bin es nur, Jinx.«

»Ich gehöre Euch«, sagte er schlicht.

Ich starrte ihn lange an. Ich hatte gerade nicht den Kopf für so etwas. Ich hatte alles durcheinandergebracht. »Darüber können wir später reden. Jetzt müssen wir erst einmal aus diesem Schild raus.«

Da Nate nun bei Sinnen war, wickelte ich den Dolch vorsichtig wieder ein. Er war zufrieden, weil er zum Einsatz gekommen war. Zweimal. Ich hatte versagt. Und wie.

Ich ging zu dem Schild, und er erkannte mich, erkannte Mrs. Hs Magie in mir. »Runter«, verlangte ich. Der Schild fiel.

Ein raues Jubeln stieg von den Inspectors auf, und die Wölfe schlossen sich ihnen heulend an. Wir hatten gewonnen, aber um welchen Preis? Was war aus mir geworden? Und was hatte ich Nate angetan?

Ich machte einen Schritt. Mit einem Mal war meine Haut heiß und juckte. Ich schrie – und dann verlor ich das Bewusstsein, als das Anders mich gewaltsam ins Norm beförderte.

25

ICH ERWACHTE IN MEINEM BETT zu Hause in Buckinghamshire. Einen Moment lang war ich völlig verwirrt, ehe alles mit einem Schlag zurückkam. Ich setzte mich auf, und Gato winselte leise. Er leckte mir über die Hand und drückte dann die Nase gegen meine Stirn. Plötzlich hatte Gato Stacheln. »Also kein Traum, ja?«, fragte ich enttäuscht. Er schüttelte den riesigen Kopf.

Ich stieß den Atem aus. »Gab es wenigstens Geld?« Er wedelte begeistert mit dem Schwanz. »Immerhin etwas.« Ich streichelte ihn kurz und begutachtete dann meinen Körper. Keine Kopfschmerzen, keine blauen Flecken – was ein Wunder war, nach allem, was wir durchgemacht hatten. Doch der Schaden an meinem Herzen … war enorm. Und mein Ego hatte auch einen ganz schönen Kratzer abbekommen.

Wie hatte ich nur so dumm sein können, zu glauben, dass sich zwischen Stone und mir innerhalb nur weniger Tage etwas so Starkes und Echtes hatte entwickeln können. Ich hatte diese Gefühle mir selbst gegenüber gerechtfertigt, indem ich mir sagte, dass wir gemeinsam durch die Hölle gegangen waren. Aber es hatte nie wirklich Sinn ergeben, nicht für mich. Ich bin eine einsame Wölfin, mein Rudel ist klein, und mein Vertrauen muss man sich verdienen.

Ich spürte Wut in mir aufsteigen, als ich mich erinnerte, Stone gesagt zu haben, er gehöre zu meinem Rudel. Nun, das tat er nicht – er war ausgeschlossen, mit sofortiger Wirksamkeit. Wie konnte er es wagen, mein Vertrauen zu *erzwingen*? Vertrauen muss man sich verdienen. Ich wandte mich an Gato. »Wir können Stone nicht mehr ausstehen«, sagte ich bestimmt. »Er hat mich mit einem Zwang belegt, damit ich ihm vertraue.« Gato legte die Ohren an. »Ganz genau«, bestätigte ich. »Was für ein Arsch.«

Ich streichelte über seinen Kopf. »Weißt du, du bist wirklich ein toller Höllenhund, aber deine Menschenkenntnis ist fürchterlich. Du mochtest Mrs. H und Stone.« Er sah mich vorwurfsvoll an. Ich seufzte. »Ich weiß. Ich mochte sie auch. Wir sind beide dumm.« Das gefiel mir nicht. Ich war stolz auf mein Bullshit-o-meter. Ein Lügendetektor auf zwei Beinen zu sein, war dabei definitiv hilfreich, aber nach dieser ganzen Geschichte zweifelte ich an allem. Zweifelte an mir.

Ich rieb mir mit der Hand über das Gesicht und las mir selbst die Leviten. Ich würde nicht zulassen, dass ein einziger gerissener, attraktiver Mann mein Selbstvertrauen zerstörte. Ich war stark und würde ihm nicht derartige Macht über mein Glück geben. Die stand nur mir zu.

Ich schlug die Decken zurück und erstarrte, als ich ein Bündel Stoff auf meinem Nachttisch entdeckte. Ich wusste sofort, worum es sich handelte: Glimmer. Aus irgendeinem Grund hatte ich ihn immer noch. Ich nahm ihn, eingewickelt, wie er war, in die Hand und spürte, wie er nach mir rief. Dann öffnete ich die Nachttischschublade, steckte den Dolch hinein und schob sie energisch zu. Das Rufen stoppte.

Ich entließ einen langen Atemzug und schleppte mich unter die Dusche. Es war eine Dusche von der Ich-kochemir-die-Haut-vom-Leib-Sorte, und ich stand zwischen den Dampfwirbeln und wusch mir die letzten Tage vom Körper.

Mechanisch zog ich mich an. Heute war ein Tag für Jeans mit Löchern drin. Ich schaute aus dem Schlafzimmerfenster und seufzte. Nebenan war Mrs. Hs Haus, gepflegt wie immer. Eines wusste ich sicher: Hier konnte ich nicht bleiben. Zu viele Erinnerungen steckten in diesem Haus. Jedes Mal, wenn ich hinüberblickte, würde ich daran denken, dass ich schuld an ihrem Tod war. Ganz egal, was aus ihr geworden war, sie hatte mir am Herzen gelegen und ich ihr. Als Kind hatte ich in ihrem Garten gespielt, und sie hatte mir beigebracht, wie man einen Zopf flicht. Ich seufzte erneut und fasste mein Haar zu einem Pferdeschwanz zusammen.

Ich spürte, dass ich nicht allein im Haus war. Da war noch jemand – und er war nicht glücklich. Ich war mir ziemlich sicher, dass ich wusste, um wen es sich handelte, aber ich ging hinunter, um sicher zu sein.

Nate saß mit Lucy in der Küche. Lucy bemerkte mich nicht, sie spielte mit ihrem blonden Haar, während sie mit ihm redete. Sie hatte ihre helle Haut mit Make-up aufgefrischt und sah wie immer perfekt aus. Etwas in mir kam zur Ruhe, als ich sie sah, meine beste Freundin. Was auch immer in dieser verrückten Welt passierte, sie war auf meiner Seite.

»Hey, Leute«, begrüßte ich sie locker.

»Jess!«, kreischte Lucy und warf sich mir um den Hals. »Mach mir nie wieder solche Angst, hörst du! Ich habe angerufen, und Zach meinte, dass du bis zur Erschöpfung gearbeitet hast und ohnmächtig geworden bist! Ich habe darauf bestanden, dass er dich nach Hause bringt, damit ich auf dich aufpassen kann. Zach meinte, dass du während deiner Zeit in Liverpool keine Pause gemacht hast!« Sie schimpfte mit mir, während sie mich weiterhin umarmte. »Mach das nie, nie wieder. Du bist ein Mensch, Jess, du musst dich ausruhen.«

Ich war mir nicht sicher, was ich war, aber ich war definitiv kein Mensch.

Ich lächelte meine beste Freundin an. »Zach?« Ich sah mich um, konnte Stone jedoch nicht entdecken.

Lucy missinterpretierte meinen Blick. »Tut mir leid, Süße, er musste weg. Bekam einen Anruf wegen einem dringenden Fall. Du hast ihn gerade verpasst, aber ich wollte dich nicht aufwecken. Er meinte, dass du deine Batterien aufladen musst und dass er sich bald bei dir meldet.«

Ich zuckte eine Schulter. »Hat Stone dir auch erzählt, dass ich den Bösen ordentlich in den Arsch getreten und das verschwundene Mädchen gefunden habe?«

»Das verschwundene Mädchen hat ihr das selbst erzählt«, hörte ich Hes hinter mir. Sie lächelte, als sie in die Küche kam. Sie hatte ein Dreieck auf der Stirn, sie war jetzt auch *anders*. »Ich habe Lucy erzählt, wie du und Stone mich mit rauchenden Pistolen vor den Kidnappern gerettet habt. Ihr seid meine Helden.«

Als Hes eintrat, versuchte Nate, sich etwas zurückzunehmen, doch sie zuckte trotzdem vor ihm zurück. Die Regungen, die über Nates Gesicht glitten, waren zu schnell wieder weg, um sie zu lesen, doch ich spürte sie. Ich spürte sie, als würde ich sie fühlen. Was hatte ich angerichtet? Ich begegnete seinem Blick, und er verneigte sich kaum merklich.

»Ich habe nur meinen Job gemacht«, sagte ich leichthin zu Hes.

Lucy ließ mich los. »Leute erschießen ist nicht dein Job. Du bist eine Privatermittlerin. Du sollst fremdgehende Ehemänner fangen und so was. Erinnerst du dich noch an den Typen mit dem Fuchs?«

»Plüschfuchs«, korrigierte ich sie. »Kein echter. Zum Glück.«

»Was auch immer, ist dein Fall«, meinte Lucy.

»Ich denke, ich lege mir einen neuen Firmennamen zu«, sagte ich und sah Nate an. »Sharp Investigations – Privatermittlung mal Anders. Wie findet ihr das?«

Nate nickte. »Klingt gut.«

Hes schnaubte. »Ihr ist egal, was du denkst.«

Lucy sah mich mit großen Augen an und hob die Augenbraue, was wohl so viel heißen sollte wie: *Was haben die für ein Problem miteinander?* Ich zuckte die Achseln. *Erzähl ich dir später.*

»Wie dem auch sei«, grinste Hes, »du bist eindeutig verdammt gut darin. Aber ich möchte wetten, du könntest Mitarbeiter gebrauchen. Wie wäre es mit einer äußerst wohlhabenden und extrem unfähigen Assistentin?«

Ich dachte darüber nach. Etwas Hilfe wäre wirklich nicht schlecht, und vielleicht brauchte auch sie nach allem, was sie durchgemacht hatte, etwas Orientierung.

»Was ist mit deinem Abschluss?«, wollte ich wissen.

»Ich könnte ein Fernstudium in Teilzeit machen.«

»Weißt du was, ich habe mir ohnehin überlegt, nach Liverpool umzuziehen.« Den Entschluss hatte ich auf dem Weg nach unten gefasst. Ich konnte hier nicht bleiben, und Liverpool war eine sehr offensichtliche Wahl.

Hes quietschte vor Freude. »Mega! Liverpool würde sich freuen, dich willkommen heißen zu dürfen!«

»Meinst du?«

Sie nickte, und hinter ihr nickte auch Nate. Das freute

mich. Ich war mir nicht sicher gewesen, ob er mich in seiner Heimatstadt wollte. Nicht mit diesem ... was immer das zwischen uns war.

Lucy schüttelte den Kopf. »Nein, du kannst nicht nach Liverpool ziehen, das ist zu weit weg.«

Ich lächelte meine beste Freundin an. »Du kannst mich besuchen, wann immer du willst, und dann können wir ins Heebies und Lagos und Alma ...«

Das entlockte ihr ein widerstrebendes Lächeln. »Das kommt ein wenig plötzlich«, meinte sie immer noch unsicher.

»Ich muss weg von hier«, sagte ich leise.

Ihr stiegen Tränen in die Augen, aber sie nickte. Sie predigte mir schon seit Jahren, dass es möglicherweise nicht klug war, im Haus meiner Eltern zu bleiben. »Okay, aber dann musst du dir eine schöne Wohnung mit einem Gästezimmer suchen. Ich bekomme Exklusivrechte.«

»Deal. Du bist immer willkommen, Luce.«

Sie umarmte mich noch einmal. »Ich lasse dich jetzt mit deinen neuen Freunden allein«, sagte sie laut. Flüsternd fuhr sie fort: »Du hattest recht, Zach ist heiß, und er steht total auf dich. Ruinier das bloß nicht, ruf ihn an!«

Ich brachte ein schwaches Lächeln zustande. Er hatte es bereits ruiniert. Wenn je die Chance bestand, dass aus uns etwas hätte werden können, war sie jetzt dahin. Stone hatte mit meinem Kopf und meinem Herzen gespielt. Er hatte mich mit einem *Zwang* belegt. Vielleicht würde jemand anderes das nicht so schlimm finden, aber das hier war ich. Mir den freien Willen zu nehmen, mein Urteilsvermögen ...

Als meine Eltern starben, hatte ich meine Agentur auf Basis meines Urteilsvermögens gegründet. An manchen

Tagen war es alles, was ich hatte. Und das Schlimmste daran war: Wenn Stone mich nicht mit einem Zwang belegt hätte, dann hätte ich vermutlich im Laufe dieser wenigen intensiven gemeinsamen Tage ohnehin nach und nach Vertrauen entwickelt. Er hatte mir das Leben gerettet, hatte nette Dinge gesagt, die er auch wirklich ernst meinte. Wir hätten etwas Echtes haben können. Ich wusste nicht, warum er mich mit einem Zwang belegt hatte, aber es spielte keine Rolle, denn das war etwas, das ich ihm nicht verzeihen konnte, egal, welchen Grund er dafür hatte.

Lucy winkte Hes und Nate freundlich zum Abschied. »Es war schön, euch kennenzulernen. Ich bin mir sicher, wir sehen uns schon sehr bald wieder.« Und damit war sie weg.

Ich wandte mich an Nate. »Geht es dir gut?«, fragte ich so locker ich konnte, um mir nicht anmerken zu lassen, dass ich mir Sorgen machte.

Er nickte, und seine ruhige Miene zeigte nichts von der inneren Aufruhr, die ich spürte. »Klar.«

Hes schnaubte. »Er ist okay, er ist ein Vamypr-Wunderkind. Hatte einen mächtigen Schluck Magierblut ohne Entzugserscheinungen oder irgendwas.«

Doch, da war irgendwas. Zwischen Nate und mir gab es jetzt eine Verbindung. Ich hielt seinen Blick fest. Er wusste es auch, aber er hatte nichts gesagt, und ich fand, dass es mir nicht zustand, es der Welt zu verkünden. Vor allem, wenn ich so wenig Ahnung hatte, was zur Hölle eigentlich los was. »Ich mache mich bald auf den Weg nach Liverpool«, sagte ich zu Nate. »Kommst du auch?«

»Komm bloß nicht wegen mir«, meinte Hes entschlossen, ehe ich antworten konnte. »Wer mich einmal beißt, dem traue ich nicht …«

Im Grunde war ich es, der sie nicht trauen sollte. Ich trug die Verantwortung für den ersten Biss und den zweiten. Ich hatte Nate Magierblut gegeben, obwohl ich wusste, was passieren würde. »Ich war so sehr darauf fokussiert, euch beide zu retten, dass ich nicht nachgedacht habe. Es tut mir leid, Hes.«

Sie zuckte die Achseln. Sie gab nicht mir die Schuld, sondern Nate. Ich spürte seine Verzweiflung, aber ich wusste auch, dass er es zu schätzen wusste, dass ich die Schuld auf mich nehmen wollte. Er hatte nicht das Gefühl, allein verantwortlich zu sein, doch er ertrank beinahe in Schuldgefühlen.

Ich musterte ihn. »Könntest du einkaufen gehen und uns etwas zu essen besorgen? Ich bin halb verhungert, und ich frühstücke gerne warm.« Er hatte die Hände in den Taschen und lehnte an der Wand, als wäre er total entspannt und alles in Ordnung, aber ich wusste es besser, also gab ich ihm etwas zu tun.

Hes rollte mit den Augen. »Er isst nicht«, merkte sie an. »Ich gehe besser mit, sonst kommt er mit vier Liter Blut zurück.« Nates Augen blitzten auf. Er lag am Boden, aber er war noch nicht geschlagen. Das Paar verließ mein Haus.

Ich war allein, und zum ersten Mal seit sehr langer Zeit wollte ich es nicht sein. Ich setzte mich an den Küchentisch und starrte mein Handy an. Es führte kein Weg daran vorbei. Ich nahm meinen ganzen Mut zusammen, griff nach dem Handy und rief Stone an. Es klingelt und klingelte, und in meinen Eingeweiden rumorte es. Die Mailbox ging ran. Ich biss mir auf die Lippe und wartete auf den Piepton.

»Wir müssen reden«, sagte ich hart. »Ruf mich an.«

Danksagung

ICH FREUE MICH SO SEHR, dass es endlich so weit ist, und ohne ganz viel Unterstützung hätte ich es nicht bis hierhin geschafft.

Mein Mann war der Erste, der meine Bücher lesen durfte und zu dem Schluss kam, dass sie »wirklich sehr gut« sind. Er hat mich die ganze Zeit über unterstützt, selbst wenn er viele Abende allein verbringen musste, während ich schrieb. Der größte Dank muss also an ihn gehen.

Danke auch an meine Lektorin Karen und meine Korrekturleserin Steph und die Mädels bei *W and W*. Karen verbot mir energisch, mein Manuskript in den Müll zu werfen, und war meine seelisch-moralische Unterstützung bei diesem und anderen Büchern. Sie war mir eine große Hilfe, und ich bin so dankbar, sie zufällig kennengelernt zu haben. Danke auch an Mich, meinen ewigen Cheerleader. Danke an meine Alpha-, Beta- und ARC-Teams, ihr wart wunderbar.

Und schließlich vielen Dank an meine Familie. Meine Mum, die mir wieder und wieder eingebläut hat, dass man alles erreichen kann, wenn man sich nur anstrengt, und durch die ich schon in jungen Jahren meine Liebe zum Lesen und Schreiben entdeckte. Danke für die Inspiration, Mum. Und Dad, danke dafür, dass du meine Träume stets unterstützt. Ich liebe euch alle.

Ein neuer Fall für Jinx Sharp:

Jinx' Abenteuer
gehen weiter in:

Heather G. Harris

Glimmer
Tod einer Nymphe

– Leseprobe –

I

ES WAR DER HEISSESTE SEX, den ich je gesehen hatte. Im wahrsten Sinne des Wortes, denn von den beiden eng umschlungenen Liebenden stieg buchstäblich Dampf auf. Scheinbar ist das normal, wenn ein Wasser- und ein Feuerelementar es miteinander treiben. Ich schoss ein paar Bilder von der geheimen Affäre, wobei die atmosphärischen Dampfschwaden es nahezu unmöglich machten, eine gute Aufnahme zu bekommen.

Sie würden Mr. Bridges einen ordentlichen Schock verpassen. Zwar ahnte er, dass seine Frau eine Affäre hatte, aber nicht, mit wem. Aber vielleicht wusste er ja von den bisexuellen Neigungen seiner Gattin und wäre erleichtert, dass es wenigstens nicht sein bester Kumpel und Hauptverdächtiger Greg war.

Ich prüfte das Beweismaterial noch einmal daraufhin, ob es trotz der Nebelschwaden eindeutig war, dann kletterte ich vom Baum und verließ Leanne Symes' Garten. Miss Symes und Mrs. Bridges waren scheinbar intimer befreundet, als ich angenommen hatte. Trotzdem hielt ich mich widerrechtlich auf diesem Grundstück auf, deshalb wollte ich nicht allzu lange verweilen.

Ich befand mich in Cressington, einem Vorort von Liverpool: viel Grün, eine Menge schicker Häuser und, wie sich zeigte, auch eine gute Anzahl Affären. Dies war seit meinem Umzug nach Liverpool schon mein zweiter geheimer Überwachungsauftrag für einen gehörnten Ehemann.

Liverpool ist so etwas wie die Hauptstadt des Anders. Nur acht Wochen zuvor hatte ich herausgefunden, dass es zwei weitere Welten gibt. Neben dem Norm, in dem wir alle leben, ist da noch das Anders, in dem es vor magischen Kreaturen nur so wimmelt, und das Irgendwann, das es einem erlaubt, mit der Zeit zu spielen wie mit einem Zauberwürfel.

Ich hatte das Haus, in dem ich aufgewachsen war, zum Verkauf ausgeschrieben und innerhalb von zwei Tagen bereits Interessenten. Es handelte sich um eine beliebte Gegend, deshalb konnte ich die Immobilie schlussendlich zu einem bemerkenswert hohen Preis verkaufen. Danach ging alles blitzschnell, und schon fünf Wochen später zog ich ohne einen Blick zurück nach Liverpool.

Ich mietete mir ein Haus auf der Wirral-Halbinsel westlich von Liverpool, und Lord Volderiss überließ mir vorübergehend Büroräumlichkeiten als Dank dafür, dass ich das Leben seines Sohns Nate gerettet hatte. Den Begriff »Leben« verwende ich hier im weitesten Sinne. Nate Volderiss ist ein untoter Vampyr, deshalb kann er, genau genommen, nicht am »Leben« sein.

Ich war noch nicht lange im Anders, deshalb stolperte ich immer noch ein wenig darin herum. Ich hatte diesen Auftrag nur an Land gezogen, weil Lord Volderiss mich einem seiner Sicherheitsleute empfohlen hatte, der wiederum den Tipp an seinen besten Freund weitergab. Die Geschäfte liefen ein wenig schleppend, aber das war nach dem Ortswechsel zu erwarten. Ich befand mich immer noch in der Anfangsphase.

Nach meinem Umzug nach Liverpool hatte ich meine Agentur unbenannt in *Sharp Investigations – Privatermittlung mal Anders*. Um unmissverständlich klarzumachen, dass ich mit dem Anders vertraut war, hatte ich die I-Punkte sogar durch kleine Dreiecke ersetzt, die das universelle Symbol für das Anders sind. Trotz all dieser Bemühungen hatte mir die Kundschaft nicht gerade die Tür eingerannt.

Ich erhielt allerdings nach wie vor vereinzelte Aufträge aus dem Norm, und dafür war ich dankbar. Das Aufspüren von Schuldnern war im Moment mein Brotverdienst, und das war okay, aber auch etwas langweilig, schließlich war ich nicht in die Hauptstadt des Anders gezogen, um weiter Normarbeit zu machen.

Jetzt, da ich vom Anders wusste, entdeckte ich überall unauffällige Dreiecke. Ich konnte kaum glauben, dass sie mir früher nie aufgefallen waren. Ich bin Privatermittlerin, verdammt noch mal, ich sollte ein Auge für so etwas haben! Und doch war mir die Existenz eines kompletten anderen Reiches völlig entgangen. Das erfüllte mich mit ein wenig Demut.

Ich schob die Gedanken beiseite und öffnete die Tür meines treuen Ford Focus. Gato, meine Deutsche Dogge beziehungsweise mein Höllenhund, hatte sich quer über die Rückbank ausgestreckt. »Hey, Kleiner«, begrüßte ich ihn. »Musst du mal?«

Er klopfte zweimal mit dem Schwanz, was so viel bedeutete wie Ja, und stemmte sich hoch. Ich ließ ihn raus, damit er sein Geschäft erledigen konnte. Er brauchte nicht lang und leckte mir begeistert über das Gesicht, ehe er wieder in den Wagen sprang.

Ich tätschelte ihn und wischte mir den Sabber von der

Wange. »Danke«, murmelte ich ein wenig sarkastisch. Ich war mir nicht sicher, ob er den Sarkasmus verstand, denn ich hatte keine Ahnung, wie schlau Höllenhunde waren, was ich jedoch wusste, war, dass Gato klüger war als jeder normale Hund und sogar eine Menschentoilette benutzen konnte, wenn ihm danach war. Er war außerdem in der Lage, mich in jedes der drei Reiche zu versetzen, sollte es notwendig sein. Er brachte mich jeden Abend ins Norm, damit ich meine magischen Batterien aufladen und mich für einen weiteren Tag im Anders vorbereiten konnte. Er war niedlich, liebenswert und sehr nützlich.

Ich setzte mich ins Auto und tippte einen kurzen Bericht an Mr. Bridges, einschließlich Fotos und Rechnung. Manche Klienten bevorzugen es, persönlich Bericht erstattet zu bekommen, aber er hatte um schriftlichen Kontakt gebeten. Ich konnte es nachvollziehen – es war eine private Angelegenheit, und er musste keine gute Miene zum bösen Spiel machen, wenn ich ihm mitteilte, dass seine Frau ihn betrog. Ich vervollständigte den Bericht, kontrollierte ihn noch einmal auf Rechtschreibfehler und drückte auf Senden.

Automatisch warf ich einen Blick auf meine Anrufliste. Stone hatte sich immer noch nicht gemeldet, seit acht langen, lausigen Wochen nicht. Scheiß auf ihn. Ich brauchte ihn nicht. Ich versuchte, so zu tun, als wäre der schmerzhafte Stich in meiner Brust einfach nur Verärgerung, aber das kaufte ich mir nicht einmal selbst ab.

Ich zwang mich, Stone aus meinen Gedanken zu verbannen, rief Google Maps auf und machte mich auf den Heimweg. Ich fand mich immer noch nicht gut genug in Liverpool zurecht, um auf das Navi zu verzichten. Zwar kannte ich die Innenstadt wie meine Westentasche, aber während meiner

Teenagerjahre hier war ich hauptsächlich Bus gefahren. Selbst ein Auto durch die Straßen zu steuern, war neu für mich. Google teilte mir mit, dass ich fünfundvierzig Minuten für den Heimweg brauchen würde, also wäre ich vermutlich in vierzig dort. Ich bin eine gute Fahrerin, aber Geschwindigkeit ist meine große Schwäche.

Ich bahnte mir gerade einen Weg durch das Stadtzentrum, als mein Handy klingelte. Ein Blick auf das Display verriet mir, dass der Anruf aus meinem Büro kam. Lord Volderiss' Rezeption war mittels einer Rotation von Angestellten vierundzwanzig Stunden am Tag, sieben Tage die Woche besetzt. Das war einer der Vorzüge, die mich dazu bewogen hatten, sein Angebot anzunehmen. Gratis-Büro, Gratis-Vierundzwanzig-Stunden-Sekretariat und Gratis-Security. Besser ging es nicht.

Ich schaute auf die Uhr. Es war beinahe neun Uhr abends, aber ich hatte nichts vor. »Jinx«, meldete ich mich über Bluetooth, damit ich fahren und gleichzeitig telefonieren konnte.

»Miss Sharp«, begrüßte Volderiss' Sekretärin mich frostig, »eine Mrs. Evergreen ist hier und möchte Sie sehen.«

Ich brauchte einen Moment, bis ich den Namen einordnen konnte. Die einzige Person namens Evergreen, die ich kannte, war eine Dryade, eine junge Mutter, die während meiner Einführung ins Anders in Rosie's Café gewesen war.

»Dryade?«, fragte ich.

»In der Tat.«

»Ich bin in fünf Minuten da. Bieten Sie ihr etwas zu trinken an und sagen Sie ihr, dass ich gleich komme.« Ich legte auf, ohne eine Antwort abzuwarten. Einige von Volderiss' Sekretärinnen mögen mich, Verona gehörte definitiv nicht dazu. Es hatte keinen Sinn, meine Zeit mit jemandem zu verschwenden, der mir klar und deutlich zu verstehen gab, dass er mich als unter seiner Würde betrachtete. Ich war nur ein kümmerlicher Mensch und sie die perfekte Vampyrin. Wenn Vampyre verwandelt wurden, verschwanden gleichzeitig all ihre Makel. Sie waren eine atemberaubend attraktive Spezies.

Ich hatte Verona noch nicht verraten, dass ich kein normaler Mensch war, in erster Linie, weil ich gar nicht so genau wusste, was ich wirklich war. Irgendetwas *Anderes*. Mein Haupttalent in beiden Reichen war die Fähigkeit, zu erkennen, ob jemand die Wahrheit sagte oder log. Wahrheitsfinderinnen waren selbst im Anders rar, deshalb hielt ich es weitgehend geheim. Man hat mir auch gesagt, ich sei eine Magierin, und ich konnte das AL einsetzen, eine uns eigene Form von Magie. Ganz ohne lateinische Sprüche oder Zauberstäbe, nur »Absicht« und »Loslassen« – AL. Die ersten Male, die ich es benutzte, war ich danach ziemlich geschafft, aber mittlerweile musste ich mich nicht mehr sehr dabei anstrengen. Meine Grenzen waren bislang meine Ungeübtheit und mein Mangel an Vorstellungskraft. Es fiel mir leicht, AL zu nutzen, aber ich verwendete es nicht instinktiv. Es war nicht das erste Mittel, zu dem ich bei einem Problem griff, aber das würde hoffentlich mit der Zeit und mehr Erfahrung noch kommen.

Ich parkte in der Tiefgarage bei meinem Büro und eilte mit Gato an den Fersen hinauf. Joyce Evergreen saß im Empfangsraum und sah völlig erschöpft aus. Ihre blauen Augen strahlten nicht mehr, und ich entdeckte dunkle Ringe darunter, ihr blondes Haar war schlaff und fettig, und ihre dunkelgrüne Haut einige Schattierungen blasser, als sie hätte sein sollen. Sie umklammerte einen dünnen hellbraunen

Ordner, hatte den Blick gesenkt und starrte mit glasigen Augen ins Leere. Joyce war allein, auf mehr als eine Weise.

Als ich sie das letzte Mal gesehen hatte, waren eine Dreijährige und ein Baby bei ihr gewesen. Ich war sofort alarmiert und hoffte, dass es den Kindern gut ging. Als ich eintrat, blickte sie auf, und ich erkannte so etwas wie Erleichterung in ihrem Blick. Ich war noch ein wenig alarmierter. Ich bin Privatermittlerin, keine Wundertäterin. Was auch immer los war, sie hatte hohe Erwartungen an mich, und die Lage war schlimm.

»Joyce«, sagte ich behutsam, »komm mit.«

Ich führte sie in mein kleines Büro mit Vorzimmer, in dem normalerweise meine Assistentin Hester sitzt und den Schriftverkehr erledigt. Hester und ich hatten uns vor einigen Monaten kennengelernt – sie war das verschwundene Mädchen, deren Fall mich ins Anders katapultiert hatte. Wir waren durch die Hölle gegangen, und es fühlte sich fast so an, als wären wir trotz des Altersunterschieds Freundinnen. Und das hieß eine Menge, denn seit dem Mord an meinen Eltern war ich eine ziemliche Einzelgängerin. Nun war der Schreibtisch verlassen; Hes war schon vor Stunden nach Hause gegangen.

Ich führte Joyce in mein Heiligtum und schaltete dabei das Licht an. Mein Büro war kahl und praktisch eingerichtet. In einer Ecke stand eine Topfpflanze, die nach Plastik aussah. Sie spendete etwas Grün, doch darüber hinaus war da nicht viel. Ich hatte einen wunderschönen Mahagonischreibtisch, den Lord Volderiss mir überlassen hatte, und einen ähnlich imposanten dazu passenden Sessel. Meine beiden Besucherstühle waren schlichte Holzvariationen, die Klienten ermunterten, nicht länger zu bleiben als unbedingt nötig.

Gato drehte sich dreimal im Kreis, ehe er sich klaglos in sein Körbchen legte. Sein Blick war niedergeschlagen und ernst. Er wusste, dass etwas Schlimmes passiert und jetzt nicht die Zeit für Schwanzwedeln und Küsse war. Er war ein guter Junge. Ich würde ihm nachher ein Leckerli geben.

Ich wandte mich an Joyce und fragte mich flüchtig, ob meine Plastikpflanze die Dryade vielleicht irgendwie beleidigte. Ich bedeutete ihr, sich zu setzen, und sie sank wortlos auf einen Stuhl. Sie hatte kein Getränk bei sich, und ich fragte mich, ob Verona so kleinlich war, dass sie ihr nichts angeboten hatte. »Kann ich dir etwas bringen?«, fragte ich.

Joyce schüttelte den Kopf. Bei unserem letzten Treffen war sie eine glückliche, aufgeweckte junge Mutter mit einem ausgeprägten Sinn für Humor gewesen. Heute sah ich davon nichts.

Ich setzte mich hinter den Schreibtisch und griff nach Notizblock und Stift. Oft zeichnete ich die Unterhaltungen mit Klienten auf, sofern sie nichts einzuwenden hatten, aber handschriftliche Notizen hatten immer noch ihren Nutzen. Auf diese Weise musste ich den Klienten nicht in die Augen sehen, wenn es peinlich wurde.

»Stört es dich, wenn ich unsere Unterhaltung aufzeichne?«, fragte ich.

Sie schüttelte noch einmal den Kopf, und ich fragte mich, ob wir wirklich eine Unterhaltung führen würden. Ich holte mein Handy heraus und aktivierte die Aufnahme-App. »Joyce? Wenn du so weit bist, erzähl mir, wie ich dir helfen kann.«

Sie biss sich auf die Lippe, ohne den Blick vom Boden zu lösen. »Ich weiß nicht, ob du mir helfen kannst – ich weiß nicht, ob irgendjemand mir helfen kann. Nichts wird je wieder so, wie es war.« Sie schloss die Augen und biss die Zähne zusammen. Ich konnte beinahe hören, wie sie sich innerlich befahl, sich zusammenzureißen. Als sie die Augen wieder öffnete, begegnete sie meinem Blick. »Reggie ist tot. Mein Mann ist tot. Er wurde ermordet.«

Mich durchfuhr ein Stich Mitleid, das Echo des alten Schmerzes in meinem Herzen. Mit achtzehn hatte ich beide Elternteile verloren, mit Trauer und Verlust kannte ich mich aus. Himmel, sie waren praktisch meine engsten Freunde. Man sagt, die Zeit würde alle Wunden heilen, aber glaubt mir, das ist Bullshit. Zeit machte nichts besser, nichts konnte das. Verlust war ewig, er wurde einfach nur zu einem Teil von einem.

»Das tut mir leid«, sagte ich leise.

Sie nickte. »Allen tut es leid. Alle senken mitleidig den Kopf und sagen mir, wie leid es ihnen tut.«

Ich wusste genau, was sie meinte. Ich hasste diese Kopfbewegung auch, all die leeren Floskeln. »Kannst du mir erzählen, was passiert ist?«

Ihr Blick brannte jetzt. »Sie behaupten, er sei auf dem Heimweg erstochen worden. Raubüberfall. Aber Reggie geht nie zu Fuß nach Hause, er fährt immer mit dem Auto, und unser Wagen stand in der Auffahrt. Ich weiß, dass er an diesem Tag damit zur Arbeit gefahren ist, deshalb ergibt es keinen Sinn. Nichts ergibt Sinn.«

Ich ließ ihr einen Moment Zeit, für den Fall, dass sie mir noch mehr erzählen wollte. Als sie nicht weitersprach, begann ich, ihr so feinfühlig wie möglich Fragen zu stellen. »Wann ist er gestorben?«

»Vor einer Woche. Am zweiten Dezember. Gegen sechs Uhr abends, sagen sie. Es war dunkel. Er würde niemals im

Dunkeln zu Fuß nach Hause gehen. Er ist in einer rauen Gegend aufgewachsen und konnte sich zur Wehr setzen, aber er war nicht dumm, und er ging keine Risiken ein.«

Ich nickte und wartete darauf, dass sie fortfuhr.

»Seine Leiche ...« Sie begann zu schluchzen und wischte sich dann wütend die Tränen aus den Augen. Sie biss die Zähne zusammen und versuchte es dann noch einmal. »Seine Leiche war kaum zu identifizieren, als hätte jemand im Wahn wieder und wieder auf ihn eingestochen.« Ihr versagte die Stimme, und sie presste die Lippen aufeinander, als wollte sie verzweifelt verhindern, zusammenzubrechen. »Die Polizei ermittelt natürlich, und die Verbindung auch. Einer der Crossover-Cops kümmert sich darum.«

Ein Crossover war jemand, der in beiden Reichen den gleichen Job hatte. In diesem Fall war die Person sowohl bei der Normpolizei als auch in der Verbindung, dem Polizei-Äquivalent des Anders.

»Ein gewisser Detective Marley«, fügte sie hinzu.

Ich blinzelte. »Steve Marley?«

Sie wirkte erleichtert. »Du kennst ihn?«

»Wir sind zusammen zur Schule gegangen und hatten auch schon beruflich miteinander zu tun.« Ich mochte Steve, er war früher eine Weile mit einer Freundin von mir zusammen gewesen. Wir verstanden uns gut und hatten hier und da zusammengearbeitet. Ich vertraute seinen Instinkten – er war ein guter Cop.

»Er erscheint mir kompetent, aber er hat viel zu tun, und ich habe das Gefühl, dass er sich nicht allzu sehr anstrengt, die Sache aufzuklären. Er verhält sich etwas seltsam. Als würde er denken, dass Reggie selbst schuld an seinem Tod ist. Ich weiß nicht, vielleicht bin ich auch zu empfindlich.

Ich weiß nur, dass die Polizei glaubt, dass es sich um einen Raubüberfall mit Todesfolge handelt, und nicht von dieser Theorie abweichen will. Aber Reggie würde niemals im Dunkeln zu Fuß nach Hause gehen. Nie. Ich habe keine Ahnung, warum er dort war, wo man ihn gefunden hat.«

»Und du möchtest, dass ich herausfinde, was passiert ist?«

Sie nickte und schaute mir fest in die Augen. »Ja, Jinx. Ich will, dass du herausfindest, wer meinen Mann ermordet hat. Und dann werde ich auf die ein oder die andere Weise für Gerechtigkeit sorgen.«

Ich wusste, wie die »andere« Seite der Gerechtigkeit aussah. Als es darum ging, zu töten oder getötet zu werden, hatte ich getötet. Es verfolgte mich immer noch bis in meine Träume.

»Gerechtigkeit«, bestätigte ich, weil ich wusste, dass ich die gleiche Entscheidung noch einmal treffen würde, sollte sich mir die Gelegenheit bieten, die Welt vom Mörder meiner Eltern zu befreien.

Lesen Sie weiter in:

Heather G. Harris
GLIMMER – Tod einer Nymphe